Harper
Collins

*Zum Buch:*

Sara kann es kaum glauben, dass Lou sie als neue Freundin auserkoren hat. Lou und ihr Mann Gavin sind all das, was Sara und Neil nicht sind: glamourös, chaotisch und ein bisschen exzentrisch, eine schillernde Ausnahme in Saras sonst so bodenständigem Freundeskreis. Schnell kümmern sie sich wechselseitig um ihre Kinder, sitzen abends beim Wein zusammen und weihen einander in Geheimnisse ein. Je öfter Sara Lou sieht, desto mehr bewundert sie sie und möchte so sein wie sie. Als Lou Sara plötzlich um Dinge bittet, die man eigentlich nicht von jemandem verlangen kann, schlittern die Freunde auf eine Katastrophe zu.

*Zur Autorin:*

Felicity Everett wuchs in Manchester auf und besuchte die Universität von Sussex. Sie war im Verlagswesen tätig und schrieb Kinderbücher. Nach einem vierjährigen Aufenthalt in Australien lebt sie nun in Gloucestershire. »Das Paar aus Haus Nr. 9« ist ihr zweiter Roman.

*Doch ich bin nicht mehr ich,*
*noch ist mein Haus das meine.*

Federico García Lorca

# 1

Saras Blick wanderte zum Fenster. Draußen war es dunkel, und ihr eigenes Spiegelbild überlagerte wie ein Hologramm das Haus auf der anderen Straßenseite. Die Vorhänge dort waren halb zugezogen, doch sie konnte so gerade das blaue Flackern des Fernsehers ausmachen. Sie stellte sich vor, wie Gavin es sich mit einem Glas Rotwein auf dem Eames-Sessel gemütlich gemacht hatte und Lou sich barfuß auf dem Sofa fläzte. Vielleicht schauten sie sich gerade zusammen einen Kunstfilm an – oder glotzten einfach irgendwelchen Trash im Samstagabendprogramm. Es war nur zu einfach, sich alles vorzustellen: den mottenzerfressenen Kaminvorleger, den Duft des Pinot noir, der sich mit dem des Holzfeuers mischte. Selbst nach allem, was geschehen war, hatte die Szene etwas Reizvolles an sich.

Für Lou und Gavin musste Carols Haus wirken wie ein Goldfischglas: die Jalousien geöffnet, alles hell erleuchtet, ein Zimmer voller Leute und weitere, die eintrafen. Sara hoffte, dass sie es bemerkt hatten. Hoffte, es würde sie kränken, ausgeschlossen zu sein, doch sie bezweifelte es. Sie konzentrierte ihren Blick wieder auf ihr eigenes Spiegelbild, ein geisterhafter Schemen auf der schimmernden Fensterscheibe.

*

*Achtzehn Monate zuvor*

Als Sara das Auto zum ersten Mal sah, dachte sie, jemand hätte es einfach in ihrer Straße stehen lassen, denn es wollte so gar nicht zu den üblichen Minivans und VW passen. Ein Hinterrad stand auf dem Bordstein, während die Vorderräder in einem beängstigend schiefen Winkel auf der Straße standen. Es war ein alter rotgrauer Humber, dem eine Radkappe fehlte, mit einem Haufen Müll im Beifahrerfußraum und hinten einem Kindersitz. Doch in den folgenden Tagen bemerkte sie den Wagen noch öfter, nicht immer so schräg geparkt, doch meistens ganz in der Nähe ihres Hauses.

Sie hatte gerade die Kinder von der Schule abgeholt und stand vor Carols Haus, um noch einiges zu besprechen, als irgendetwas die Aufmerksamkeit ihrer Freundin auf sich zog.

»Da ist unsere neue Nachbarin«, flüsterte Carol und wies mit dem Kopf zur anderen Straßenseite.

Sara blickte unauffällig hinüber. Mit ihrem Overall und dem Kopftuch sah die Frau aus wie eine Kämpferin an der Heimatfront. Mühsam schob sie eine Schubkarre voller Schutt den Weg vor dem Haus entlang.

»Sie hat uns gesehen«, flüsterte Carol. »Lächle. Wink ihr zu.«

Sara tat es, aber war sich bewusst, wie selbstgefällig und cliquenhaft sie auf die andere wirken mussten. Die Frau reagierte mit einem unsicheren Lächeln.

Sie wohnte in der anderen Hälfte von Saras Doppelhaus. Erkerfenster, Stuckvorbau, spitzer Giebel ... Jeder Ziegel, jede Fliese das genaue Spiegelbild von Saras Haus. Doch während ihres bürgerliche Gediegenheit vermittelte, befand sich Nummer 9 in einem jämmerlichen Zustand: abblätternde Farbe, morsche Fensterrahmen, durchhängende Dachrinnen. Jetzt aber wurde das Haus renoviert, und auch wenn die Arbeiten Lärm und Schmutz mit sich brachten, waren sie zu begrüßen. Ebenso wie die neuen Nachbarn selbst.

Spontan ließ Sara ihre Freundin mit den Jungen stehen, um die Straße zu überqueren.

»Sieht nach harter Arbeit aus!«, sagte sie und öffnete das Tor. Die Nachbarin schob die Schubkarre auf die Straße hinaus, dann ein Brett hoch, das an einem Container lehnte, und kippte den Inhalt hinein. Sie stieg rückwärts wieder hinunter und zog die Schubkarre auf den Bürgersteig. Dann streckte sie beide Hände aus, als wollte sie Klavier spielen. Es dauerte einen Moment, bis Sara begriff, dass sie zeigen wollte, wie sie vor Anstrengung zitterte.

»Meine Güte«, sagte Sara.

»Ich weiß«, erwiderte die Nachbarin, wischte sich die Hand an ihrem Overall ab und reichte sie Sara.

»Ich bin Lou.«

»Sara.«

Saah-ra. Silben, zäh wie Sirup, die Gutenachtgeschichten und Ballettstunden heraufbeschworen. Wie oft hatte sie sich schon einen anderen Namen gewünscht.

»Und ganz ehrlich, ich habe ein schrecklich schlechtes Gewissen«, fügte sie hinzu.

»Warum denn?«

»Nun ja, wie lange wohnen Sie schon hier? Eine Woche?«

»Zwei.«

»Und wir haben uns noch nicht einmal vorgestellt. Ich hatte es die ganze Zeit vor, aber Sie schienen immer so beschäftigt zu sein.«

Das hörte sich an, als würde sie hinter vorgezogener Gardine die Nachbarn bespitzeln.

»Oh Gott, nein, *ich* muss mich entschuldigen. Wir haben so geschuftet, dass wir es ganz vergessen haben. Eigentlich sollte die Renovierung vor unserem Einzug abgeschlossen sein, aber …«, sie zuckte entschuldigend mit den Schultern, »Sie wissen ja, wie das ist.«

»Ja, absolut«, antwortete Sara.

»Und als wir dachten, schlimmer könnte es nicht kommen, hat die Kunstspedition Scheiße gebaut, und wir mussten Kunstwerke von Gav im Wert von einer Million einlagern, da das Haus nur halb fertig ist!«

»Ach du meine Güte!« Mehr fiel Sara als Antwort nicht ein.

»Also …« Lou griff sich wieder die Schubkarre. »Lassen Sie uns möglichst bald mal was ausmachen.«

»Kommen Sie doch einfach nachher vorbei«, entfuhr es Sara. »Ich bin mit den Kindern allein zu Hause.«

Lou traf in einer Wolke teuren Parfüms mit Grasnote ein. Ihr Haar war noch feucht, und zu ihrer Jeans trug sie eine bestickte Bluse. Sie hat etwas Argwöhnisches an sich, dachte Sara, wie ein Pferd, das man beruhigen muss. Lou hatte nur eins ihrer Kinder mitgebracht, ein engelsgleiches Geschöpf mit schulterlangem weißblonden Haar.

»Sara, das ist Dash.«

»Hi, Dash«, sagte Sara und wurde mit einem sonnigen, wenn auch leicht entnervenden Lächeln beschenkt. »Patrick! Caleb!«, rief sie über die Schulter. Die Xbox trillerte und ratterte unvermindert weiter. Entschuldigend wandte Sara sich an Lou: »Vielleicht sollte sie einfach hochgehen. Die beiden sind ziemlich harmlos.«

»Er«, verbesserte Lou sie.

»Oh!« Sara zuckte peinlich berührt zusammen. »Ich dachte … wegen der Haare.«

»Er heißt eigentlich Dash*iell*«, sagte Lou, »wie Dashiell Hammett.«

»Natürlich. Meine Güte. Ich weiß gar nicht, wie ich … Man *sieht* ja, dass du ein Junge bist, Dash. Es war nur wegen der …«

»… Haare. Ja, manche Leute lassen sich davon verwirren.« Lous gleichmütige Reaktion, völlig frei von Verlegenheit oder Groll, machte die Sache für Sara nur noch schlimmer. Nun erschienen auch ihre beiden Söhne. Patrick, der jüngere, kam auf Socken angeschlittert, hinter ihm trottete Caleb mit dem weltverdrossenen Schlurfen des Vorpubertären einher.

»Das ist Dashiell«, sagte Sara, immer noch rot im Gesicht. »Er wohnt jetzt nebenan. Dashiell, das sind meine Jungs, Caleb und Patrick.«

Sara führte Lou in die Küche, den schönsten Raum des Hauses. Im Grunde der einzige, der wirklich ihren Geschmack widerspiegelte. Neil wollte an der Ausstattung sparen, aber angespornt von Carol war Sara in die Vollen gegangen, hatte handgemachte Fliesen aufgespürt, um den kirschroten AGA-Herd richtig zur Geltung zu bringen, und sich bei der Wahl des exakten Farbtons für den nachhaltigen Holzboden das Hirn zermartert. Doch das Ergebnis gab ihr recht. Jetzt, anderthalb Jahre später, hatte die Arbeitsfläche aus Edelstahl zwar bereits ein paar Dellen, und die Schranktüren waren verschrammt, doch der Raum wirkte immer noch warm und harmonisch. Sogar heute, mit der Spüle voller schmutzigem Geschirr und den Abfällen, die aus den Brotdosen der Jungen auf den Tisch quollen, wirkte die Küche eher behaglich als verwahrlost. Sara war gewohnt, für ihre Küche haufenweise Komplimente zu ernten, deshalb war sie überrascht, dass von Lou gar nichts kam. Stattdessen ließ ihre Besucherin abschätzig den Blick umherschweifen, um dann ihre Gastgeberin mit einem unergründlichen Lächeln anzuschauen.

»Was kann ich Ihnen anbieten?«, fragte Sara.

Sie wollte gerade verschiedene Kräutertees aufzählen, als Lou mit einem Schulterzucken verkündete, sie würde sowohl mit Rotem als auch mit Weißem vorliebnehmen. Bald saßen sie am Küchentisch, eine Flasche Syrah zwischen den leeren Nudeltellern. Und während Lou den Wein hinunterkippte wie Wasser und sich begeistert über die lebhafte Nachbarschaft ausließ, studierte Sara ihr Gegenüber. Lou war keine perfekte Schönheit, wies etliche Makel auf. Die Augen zu weit auseinander, die Nase ein wenig zu breit. Doch es gelang ihr, diese Mängel in ein positives Licht zu rücken – ein leichter Lidstrich, in einem Nasenloch ein dezenter Silberring –, sodass Schönheit an sich nicht mehr so wichtig schien. Ihr Haar, nun fast trocken, hatte sich zu einem kurzen Schopf von Korkenzieherlocken gebauscht, den sie beim Sprechen hin und her warf, als würde sein Gewicht sie stören.

Als ihre Kinder nicht in der Cranmer-Road-Schule aufgetaucht waren, hatte Sara angenommen, sie hätten sie auf eine Privatschule geschickt, doch Lou klärte sie auf.

»Wir wollten lieber das neue Schuljahr abwarten. Dieses ist ja fast zu Ende«, erklärte sie. »Ihre vorige Schule war so winzig klein und der Lehrplan so anders. Na ja, Lehrplan …« Sie schüttelte lachend den Kopf.

»Wo war das?«, fragte Sara.

»Ach, wussten Sie das nicht? Wir haben in Spanien gewohnt. In einem kleinen Bergdorf nicht weit von Loja.«

»Klingt idyllisch.«

»War es auch«, sagte Lou mit wehmütigem Seufzen. »Ich sehne mich danach zurück, aber Dash kommt im September in die sechste Klasse, deshalb mussten wir uns entscheiden.«

Sara fragte sich, ob sie die richtige Entscheidung getroffen hatten. Sie kannte in der Nachbarschaft durchaus Eltern, die ihre Kinder wegen des Gerangels um die Plätze in den nur mittelmäßigen öffentlichen Schulen des Bezirks lieber einem Ziegenhirten in einer Berghütte anvertraut hätten.

»Ich würde auch gern im Ausland leben«, sagte sie. »Aber wir sind durch Neils Arbeit hier gebunden …«

»Ach, man findet immer Gründe, etwas *nicht* zu tun.« Lou zog sich eine Locke vor die Augen, um sie zu inspizieren. »Man sollte lieber nach Gründen suchen, die dafürsprechen.«

»Das stimmt allerdings. Aber ich fürchte, ich bin nicht sehr entscheidungsfreudig. Es ist so ein riesiger Schritt. Und ich hätte Angst, nicht akzeptiert zu werden.«

»Hmm«, war Lous Reaktion, die nichts Gutes verhieß. »War es denn schwierig?«

»Ja und nein. Die Spanier sind sehr geradeheraus. Wenn sie einen nicht mögen, sagen sie es einem offen ins Gesicht, und ihre Kinder bewerfen deine mit Steinen.«

In stummem Entsetzen legte Sara die Hände an die Wangen.

»Klingt heftig, ich weiß«, fuhr Lou fort. »Aber im Grunde ist es mir lieber als diese schreckliche englische Sitte, sich nichts anmerken zu lassen, sodass der andere nie weiß, was er falsch gemacht hat. Und wenn ein Spanier einen erst einmal ins Herz geschlossen hat, hat man einen Freund fürs Leben.«

»Aber bringt man sie dazu?«

»Ja, indem man sich bemüht und sich nützlich macht … und seinen Kindern sagt, sie sollen zurückwerfen.«

»Ernsthaft?«

»Ja. Von einem Tag auf den anderen hat es aufgehört«, antwortete Lou, ohne eine Miene zu verziehen. »Gott sei Dank, denn der erste Winter war wirklich hart. In so einer Gemeinde ist niemand auf sich selbst gestellt. Es ist alles ein Geben und Nehmen. Du hilfst mir bei der Olivenernte, dafür repariere ich deinen Generator.«

»Das ist ja wunderbar«, sagte Sara.

»Ja. Wenn es richtig funktioniert, gibt es kein besseres System. Alle halten zusammen, und es entsteht ein richtiges Gemeinschaftsgefühl. Man teilt seine überschüssige Ernte, und nichts wird vergeudet.«

»Wie in einer Kommune.« Sara blickte wehmütig aus dem Fenster hinaus auf die engen Zaunreihen ihrer eigenen kleinen Enklave, die die Nachbarn voneinander trennten, so weit das Auge reichte. Als sie sich wieder Lou zuwandte, sah sie erstaunt, wie die sich mit dem Mittelfinger auf den Nasenrücken drückte, als wollte sie Tränen unterdrücken.

»Lou?«

»Entschuldigung.« Lou erschauerte und holte tief Luft. »Ich weiß auch nicht, wo das jetzt herkam.«

Sara zog es vor, taktvoll zu schweigen, verlegen, aber

auch aufgeregt, weil Lou ihr offenbar etwas anvertrauen wollte.

»Wir hatten vier wundervolle Jahre in Riofrio und haben wirklich gute Freunde gewonnen. Menschen, denen ich mein Leben anvertrauen würde.«

»Höre ich ein Aber heraus?«

Lou nahm einen großen Schluck Wein und sammelte sich.

»Eigentlich war es nur ein Missverständnis. Kein Gericht in ganz Spanien hätte ihnen recht gegeben …«

*»Gericht?«*

»Ach, nichts Schlimmes, ehrlich nicht. Wie gesagt, ein Missverständnis. Wenn wir nur ein bisschen Geld gehabt hätten, hätten wir beweisen können, dass …«

Sara runzelte die Stirn und rückte auf ihrem Stuhl vor. Die Rolle der Vertrauten begann ihr zu gefallen.

Lou erzählte ihr von den Nachbarn, Dolores und Miguel Fernandez, die weiter unten am Hang einen kleinen Bauernhof hatten, ein paar Schafe und einen Obstgarten. Miguel hatte Gavin beim Verlegen der Stromleitungen im Atelier geholfen, der dafür bei der Ernte mit angepackt hatte. So weit, so nachbarschaftlich, doch dann hatten sich Miguel und Dolores entschlossen, Forellen zu züchten. Ziemlich geldgierig, fand Lou, denn eigentlich ging es ihnen auch so nicht schlecht. Aber für die Forellenzucht gab es Fördermittel, und auf dem Papier sah es gut aus. »Typisch Spanien – zum Teufel mit dem Landschaftsschutz, scheiß aufs Ökosystem ... Wenn ein paar Euro mehr dabei herausspringen, warum nicht? Und die Ironie war«, sie umklammerte ihren Oberkörper und blinzelte die Tränen weg, »Gavin hat ihm beim Anlegen der Teiche geholfen. Hat ununterbrochen gearbeitet, obwohl er eigentlich seine Ausstellung für die Biennale von Venedig zusammenstellen musste.«

Die Forellenzucht war erst eine Woche in Betrieb, als ihnen klar wurde, dass das Ganze auf eine Katastrophe zusteuerte. Lou bekam vom ständigen Surren der Pumpen Migräne, und sie wussten nicht, was sie mit all den kostenlosen Forellen anfangen sollten (essen wollten sie sie auf keinen Fall, so wie das Fischfutter roch). Außerdem sahen die Teiche scheußlich aus. Doch sie sagten nichts, weil Dolores und Miguel ihre Freunde waren und sie verstanden, wie wichtig ihnen die Sache war.

»Und dann sind plötzlich an einem Wochenende alle Fische gestorben«, sagte Lou und breitete die Hände aus wie ein Kind. »Und sie behaupteten, es sei Gavins Schuld gewesen.«

Sara schüttelte den Kopf.

»Verrückt, ich weiß. Aber sie meinten, die Teiche seien vom Atelier aus kontaminiert worden.«

»Kontaminiert?«

»Ja, mit Gips. Aber Sie kennen seine Arbeiten ja gar nicht, oder?«

Sara zuckte entschuldigend mit den Schultern.

»Er arbeitet schon seit Jahren mit Gips. Jedenfalls hatte

er den Atelierboden mit dem Schlauch abgespritzt, und deshalb haben sie behauptet, das Wasser sei den Hang hinunter in ihre Fischteiche geflossen.«

»Oje.«

»Aber dass der Bauer nebenan Gott weiß was auf seinen Raps gesprüht hat, spielte offenbar keine Rolle. Außerdem ist Miguel Alkoholiker und könnte aus Versehen die falschen Chemikalien in die Teiche gekippt haben. Aber wir waren schließlich die Neuen, und deshalb waren wir schuld, ist doch klar.«

Ihre Hand auf der Wachstuchtischdecke zuckte krampfartig, und eine einzelne Träne quoll aus ihrem Auge und rann ihr die Wange hinunter. Saras Kehle zog sich vor Mitgefühl zusammen. Sie streckte eine Hand aus, um sie auf Lous zu legen, doch dann verließ sie der Mut, und sie griff stattdessen zu der Box mit Papiertaschentüchern.

»Danke«, sagte Lou und schnäuzte sich lautstark.

Sie begegnete Saras Blick mit einem tapferen Lächeln.

»Na ja«, sagte Sara nach kurzer Stille munter, »ich bin ihnen jedenfalls dankbar.«

Lou schaute sie verdutzt an.

»Miguel und Dolores oder wie sie auch heißen. Ohne die und ihre blöden Forellen wären Sie jetzt nicht hier. Und wir hätten Sie nicht als Nachbarn.«

»Ach so!« Lou lächelte unsicher.

Es klingelte an der Tür, und Sara schaute auf die Uhr.

»Scheiße«, sagte sie. »Gitarrenstunde.«

Und damit war der Zauber gebrochen. Lou war nur

noch eine Nachbarin, die sie kaum kannte, die Küche sah aus, als wäre eine Bombe eingeschlagen, und Caleb hatte die ganze Woche noch nicht *Cavatina* geübt. Sie sauste durch den Flur, um den Gitarrenlehrer hineinzulassen, und bemerkte, während sie sich bei ihm für das Chaos entschuldigte, das aufflackernde Interesse, als er im Flur an Lou vorbeiging.

Es war die Art von Blick, die Sara selbst nie auf sich zog – nicht direkt sexuell, obwohl das mitschwang –, eher ein Erkennen. Du bist wie ich, sagte dieser Blick, oder so, wie ich gern sein möchte. Und obwohl Lou so tat, als merke sie nichts, registrierte sie sein Interesse sehr wohl, aber blieb auf Distanz. Sara spürte einen Anfall von Neid.

Als sie in der Tür standen, fingen Lou und Sara gleichzeitig an zu sprechen.

»Ich kann Ihnen gar nicht sagen, wie …«

»Ich bin wirklich froh, dass Sie …«

Dann lachten beide, und Sara ließ Lou den Vortritt, doch die zuckte nur mit den Schultern, als würden ihr plötzlich die Worte fehlen.

»Danke«, sagte sie schließlich, und beide lachten erleichtert. Lou war bereits am Gartentor, als sie innehielt und noch einmal zurückkam, als wäre ihr plötzlich etwas eingefallen.

»Wir haben für Samstag ein paar Leute eingeladen. Nur eine kleine Einweihungsparty. Wollen Sie nicht auch kommen?«

# 2

Als die Jungen endlich friedlich schlummerten und Sara und Neil das Haus verließen, ging das Licht der Straßenlaternen bereits von Blassrosa zu Orange über. Die schmalen viktorianischen Doppelhäuser, die in die dunkelblaue Dämmerung ragten, erinnerten an plauschende Nonnen. Noch hatte die Gentrifizierung sie noch nicht alle in ihrem tödlichen Griff. Für jeden Lorbeerstrauch mit Formschnitt gab es eine Satellitenschüssel, für jedes geschmackvolle Bleiglasfenster einen PVC-Windfang. Das Haus von Gav und Lou war noch nicht einzuordnen. Der Container davor enthielt zwar interessante Hinweise – einen hässlichen Kaminsims aus den Fünfzigerjahren, eine nackte Schaufensterpuppe –, aber es war noch zu früh, um zu beurteilen, was sie für Leute waren.

»Wozu verdammt noch mal musstest du unbedingt den Moët mitbringen?«, zischte Neil, als sie vor der Tür der neuen Nachbarn standen und vergeblich darauf warteten, dass jemand auf die Klingel reagierte.

Sara zuckte mit den Schultern.

»Das war alles, was wir im Haus hatten.«

Sie hatte vorher bewusst die letzte Flasche Supermarkt-

Soave aufgemacht, teilweise, um ihre Nerven zu beruhigen, aber vor allem, um sicherzugehen, dass außer dem Moët nichts mehr im Haus war. Wenn sie ehrlich war, wusste sie natürlich, dass Neil die Flasche im Kühlschrank nach ganz hinten geschoben hatte, weil er hoffte, demnächst einen Grund zum Feiern zu haben. Er plante einen Putsch im Vorstand der Wohnungsgenossenschaft, bei der er arbeitete, und wie er ihr kürzlich beim Abendessen erzählt hatte – seine grauen Augen lebhaft funkelnd, seine Kiefer Salat zermalmend wie eine Maschine –, hatte er nun genug Leute auf seiner Seite, um den Finanzchef auszubooten. Das würde das letzte Hindernis beseitigen, das zwischen ihm und der Position des Generaldirektors stand, auf die er schon so lange versessen war. Sara hatte ihn angeschaut und kaum noch eine Spur von dem bescheidenen, idealistischen Studenten vorgefunden, in den sie sich einst verliebt hatte.

Wenn sie ihm damals erzählt hätte, dass er einmal eine Flasche Moët kaufen würde, um seinen Aufstieg in irgendeine Chefetage zu feiern, hätte er sie für verrückt erklärt. Doch nun stand er hier in seinem Paul-Smith-Hemd und den Camper-Schuhen, von Kopf bis Fuß der lässig-elegante Scherge des Kapitalismus. Er fand zwar immer noch genug einleuchtende Gründe, warum es für die Mieter am besten wäre, wenn er Haven Housing leiten würde, doch in letzter Zeit schien es, als wäre das Wohl der Mieter untrennbar mit Neils Aufstieg auf der Karriereleiter verbunden. Als er damals bei Haven Housing angefangen hatte,

hatte er Jeans und Button-down-Hemden getragen. Nach und nach waren die Jeans verschwunden und Krawatten aufgetaucht (»Die Mieter mögen Krawatten«, hatte er gesagt). Und nach einem kurzen Ausflug zu Chino-Hosen und Pullundern hatte schließlich die Ära der Anzüge begonnen. Anzüge kamen angeblich besser bei den »Stakeholdern« an, wer immer das sein sollte. Doch kratzte man an der aalglatten Fassade, kam dahinter der Idealist zum Vorschein, der immer noch für die gute Sache kämpfte und sich für die Benachteiligten einsetzte. Ihr Neil war doch kein Zyniker.

Als sie zaghaft gegen die Tür drückte, öffnete sie sich.

»Ich glaube, wir können einfach reingehen«, sagte sie.

Es war ihnen immer noch nicht klar, ob es sich um eine gepflegte Abendgesellschaft oder eine wilde Party handelte. Den ganzen Tag lang hatte Sara Augen und Ohren offen gehalten, war aber trotzdem nicht klüger geworden. Der ganze Haushalt schien bis weit nach zwei Uhr in friedlichem Schlummer zu verweilen, was Sara für eine junge Familie an einem Sommerwochenende sehr beachtlich fand. Dann, als die meisten anderen Leute zur Ruhe kamen, wurden sie plötzlich aktiv. Von ihrem Beobachtungsposten am Küchenfenster aus konnte Sara Gavin sehen, der Äste von den Linden am Ende des Gartens absägte, offenbar mit stumpfem Werkzeug, denn der Schweiß lief ihm am Oberkörper herunter. Es war um die fünfundzwanzig Grad, und wie schon den ganzen Sommer herrschte starke Luftfeuchtigkeit. Der Zaun war zu hoch und die Sträucher im Garten der Nachbarn zu verwildert, um viel zu sehen. Sie erhaschte nur hin und wieder einen flüchtigen Blick auf die Kinder, konnte aber ihr ausgelassenes Schreien und Jauchzen hören. Aus den offenen Fenstern plärrte Musik – irgendein Siebzigerjahre-Kitsch, Supertramp vielleicht –, doch ab und zu drehte Lou die Lautstärke herunter und rief mit klagender, aber so durchdringender Stimme, dass sie das Sägegeräusch übertönte: »Gaaaaaav?«

Wenn er dann innehielt und sich mit glühendem Gesicht und bebendem Brustkorb zu ihr umdrehte, stellte sie irgendeine belanglose Frage, anscheinend vor allem, um zu beweisen, dass sie das Recht dazu hatte. Die Antwort schien nebensächlich.

Um sechs Uhr hockte er immer noch auf dem dritten und letzten Baum und sägte an einem hartnäckigen Stück Rinde, das den letzten dicken Ast mit dem Stamm verband. Wenn Neil da oben im Baum gesessen hätte und sie hätten am selben Abend eine Party gehabt, egal, wie spontan, wäre sie garantiert ausgerastet.

Sie hatte überlegt, einen Babysitter zu organisieren, aber schließlich nichts unternommen, weil sie nicht wusste, was für eine Party es werden sollte. Sie beschloss, einfach ab und zu einen Blick hinauszuwerfen und dazuzustoßen, wenn genug Gäste da waren. Es blieb die Frage, was sie anziehen sollten, aber nach dem Gebaren ihrer Gastgeber zu urteilen würde es wohl eher ungezwungen zugehen. Gegen acht war sie geduscht und fast fertig. Sie hatte sich für eine »7 For All Mankind«-Jeans, ein Seidenmieder und Riemchensandalen entschieden, die sie jedoch gegen Birkenstock-Latschen austauschte, als sie Neils Gesichtsausdruck sah. Doch sie konnte auf sein Coldplay-T-Shirt starren, bis es in Flammen aufging, und er verstand den Wink immer noch nicht. Deshalb bat sie ihn schließlich so freundlich wie möglich, etwas anderes anzuziehen.

Der Flur war menschenleer. Teelichter auf allen Stufen der teppichlosen Treppe warfen zitternde Schatten auf die Wand.

»Das Haus könnte jeden Moment in Flammen aufgehen«, murmelte Neil. Tief aus dem Innern des Hauses dröhnte laute Musik. Aus der Nähe war das Raunen von Partygesprächen zu hören, und Saras Magen verkrampfte sich nervös. Sie steckte den Kopf durch die Wohnzimmertür. Ein bärtiger Mann in verknittertem Leinenanzug saß auf einem skandinavisch aussehenden Ledersofa und drehte auf einem Plattencover einen Joint, als wäre es 1979. Was sie von dem Zimmer sehen konnte, war eine seltsame Kombination aus Unordnung und Leere. An den Wänden waren planlos Kunstwerke aufgehängt. In einem Alkoven stapelten sich Bücher bis unter die Decke. Im anderen ragte eine mehrköpfige Stehlampe hinter einem ramponierten Eames-Sessel hervor. Über dem Kamin prangte ein ausgestopfter Hirschkopf, durch dessen Geweih eine Lichterkette gezogen war. In der Luft hingen ein Geruch von Curry und Gras und ein Hauch von Moder, was vermuten ließ, dass das alte Feuchtigkeitsproblem des Hauses noch immer nicht behoben war. In einer anderen Ecke des düsteren Wohnzimmers konnte Sara nun einen Mann mit Porkpie-Hut und eine Frau in Rockabilly-Aufmachung ausmachen. Beide hielten Bierdosen in den Händen. Sie lächelte ihnen zaghaft zu und zog den Kopf wieder zurück. Schulterzuckend wandte sie sich an Neil.

»Zur Küche?«

Sie blinzelten, als sie den neonbeleuchteten Raum betraten. Im Gegensatz zum öden, verlassenen Wohnzimmer war die Küche von Leben erfüllt. Schon die Lautstärke wirkte einschüchternd, und eine Sekunde lang verspürte Sara angesichts des überwältigenden Schwalls von Fröhlichkeit den Drang, sich aus dem Staub zu machen. Dies waren keine Leute aus der Nachbarschaft. Sie sahen aus, als wären sie in einer New Yorker Avantgarde-Galerie aufgelesen und extra eingeflogen worden. Siebzigjährige in Skinny Jeans und Zwanzigjährige in Tweed. Baader-Meinhof-Intellektuelle, It-Girls mit dunklen Kajalstrichen unter den Augen, herausgeputzte Dandys und schmuddelige Punks. Sara griff instinktiv nach Neils Hand und bahnte sich einen Pfad durch das Gemenge, bis sie den sicheren Hafen des Küchentischs erreichte. Neil wollte den Moët abstellen, doch Sara warf ihm einen warnenden Blick zu.

Die neuen Nachbarn hatten keinen Versuch unternommen, die Küche zu verschönern oder für Atmosphäre zu sorgen. Sie war das reinste Loch, und soweit Sara sich erinnern konnte, sah sie noch genauso aus wie zur Zeit der Zwangsversteigerung. Entweder hatten Lou und Gavin ihr ganzes Geld für den Umbau des Untergeschosses verbraucht, oder, weil die Siebzigerjahre wieder angesagt waren, sie hielten die braunen Blumenfliesen und gelben Resopalschränke für einen stilistischen Geniestreich.

»Oh, Champagner! Los, mach ihn schon auf.«

»Carol, hi!« Sara war selbst ein wenig überrascht über den missmutigen Ton ihrer Begrüßung. Carol trug eins ihrer Wickelkleider der Firma Boden, dazu Ohrringe, eine Strumpfhose und Nagellack in genau dem Jadegrün jeder dritten Zickzacklinie des Kleids. Ihr kurzes rotes Haar war frisch frisiert. Sie sah aus wie eine Hauswirtschaftslehrerin, die sich in einen zwielichtigen Jazzclub verirrt hatte, und – was für ein verachtenswerter Impuls – Sara wollte nicht mit ihr gesehen werden. Carol war ein wunderbarer Mensch, ja, auf jeden Fall. Praktisch veranlagt und unerschütterlich, gutmütig und klug. Ganz gleich, ob man ihr sein Herz ausschütten oder sich nur eine Tasse Couscous leihen wollte: Auf sie war Verlass. Im Laufe der Jahre hatte es schon so einige Beichten gegeben und auch Tränen. Carol war eine geniale Lesegruppenleiterin und konnte ganz ordentliche Dinnerpartys auf die Beine stellen, und auch wenn sie immer die gleichen Leute einlud und die Gespräche sich wiederholten, war sie stets eine perfekte Gastgeberin. Doch zu diesen Bohemiens passte sie nun überhaupt nicht.

Selbst jetzt, während Sara ihr Glas widerwillig mit

Champagner füllte, musste Carol die Einrichtung begutachten.

»Meinst du, die Küche ist retro oder einfach nur alt?«

»Weiß ich wirklich nicht«, antwortete Sara. Sie versuchte, einem nahen Gespräch über Rap und Frauenfeindlichkeit zu lauschen, aber es war unmöglich, da ihr auf der einen Seite Carol das Ohr vollplapperte und auf der anderen Neil und Simon standen, die sich über Fußball unterhielten.

»Ich hatte sie mir hochmodern vorgestellt«, fuhr Carol fort. »Komisch, dass sie die ganze Zeit die Handwerker im Haus hatten und die Küche immer noch so aussieht.«

»Sie haben das Atelier eingerichtet, Carol.«

»Ach ja, hatte ich ganz vergessen. Er ist ja *Künstler*.« Carol weitete spöttisch die Augen und wandte dann ihren Blick der vielfach gepiercten Menschenmenge zu.

»Kennst du hier irgendjemanden?«, fragte sie. Sara schüttelte den Kopf. Sie wollte die Leute gern kennenlernen, aber wenn Carol wie eine Klette an ihr hängen blieb, hatte sie keine Chance. In der Küche wurde es allmählich leerer, denn die Gäste füllten ihre Gläser auf und wanderten hinaus in den Garten. Carol beugte sich zu Sara hinüber, um eine weitere Bemerkung zu machen.

»Einen Moment«, sagte Sara und legte ihrer Freundin entschuldigend eine Hand auf den Arm. »Ich muss ganz dringend mal.«

Als sie die Stufen zum Garten hinabstieg, verstand sie, warum Gavin die Bäume so heftig gestutzt hatte. Ganz hinten stand ein Partyzelt, in dem Kissen und Teppiche ausgebreitet waren. Von innen lockten verheißungsvoll Papierlaternen. Eines musste man Lou und Gavin lassen: Sie wussten, wie man eine besondere Atmosphäre schaffte. Sara nahm an, es handelte sich um eine Chill-out-Zone, und fragte sich, was dort wohl zu vorgerückter Stunde vor sich gehen würde. Sicher würde es mehr Gras geben, aber auch andere Drogen? Was würde sie tun, wenn jemand ihr Kokain anbot? Ablehnen wahrscheinlich. Schließlich musste sie sich um die Kinder kümmern, und außerdem würde sie es doch nur blöd anstellen und sich blamieren.

Noch immer keine Spur von den Gastgebern, aber kleine Gruppen liefen auf dem Rasen umher, tranken, rauchten und wiegten schlangengleich ihre Köpfe zu Trip-Hop-Musik. Die meisten schienen sich zu kennen. So muss sich ein Geist fühlen, dachte Sara, während sie sich von einem Grüppchen zum anderen treiben ließ. Doch sie blieb immer nur am Rand, lächelte hoffnungsvoll und brachte aber nie den Mut auf, sich vorzustellen. Ein paar Gäste nahmen Blickkontakt auf, der ein oder andere erwiderte ihr Lächeln und rückte zur Seite, um sie in den Kreis aufzunehmen, doch ihre Gespräche waren so gescheit, so geschmeidig und elegant, dass sie nichts beizutragen wusste. Es war, als wollte man in einen schnell fließenden Strom steigen. Deshalb war sie erleichtert, als sie auf eine Bekannte stieß, die ein paar Straßen weiter wohnte und, wie sich herausstellte, zusammen mit Lou einen Kunst-Einführungskurs absolviert hatte. Doch jetzt wollte sie nur über Schulbezirke reden. Nachdem Sara zwanzig Minuten lang genickt und gelächelt hatte, von einem Fuß auf den anderen getreten war und den Stiel ihres Glases hin und her gedreht hatte, reichte es ihr. Sie entschuldigte sich und bahnte sich einen Weg durch die Menge zurück zum Haus, als ihr auf den Stufen der Gastgeber entgegenkam.

»Noch etwas Wein?«, fragte er und hielt eine Flasche über ihr Glas.

»Danke«, sagte sie. »Sie sind Gavin, nicht wahr?«

»Richtig erkannt.«

Er füllte ihr Glas und machte Anstalten weiterzugehen.

»Wir sind übrigens Nachbarn«, sagte sie hastig.

»Ah«, sagte er, drehte sich wieder zu ihr um und blickte sie mit ehrlichem Interesse an, »dann müssen Sie Sara sein.«

# 3

Gavin entschuldigte sich, weil er bisher kein besonders guter Nachbar gewesen sei, und erklärte, er habe sich gefühlt wie ein Hund, der sich in seinem Körbchen im Kreis herumdreht, nur dass sein Körbchen sein Atelier war, das dem schweren Londoner Lehm abgerungen werden musste. Er deutete mit dem Kinn in Richtung Untergeschoss, das noch mit blauen Planen zugehängt war. Sara war erleichtert, dass Gavin aus der Nähe nur mäßig gut aussah. Ein Augenlid hing ein wenig herunter, was ihm ein leicht zwielichtiges Aussehen verlieh, und sein ansonsten perfektes Profil wurde von einem leichten Überbiss beeinträchtigt. Er sprach mit nordenglischem Akzent, der alles, was er sagte, ein wenig süffisant klingen ließ. Dadurch fühlte Sara sich veranlasst, ihn ein wenig zu necken, und sie äußerte die Vermutung, dass sich in dem umgebauten Keller gar kein Atelier befand, sondern ein unterirdisches Fitnessstudio, so wie in den Oligarchenresidenzen in Chelsea. Er sagte, er würde es ihr gern zeigen, doch nicht heute Abend, denn er wolle vermeiden, dass ihnen irgendjemand uneingeladen hinterhertrotte. Dabei deutete er mit dem Kopf auf die immer wilder werdenden Partygäste. Auf diese kleine Schmeichelei hin verspürte Sara ein aufgeregtes Flattern in der Magengrube.

»Und was machen *Sie* so, Sara?«, fragte er nach einer Redepause.

»Ich bin Texterin«, antwortete sie.

»Werbung. Super! Macht sicher Spaß.«

»Ach, nicht für Saatchi oder so«, sagte sie schnell. »Eigentlich ist es ziemlich langweilig. Hauptsächlich firmeninterne Schreiben und Kundeninformationen …«

Er nickte und sah zur Seite, offenbar um einen interessanteren Gesprächspartner zu finden.

»Aber ich schreibe auch für mich selbst«, fügte sie schnell hinzu.

»Cool«, sagte er und blickte sie wieder an. »Was denn so?«

»Kurzgeschichten, ein paar Gedichte. Ich habe auch einen Roman angefangen, aber mir ist die Puste ausgegangen.«

»Sie sollten mal mit Lou reden.«

»Ach ja?«, sagte sie skeptisch.

»Ja«, antwortete er nickend, »sie kann Ihnen ein paar Tipps geben. Je nachdem, was es ist, natürlich.«

»Lou schreibt auch?«

»Sie ist Autorin und Regisseurin.«

»Was? Sie dreht Filme?«

»Ja. Im Moment arbeitet sie an einem Kurzfilm. Total irres Konzept.«

»Sie hat gar nicht erwähnt …«

»Nein, das ist nicht ihre Art. Sie ist sehr bescheiden.

Meine Frau ist jemand, der still vor sich hin ackert und dann plötzlich etwas völlig Irres auf die Beine stellt. Verstehen Sie, was ich meine?«

»M-hm« war Saras betretene Reaktion. Sie hatte sich gerade erst an Lou, die Stilgöttin, Erdmutter und Muse gewöhnt, und nun musste sie sich wohl auch noch mit Lou, dem kreativen Genie anfreunden.

»Also …« Gavin sah sich um, ob noch weitere Gläser zu füllen waren. Doch plötzlich schien es ihr ungeheuer wichtig, ihn festzuhalten.

»Was halten Sie vom spanischen Kino?«, platzte sie heraus. Er schaute sie verdutzt an.

»Ich bin kein Kenner«, antwortete er. »Almodóvar ist manchmal ganz witzig, aber nicht immer.«

»Ich weiß, was Sie meinen«, stimmte sie zu und hoffte, nicht näher darauf eingehen zu müssen. »Und finden Sie die schlechten Untertitel nicht auch nervend?« Sie verdrehte verzweifelt die Augen. »Also manche französische Filme, die ich gesehen habe …«

»Sie können Französisch?« Er wirkte beeindruckt.

»So einigermaßen«, antwortete sie schulterzuckend.

*»Ce qui expliquerait le mystère subtil de votre allure«*, sagte Gavin mit ziemlich guter Aussprache und einem neckischen Funkeln in den Augen.

»Äh … ja, also, ich habe es in der Schule gelernt.« Sie setzte eine bedauernde Miene auf. »Aber ich bin ein bisschen aus der Übung.«

Einige Sekunden sagten beide nichts, und schließlich fingen sie an zu lachen.

»Großartig«, sagte er kopfschüttelnd. »Der war gut.«

»Habe ich einen Witz verpasst?« Neil erschien an Saras Seite.

»Ach, hallo«, sagte sie und versuchte, sich nicht über ihn zu ärgern. »Gavin, das ist Neil, mein Mann.«

Sie gaben sich die Hand.

»Es ist halb elf«, sagte Neil bedeutsam.

»'tschuldigung«, sagte Gavin und fasste Neil an die Schulter, »aber wenn es schon so spät ist, helfe ich besser meiner Angetrauten mit dem Essen. War nett, mit Ihnen zu plaudern, Sara.«

Während er verschwand, schüttelte er immer noch den Kopf und lächelte.

»Meinst du nicht, wir sollten langsam gehen?«, fragte Neil.

»Warum denn?«

»Na ja, zum Beispiel weil die Jungs ganz allein sind.«

»Schau doch nach ihnen, wenn du dir Sorgen machst.«

»Gefällt's dir denn wirklich so gut hier?« Er schien überrascht.

»Ja, weil ich nicht mit Carol und Simon in der Küche festsitze.«

»Die beiden sind schon weg«, informierte er sie. »Sie haben gesagt, niemand habe mit ihnen geredet.«

Sie spürte einen Anflug von schlechtem Gewissen.

»Okay, *ich* schaue nach den Jungs«, sagte sie. »Und du … du weißt schon, misch dich unter die Leute. Das sind unsere neuen Nachbarn.«

Skeptisch beäugte er die verschiedenen Grüppchen –

die schönen, elfenhaft schlanken Frauen und die Männer mit den auffälligen Koteletten und ausgefallenen Brillen.

»In Ordnung«, sagte er mit einem aufgesetzten Ausdruck von Wagemut. Er stieß mit ihr an, und sie verspürte einen plötzlichen Liebesschwall für ihn. Es erinnerte sie an Patrick am Morgen seines ersten Schultags – sein tapferes Lächeln, von dem sie wusste, dass es sich in einen heftigen Weinanfall verwandeln würde, sobald sie sich entfernte. Neil mochte vielleicht Anwärter auf den Direktorposten einer Wohnungsgenossenschaft sein, doch sie beide wussten, dass das hier niemanden beeindrucken würde.

Bei den Jungen war alles in Ordnung. Patrick schnarchte leise, und seine Oberlippe glänzte vor Schweiß. Der Schlaf hatte die Zeit zurückgedreht und ihm seine engelhaften Gesichtszüge zurückgegeben, denen er tagsüber mit aller Mühe einen streitlustigen Ausdruck verlieh. Sie schlug seine Bettdecke zurück und strich ihm die Haare aus dem Gesicht.

Caleb saß im Bett und las Harry Potter, während ihm die Augen langsam zufielen.

»Nette Party?«, fragte er.

»Nicht übel.«

»Es ist sehr laut.«

Das stimmte. Sie hatten gerade eine Latin-Phase. Sara konnte die pulsierenden Salsarhythmen durch die Mauern spüren. Eigentlich ziemlich dreist, den Nachbarn das zuzumuten, obwohl sie gerade erst eingezogen waren. Es gab in der Nähe viele Familien mit kleinen Kindern. Plötzlich fragte sie sich, ob sie und Neil deshalb eingeladen worden waren – damit sie sich nicht über den Lärm beschwerten.

»Ich werde sie bitten, die Musik leiser zu stellen«, sagte sie. Sie wollte ihn küssen, doch er zog sich die Bettdecke übers Gesicht, um sie daran zu hindern. Sie lächelte traurig und stand auf.

»Nacht, Mum«, rief er, als sie die Treppe hinunterging.

»Nacht«, flüsterte sie.

Die Haustür nebenan war jetzt geschlossen. Sie klingelte stürmisch, wusste aber, dass sie bei dem Lärm niemand hören würde. Dann bemerkte sie, dass das Tor zum Seitendurchgang geöffnet war. Sie huschte hindurch in den Garten, als plötzlich die Musik abrupt aufhörte. Einen Moment lang dachte sie, die Party sei vorüber, doch etwas an der Atmosphäre sagte ihr, dass sie sich irrte. Die Gäste hatten am Rand des Rasens entlang einen Kreis gebildet. Als sie sich nach vorn drängte, sah sie Lou und Gavin eng aneinander in der Mitte stehen. Lou hatte ihr Gesicht unterwürfig an Gavins Schulter gelegt. Zuerst dachte Sara, sie hätten sich gestritten, doch dann bemerkte sie einen Gitarrenspieler, der auf einem Hocker vor dem Zelt saß. Die Menge verharrte in erwartungsvollem Schweigen. *Rat-tat-tat* … Dreimal schlug der Musiker gegen den Resonanzboden, und auch ohne Verstärker war es recht laut. Dann stieß er aus dem oberen Brustkorb einen hohen, melodischen Klagelaut hervor und begann, einen Tango zu spielen und dazu zu singen. Sara schauderte vor Verlegenheit, als Lou und Gavin die Arme aus der Schulter nach außen schwangen, die Handgelenke ineinander verschränkten und zu tanzen begannen. Doch die Virtuosität des Gitarristen und die Leidenschaft der Tänzer schlugen sie in ihren Bann. Lou und Gavin kreisten auf dem improvisierten Tanzparkett umher, während ihre Füße sich in komplizierten Schrittfolgen auswichen und kreuzten und Lous hautenges rotes Kleid Gavins Schenkel umfloss. Sie umarmten einander, trennten sich wieder, der eine zog den anderen zu sich und stieß ihn wieder von sich. Die Menge klatschte dazu, nicht aus Gemeinschaftsgefühl, sondern um sie anzuspornen. Als würden sie sie zu einer gefährlichen und verbotenen Tat anstacheln. Und auch wenn ihnen Perfektion und Rhythmus professioneller Tänzer fehlten, hatte ihre Darbietung etwas Unwiderstehliches an sich – eine Qualität, die bei den Zuschauern jedes Gefühl von Zweifel und Peinlichkeit erstickte –, denn sie gingen völlig darin auf. Während sie sich immer wieder wegstießen und das Kinn vorstreckten, um direkt danach Wangen und Schenkel aneinanderzulegen und die Augen zu schließen, war die sexuelle Anziehungskraft zwischen den beiden nicht zu übersehen. Es war, als würde man bei einem schrecklichen Ereignis zusehen, einem in Zeitlupe ablaufenden Autounfall mit zermalmtem Metall, zertrümmerten Knochen und zerfetztem Fleisch, und man wusste, man sollte nicht zuschauen, doch war unfähig, den Blick abzuwenden. Sara spürte, wie es ihre Substanz angriff, ihr den Boden unter den Füßen wegriss.

Dann war der Tanz beendet, Lou hatte ein Bein auf Gavins Hüfte gelegt und das andere nach hinten gestreckt, ihre Haltung zeigte schlaffe Unterwerfung. Die Zuschauer brachen in Applaus aus, klatschten und johlten vor Begeisterung. Lou lachte und legte auch das andere Bein um Gavins Taille, und er wirbelte sie herum, ein fröhliches Kind, das vor Sekunden noch eine Femme fatale gewesen war. Auch Sara klatschte und lächelte, doch sie war innerlich aufgewühlt.

Sie wanderte herum, um sich einen Drink zu besorgen, und fand Neil, der sich im Partyzelt auf einem Sitzsack fläzte. Als er sie kommen sah, rappelte er sich schuldbewusst hoch.

»Das war affenstark, was?« Er grinste dümmlich mit offen stehendem Mund. Sie erkannte, dass er bekifft war.

»Ja. Sehr eindrucksvoll«, sagte sie.

»Hast du den Kerl gesehen? Einfach unglaublich. Seine Finger sind nur so über die Saiten gehuscht.«

»Du hast wahrscheinlich als Einziger hier auf den Gitarrenspieler geachtet.«

»Vielleicht frage ich ihn, ob er Caleb ein paar Stunden geben kann.«

»Dazu hat er bestimmt keine Lust. Wahrscheinlich spricht er nicht einmal Englisch.«

»Aber ich frage ihn auf jeden Fall, ob er CDs zu verkaufen hat. Hat er bestimmt. Jemand, der so es so draufhat.«

»Bitte nicht«, sagte sie.

»Warum denn nicht?«

»Weil es peinlich ist.«

Er wirkte ein wenig gekränkt, deshalb nahm sie seine Hand. Sie fühlte sich feucht an.

Inzwischen hatte die Musik wieder eingesetzt.

»Tanz mit mir«, sagte Neil. Er zog sie an sich und vergrub sein Gesicht an ihrem Hals.

»Ich dachte, du wolltest nach Hause«, wand sie ein.

»Nur ein einziger Tanz.«

Es war kein ideales Stück. Weder schnell genug, um sich im Takt zu bewegen, noch langsam genug für eng umschlungenes Schmusen. Verlegen kreisten sie auf der Stelle, seine Hände lagen schlaff auf ihren Hüften, ihre umklammerten zuerst seine Schultern, dann seine Ellbogen, bemüht, mit dem Rhythmus mitzugehen. Zum Glück waren die meisten Leute abgezogen, um ihre Gläser aufzufüllen, und so war ihre einzige Gesellschaft eine koboldartige Frau, die beim Tanzen seltsam mit den Handgelenken zuckte, und ein kleines Mädchen mit Elfenflügeln über dem Schlafanzug.

Als das Stück zu Ende ging, küsste Sara ihren Mann zart auf die Lippen und löste seine Hände von ihren Hüften.

»Also gut«, sagte er und blickte sich benebelt um, »sollen wir uns verabschieden?«

»Ich komme nach«, antwortete sie.

Sara blieb noch etwa eine Stunde auf der Party, doch sie fühlte sich wie eine Zuschauerin. Viele grinsten sie dämlich an, doch niemand bot ihr Drogen an. Sie tanzte am

Rand einer Gruppe, die höflich ihren Kreis öffnete, um sie hineinzulassen. Ein Mann forderte sie sogar mit einem Schulterwackeln auf, mit ihm zusammen zu Steely Dan abzugehen, doch obwohl sie im Lauf des Abends eine ganze Flasche Wein getrunken hatte, ließ sie sich nicht dazu hinreißen. Stattdessen schlenderte sie zur Küche. Dort stand sie am Tisch und aß geistesabwesend Brocken von selbst gebackenem Fladenbrot mit Limetten-Pickle, bis ihr klar wurde, dass Lou und Gavin sich für die Nacht zurückgezogen hatten. Also konnte sie auch ruhig nach Hause gehen.

# 4

Sara stand am Schlafzimmerfenster und beobachtete, wie die Nachbarschaft erwachte. Sie sah den Mann aus dem Haus mit dem Steinputz, der mit seinem angsteinflößenden Hund bis zu dem Haus mit den Lamellenfensterläden lief, ihn an den Kübel mit dem Lorbeerbäumchen pinkeln ließ und wieder kehrtmachte. Sie sah Marlene aus Nummer zwölf, die ihren umfangreichen Hintern in ihren Ford Ka schob, um frisch frisiert und mit einem dem Anlass angemessenen Hut zum Königreichssaal zu fahren. Sara beobachtete einen übernächtigt aussehenden Mann, der holpernd einen Zwillingswagen die Stufen des kürzlich renovierten Hauses hinunter- und Richtung Park schob. Sie sah, wie sich Carols Haustür öffnete …

»Wo will *die* denn hin«, murmelte sie. Ein leises Stöhnen kam unter der Bettdecke hervor.

Sara beobachtete, wie ihre Freundin mit einem Briefumschlag in der Hand die Straße überquerte.

»Oh mein Gott, sie wird doch nicht … Doch! Sie bringt ihnen eine Dankeskarte.«

Neil setzte sich halb auf.

»Was sagt man dazu?« Sie blickte ihn mit ungläubigem Lächeln an.

»Gute Manieren, um Himmels willen.« Er schüttelte sich.

»Ach, komm«, protestierte Sara. »Es hat ihnen nicht mal gefallen. Das hast du doch selbst gesagt.«

Mit dem Berg Kissen hinter sich und dem Ausdruck nachsichtiger Überlegenheit sah Neil aus wie in den Mount Rushmore gemeißelt.

»Vielleicht ist es ja was ganz anderes.«

»Was soll es denn sonst sein?« Sara blickte ihn scharf an.

»Eine Geburtstagskarte?« Neil zuckte mit den Schultern und griff nach seinem Handy.

»Sei nicht albern. Sie kennen sich doch erst seit Kurzem.«

Wie dem auch sein mochte, es gefiel ihr nicht, dass Carol ihr zuvorkam. *Sie* war doch als Erste am Ball gewesen. Alles, was Carol über Lou und Gavin wusste, hatte sie von Sara erfahren. Alter und Geschlecht der Kinder, der Umzug aus Spanien, Gavins Beruf ... All diese Informationshäppchen hatte sie ihrer Freundin nicht ohne Genugtuung serviert. Vertrauliches – die Forellen und die Tränen – hatte sie jedoch für sich behalten. Der Gedanke, dass sich zwischen den anderen beiden Frauen eine eigene Beziehung entwickelt haben könnte, war einfach lächerlich. Sie hatten überhaupt nichts gemeinsam.

»Was war denn noch so los, nachdem ich gegangen bin?« Neil schaute nicht von seinem Handy auf und fragte so beiläufig, als wäre er nicht sonderlich interessiert, doch sie spürte, dass er eigentlich ganz versessen darauf war, es zu erfahren.

»Nicht viel«, antwortete sie, stieg wieder ins Bett und riss die Decke zu sich. »Gavin und Lou waren irgendwann verschwunden. Ich habe mich mit ein paar Leuten unterhalten, habe getanzt. Dann bin ich nach Hause gegangen.«

»Wohin verschwunden?«, fragte Neil.

»Ins Bett vermutlich«, sagte Sara und fand selbst, dass sie sich ein wenig prüde anhörte.

»Was?«, fragte Neil. »So richtig? Ins Bett?«

»Du hast sie ja gesehen«, sagte Sara. »Für mich sah dieser Tanz sehr nach Vorspiel aus.«

»Ehrlich?« Neil schaute schockiert und begeistert zugleich, wie ein lüsterner Schuljunge.

»Bisschen übertrieben, findest du nicht, auf ihrer eigenen Party?«, brummelte sie.

Neil zuckte mit den Schultern.

»Vielleicht konnten sie sich einfach nicht bremsen.«

Eine Weile lagen sie einfach schweigend da. Das Plärren des Kinderprogramms von unten wetteiferte mit dem Brummen eines Heckenschneiders irgendwo draußen. Neil wandte sich wieder seinem Handy zu, doch das Thema Sex hing in der Luft. Sonntagmorgen war ihre übliche Zeit, und so angestrengt, wie er durch die Fußballergebnisse scrollte, hatte er wahrscheinlich bereits eine Erektion. Sie selbst war auch erregt, doch ihre Gefühle mischten sich mit Gedanken an Gavin und Lou und ihren dämlichen Tango. Sie war verkatert, verärgert und geil zugleich. Mit einem grollenden Seufzen ließ sie die Hand auf die Bettdecke fallen. Scheinbar in Gedanken umfasste Neil ihr Handgelenk und begann, es sanft zu streicheln, während er noch immer vorgab, in die Spielergebnisse vertieft zu sein. Es war nur ein ganz sachtes, beiläufiges Streicheln, doch er konnte ihr nichts vormachen – er bekam nicht ein Wort von dem mit, was er las.

Sie schloss die Augen und versuchte, die Berührung zu genießen, doch ihre Gedanken kehrten immer wieder zu der Party zurück: zu der fremdartigen Atmosphäre, der Musik und dem ungewöhnlichen Verhalten der Gastgeber. Neil liebkoste nun ihren Hals, während sich eine Hand unter die Bettdecke grub, wo sie sich pflichtbewusst von Punkt zu Punkt vorarbeitete. Ein Zwicken der Brustwarze, ein schnelles Kneten der Brust und dann weiter Richtung Süden. Sie warf den Kopf nach hinten und versuchte, sich dem Genuss hinzugeben, doch sie kam nicht richtig in Fahrt. Trotzdem wand sie sich stöhnend, nahm seine Hand und zeigte ihm, wo sie berührt werden wollte. Doch als sie die Augen schloss, machten sich Gav und Lou wieder in ihren Gedanken breit, diesmal nackt, Gavs Kopf in Lous Schoß, ihr Gesicht vor Ekstase verzerrt. Entsetzt verbannte sie das Bild, worauf das Schmetterlingszittern ihres nahenden Orgasmus augenblicklich erstarb. Neils Schwanz pulsierte jetzt an ihrem Schenkel. Ihre Selbstzensur würde für sie beide nur Enttäuschung bringen, sinnierte sie. Und kaum hatte sie sich wieder erlaubt, im Geiste in die andere Haushälfte zu spähen, war sie ganz schon dort, in ihrem Schlafzimmer, und schaute den beiden beim Ficken zu. Sie trieben es wie die Hunde, auf dem Boden, und Gav stieß immer härter zu, während Lou mit der Hand auf die Holzdielen schlug und den Kopf zurückwarf, und überall waren fliegende Schweißtropfen und Stöhnen und Schreien, und sie kam, kam, kam.

»Oh Gott! Oh Gott!«

Als sie die Augen öffnete, hatten Tag und Zimmer wieder ihre alte Gestalt angenommen, doch sie spürte an ihrem Schenkel noch immer ein heftiges Zucken und sah den umflorten Blick in Neils Augen. Sie berührte ihn an der Schulter, und wie ein Hund, der ausnahmsweise aufs Sofa durfte, stieg er an Bord. Wahrscheinlich fehlten ihm nur noch wenige Stöße bis zum Orgasmus, als plötzlich die Schlafzimmertür aufflog. Verärgert drehte Sara den Kopf zur Tür, um denjenigen ihrer Söhne zurechtzuweisen, der vergessen hatte anzuklopfen, doch begegnete stattdessen dem Blick eines fremden Wickelkinds, dessen blonder Lockenschopf und stechend blaue Augen ihr so bekannt vorkamen, dass sie scharf die Luft einsog.

*

»Na, das war ja ein Ding«, rief Sara, als sie eine Viertelstunde später zurück ins Haus hastete und die Tür mit dem Fuß zustieß. Als keine Reaktion kam, folgte sie dem einladenden Geruch von Eiern mit Speck zur Küche, wo sie mit verschränkten Armen im Türrahmen stehen blieb.

»Sie hatten sie noch gar nicht vermisst!«, sagte sie.

Neil briet ungerührt weiter Spiegeleier.

»Sie wussten nicht, dass sie hier war. Das ist doch unglaublich. Die arme Kleine ist noch keine drei Jahre alt. Hey, du errätst niemals, wie sie heißt.«

Neil versuchte es gar nicht erst.

»Zuley, kurz für Zuleika«, informierte sie seinen gleichgültigen Rücken. »Ich kann mich nicht entscheiden, ob der Name mir gefällt oder nicht.«

»Du kannst mir dein Urteil später mitteilen«, sagte er.

»Ich frage mich, wo sie den Namen herhaben.«

*»Aus der Enzyklopädie der prätentiösen Vornamen?«*

»Wahrscheinlich ist sie Dash und Arlo hinterhergetapst. Ist geflohen. Das Haus ist heute nicht gerade kinderfreundlich. Du müsstest es mal sehen. Auf allen Sofas liegen irgendwelche seltsamen Gestalten rum, alles ist voller überfüllter Aschenbecher und leerer Flaschen ... Sie hätte sich Gott weiß was in den Mund stecken können!« Sosehr Sara sich auch bemühte, es gelang ihr nicht, eine unwillige Bewunderung zu verbergen.

»Wie dem auch sei«, sagte sie und spitzte den Mund, um ein selbstzufriedenes Grinsen zu unterdrücken, »das Ergebnis ist, wir sind für heute bei ihnen zum Abendessen eingeladen.«

»Deckst du bitte den Tisch?«

Der Koitus interruptus hatte bei Neil offenbar einen selektiven Hörschaden hervorgerufen.

Sara schob die Sonntagszeitung beiseite, verteilte polternd Teller und Besteck auf dem Tisch und rief die Jungen. Gleich darauf kamen sie in die Küche gesaust – ein testosterongesteuertes Wirrwarr von Armen und Beinen – und rangelten um den besten Stuhl, den vollsten Teller, das größte Glas. Dash gewann, entriss seinem jüngeren Bruder sogar das Ketchup und schüttete sich einen verschwenderischen roten See auf den Teller, bevor Arlo eine Chance hatte zu protestieren.

»Bei uns geht es der Reihe nach«, sagte Sara bestimmt und erntete dafür Dashs typisches sonniges, unergründliches Lächeln, das sie als unangenehmer empfand als eine Trotzreaktion. Er war zweifellos ein gut aussehender Junge und verfügte über einen lässigen, aufgesetzten Charme, aber sie fragte sich, wie sie ihn je für ein Mädchen halten konnte. Sowohl sein Äußeres als auch sein Verhalten waren so offensichtlich die eines Alpha-Männchens. Arlo hingegen besaß die unglückliche Ausstrahlung eines kümmerlichen Welpen. Schmächtig und mit fliehendem Kinn hatte er die Kaninchenaugen seiner Mutter, nicht aber ihre Intelligenz geerbt, und die schmalen Lippen seines Vater, aber nicht dessen entwaffnenden Humor. Er war ein Kind, bei dem man andere zwar davon abhielt, ihm Sand ins Gesicht zu treten, aber den frevelhaften Drang verspürte mitzumachen. Deshalb war Sara gerührt und stolz, dass Patrick, lange nachdem die großen Jungen verschwunden waren, noch treu neben Arlo sitzen blieb, dessen Freundschaft er gar nicht gesucht hatte, und fröhlich vor sich hin plapperte, während dieser die letzte flüchtige Bohne über seinen Teller jagte.

»Das könnte doch ganz nett werden, meinst du nicht?«, fragte Sara, als sie wieder mit Neil allein war und die schmutzigen Teller in die Spülmaschine einsortierte. »Das Abendessen heute. Nur wir vier?«

»Wir waren doch erst gestern dort«, sagte Neil.

»Ja, wir und noch fünfzig andere Leute.«

»Ich verstehe einfach nicht, warum wir schon wieder hinmüssen.«

»Müssen wir nicht, aber es gibt keinen Grund abzusagen. Es sei denn, wir wollen nicht.«

»Aber eigentlich hast du schon zugesagt.«

»Nicht so richtig. Ich habe gesagt, ich frage dich erst.«

»Vielen Dank auch. Das heißt, wenn wir nicht hingehen, halten sie mich für einen Langweiler.«

Sara zog bedeutsam eine Augenbraue hoch.

Seufzend machte sich Neil wieder daran, verbrannte Spiegeleireste aus der Pfanne zu schaben.

»Neil, es sind wirklich nette, interessante Leute, die sich mit uns anfreunden wollen. Ich gebe mir ja Mühe, kann aber nichts Negatives daran sehen.«

Neil zuckte resigniert mit den Schultern. Im Grunde war er ein unkomplizierter Typ – freundlich, offen und neugierig. Gern umgab er sich mit einer gewissen männlichen Souveränität, die ihm recht gut von der Hand ging. Wenn er zu Hause beruflich telefonierte (was selten vorkam), war es unmöglich zu unterscheiden, ob er mit seiner

Assistentin oder dem Vorstandsvorsitzenden sprach. Und genau dies machte ihn zum sicheren Kandidaten für den Chefsessel, mehr als die kürzliche Verbesserung der Mieterzufriedenheit oder die Anzahl der Neubauten, die unter seiner Leitung fertiggestellt wurden. Der Nachteil dieser sehr lobenswerten Art, alle gleich zu behandeln, war in Saras Augen jedoch, dass er nicht anerkannte, wie außergewöhnlich manche Leute waren.

»Aber allerhöchstens bis elf, okay?«, brummelte er, als sie zum zweiten Mal innerhalb von vierundzwanzig Stunden bei Lou und Gavin vor der Tür standen.

»Hallooo!«, sagte Neil, als Lou die Tür öffnete, und man hätte glauben können, dass er nirgends lieber den Abend verbracht hätte. Er reichte ihrer Gastgeberin eine Flasche Wein und küsste sie auf beide Wangen – ein wenig affektiert, fand Sara.

»Ich habe ein Dessert mitgebracht«, sagte sie zu Lou, als sie an der Reihe war. »Ich dachte, weil ihr so viel aufzuräumen hattet … Es ist nichts Besonderes, nur gebackene Feigen mit Mascarpone.«

»Oh, vielen Dank.« Ihre Gastgeberin wirkte überrascht und leicht amüsiert. In Wahrheit hatten sie nicht großartig aufgeräumt. Das Haus sah kaum weniger chaotisch aus als am Morgen, als Sara Zuley zurückgebracht hatte. An der Haustür standen Kisten voller leerer Flaschen und daneben prall gefüllte schwarze Müllsäcke. Am Fuß der Treppe lagen ein nasses Handtuch und ein Wirrwarr aus Legosteinen. In der Küche war es kalt, und es roch nach abgestandenem Zigarettenrauch. Kein Essensgeruch, keine Häufchen gehackter Kräuter, nirgendwo aufgeschlagene Kochbücher, die Hinweise auf zu erwartende Gaumenfreuden gaben. Wenn Lou sich nicht ganz offensichtlich ein bisschen zurechtgemacht hätte, hätte Sara gedacht, dass sie sich im Tag geirrt hatten. Doch Lou sah umwerfend aus – wie ein sexy Seelöwe: Die Haare mit Gel nach hinten gekämmt, die Augen mit Kajal umrahmt, trug sie eine Schluppenbluse aus Chiffon und Jeans, eine Aufmachung, die in starkem Kontrast zu ihrem spektakulären Maxikleid von gestern stand. Sara stellte fest, dass Lou die beneidenswerte Gabe hatte, sich jedes Outfit völlig zu eigen zu machen.

Lou bat sie in die Küche, und Sara und Neil setzten sich ein wenig zaghaft auf die verdreckten Stühle. Der Tisch war noch immer mit halb gegessenen Pizzastücken und Saftspritzern übersät.

»Soll ich die aufmachen?«, fragte Lou und winkte mit der Weinflasche. »Oder habt ihr Lust auf was Spritziges?«

Sie öffnete den Kühlschrank und holte eine halb volle Flasche Champagner heraus.

»Eine Party, bei der Alkohol übrig bleibt«, sagte Neil. »Ich glaube, wir werden alt.«

»Oder wir entwickeln einfach neue Vorlieben«, warf Lou mit undurchsichtigem Lächeln ein. Sie füllte drei Gläser und reichte sie den anderen.

Als Sara ihre Gastgeberin beobachtete, wie sie zur Musik von John Coltrane durch die Küche tapste und mit nackten Füßen am verdreckten Linoleum kleben blieb, war sie zugleich angewidert von dem Schmutz und fasziniert von Lous Gelassenheit. Sara fragte sich, wie es wohl wäre, so zu leben – anzuziehen, was einem gefiel, zu essen, wann man wollte, und aus einer Laune heraus Leute einzuladen.

Diese heitere Zwanglosigkeit hatte einen gewissen Charme, ganz im Gegensatz zu Carols streng durchorganisierten Mitbringpartys. Lou gestand fröhlich, dass sie eine »miserable Gastgeberin« sei. Die Arme bis zu den Ellbogen in Spülwasser, bemerkte sie über die Schulter, sie habe einmal Javier Bardem halb rohes Schweinefleisch serviert, der daraufhin Würmer bekommen habe. Wieder einmal war Sara sprachlos.

Als Gavin, in Jeans und zerknittertem hyazinthblauen Leinenhemd, um fünf nach acht schwungvoll die Küche betrat, dämmerte es draußen bereits, und Lou hatte den Raum völlig verwandelt. Sie hatte den Tisch abgeräumt und mit einem Krug Anemonen und einer bernsteinfarbenen Stumpenkerze versehen. Rundherum hatte sie Terrakottaschalen mit Oliven, Sardellen und Artischocken platziert, außerdem ein Brett mit knusprigem Brot. Und kaum hatte Gavin die Jalousien geschlossen und Wein nachgeschenkt, machte sich eine heitere Stimmung breit, die einen angenehmen Abend versprach. Der Raum hatte plötzlich etwas von einem Hausboot oder einem Zigeunerwagen, fühlte sich an wie eine Kombination aus Zuhause und Fahrzeug, in dem sie sich zu viert auf eine Reise begaben. Ihr formloser Empfang wirkte nun nicht mehr wie Nachlässigkeit, sondern wie ein riesiges Kompliment. Gavin fasste seiner Frau um die Taille und küsste sie auf den Hals. Dann kippte er fast ein ganzes Glas Wein in sich hinein, wechselte die Musik und begann zu kochen.

Während die Kerzen herunterbrannten und der Alkohol die Zungen löste, hörte Sara schließlich auf, sich Gedanken über ihr Outfit zu machen oder über Neils unangenehme Angewohnheit, sich den Olivensaft von den Fingern zu saugen. Stattdessen begann sie, den Abend zu genießen. Die Unterhaltung wurde immer entspannter und offener. Sie hörte sich selbst sorglos kichernd zugeben, dass Gav und Lou sie anfangs eingeschüchtert hatten.

»*Wir?*« Lou sah sie verstört an. »Warum um Himmels willen …?«

»Ach, weißt du … euer Auto, die Art, wie du dich kleidest … der Hirschkopf über dem Kamin!«

»Das ist Beryl. Sie schielt und hat ein räudiges Geweih. Und was den Humber angeht, weiß ich gar nicht mehr, woher wir den eigentlich …«

»Damien wollte ihn loswerden«, erinnerte Gav sie, »und wir hatten gerade ein bisschen Geld …«

»Stimmt! Du hattest gerade den Tennent's-Bildhauerpreis gewonnen. Siehst du, Sara, alles Zufall. Aber, meine Liebe«, sagte sie und lehnte sich vor, um Sara mit ihrem Blick zu fixieren, »andersherum war's genauso, das kann ich dir sagen. Weißt du noch, wie wir uns das erste Mal unterhalten haben?« Sara erinnerte sich. »Ich war vollkommen mit den Nerven fertig!« Lou blickte Neil und Gavin an, wie um Bestätigung heischend. »Da stand sie vor mir, hatte gerade die Kinder von der Schule geholt, in ihren schicken, farblich abgestimmten Klamotten, und ich sah erbärmlich aus in meinen verdreckten Arbeitssachen, und – wie heißt sie noch? – *Carol* musterte mich mit Adleraugen von der anderen Straßenseite aus. Ich kam mir vor wie bei einem Casting. Und dann hast du mich auf einen Drink eingeladen, und ich dachte nur: *Jaaa!*«

Sara wusste nicht recht, was sie mit dieser Information anfangen sollte. Sie wurde vor Freude rot und schob mit dem Zeigefinger einen Krümel über den Tisch.

»Also gut«, sagte Gav mit gespielter Empörung, »wenn mir jetzt niemand erzählen will, wie verdammt großartig *ich* bin, serviere ich wohl besser das Essen.«

Sie lachten. Er hatte ein Talent, die Stimmung aufzulockern. Eigentlich stellte sich Sara Künstler immer als geplagte, introvertierte Menschen vor, doch das traf auf Gavin nicht zu. Man konnte ihn nicht wirklich als charmant bezeichnen, vielmehr war er ganz er selbst. Er schien sich einfach wohl in seiner Haut zu fühlen und sorgte damit dafür, dass es anderen ebenso ging. Während er in der Küche hantierte, hielt er ab und zu inne, um eine Bemerkung über die Schulter zu werfen, und tischte dann so beiläufig, als handele es sich um Baked Beans auf Toast, eine duftende Tagine mit Lamm auf. Als er sich schließlich hinsetzte, hielt er keinen Vortrag über sich selbst oder seine Ansichten, sondern erkundigte sich nach Neils Arbeit und zeigte ehrliches Interesse.

»Ich finde es einfach großartig, wie ihr euch einsetzt.« Gav schüttelte bewundernd den Kopf.

»Ach komm, ich bin doch keine Mutter Teresa«, protestierte Neil mit vollem Mund. »Klar, die Arbeit ist wichtig, und ich stehe hundertprozentig dahinter, aber ich verdiene auch nicht schlecht. Und wenn du hören würdest, wie manche Anarchos vom Mieterverein mich beschimpfen, könntest du mich für Rachman persönlich halten.«

»Rachman?« Lou spießte ein Stück Lamm auf und blickte fragend hoch.

»Ein berüchtigter Miethai der Fünfzigerjahre«, erklärte Neil. »Sein Name stand für slumartige Behausungen und Korruption. Ich habe meine Doktorarbeit darüber geschrieben, wie er das Mietrecht beeinflusst hat. Es war ziemlich faszinierend.«

»Neil, du kannst doch nicht sagen, dass deine eigene Doktorarbeit faszinierend war«, murmelte Sara.

»Ich meine, die Beschäftigung mit dem Thema war faszinierend.«

»Also bist du *Doktor* Neil«, sagte Gav. »Sehr eindrucksvoll. Ich glaube, für so was würde mir das Durchhaltevermögen fehlen.«

»Es war auch eine ganz schöne Plackerei«, gestand Neil ein. »Aber du bist sicher auch nicht als fertiger Künstler mit dem Pinsel in der Hand auf die Welt gekommen, oder?«

»Kaum. Und wenn es nach meiner Mutter gegangen wäre, hätte ich den Pinsel gegen eine Maurerkelle eingetauscht.« Mit breitem nordenglischem Akzent fügte er hinzu: »Wenn du Essen auf den Tisch bringen willst, musst du ein Handwerk lernen, Gavin.«

»Aber du bringst doch Essen auf den Tisch, als Künstler«, sagte Sara. »Darauf sind deine Eltern doch sicher stolz.«

»Was meinst du, Lou?« Mit betrübtem Lächeln schaute er seine Frau an. »Sind sie stolz auf mich?«

»Nicht dass wir wüssten«, sagte Lou kalt.

»Lou empört sich gern in meinem Namen. Aber die Wahrheit ist, meine Eltern verstehen es einfach nicht. Ja, wenn ich Arzt oder Anwalt wäre, das würde ihnen gefallen. Aber für meine Mum bedeutet Kunst Pferde, die durch die Brandung galoppieren. Deshalb ...«

»Sie weiß aber, dass du Erfolg hast«, brummte Lou. »Es anzuerkennen würde sie nicht umbringen.«

»Es macht mir nichts aus«, sagte Gav schulterzuckend. »Ich stehe schon immer hinter Paula zurück.«

»Ist das deine Schwester?«, fragte Sara. »Und was macht die?«

»Sie ist eine stinknormale Grundschullehrerin«, sagte Lou. »Aber wenn man Gavs Mutter hört, könnte man glauben, sie kann auf Wasser wandeln.« Mit schonungslosem Sarkasmus äffte Lou ihre Schwiegermutter nach: »›Unsere Paula hat eine Schulversammlung zum Thema multikulturelle Gesellschaft organisiert, Gavin. Unsere Paula besucht mit den Kindern den Skulpturenpark Yorkshire.‹ Aber dass in dem Park eine Skulptur von Gavin steht, erwähnt sie mit keiner Silbe. Und es kommt ihr auch nicht in den Sinn, ihr Online-Bingo mal für zwei

Minuten zu unterbrechen und sich den Skulpturenpark selbst anzusehen.«

*»Lulu«*, Gavin legte ihr eine Hand auf den Arm, »es ist wirklich nicht so wichtig.«

Lous Augen funkelten.

»Es klingt schon ein wenig unfair«, sagte Sara nachdenklich.

»Ach, eigentlich nicht.« Gavin zuckte mit den Schultern. »Wozu sind Künstler schon nutze? Kein Mensch braucht wirklich Kunst.«

»Großer Gott, Gavin«, warf Lou wütend ein, »ich hasse es, wenn du dich so kleinmachst. Du bist ein bedeutender zeitgenössischer Künstler, der in einer Spitzengalerie ausstellt.«

»Ich weiß«, lachte Gavin, »und darum frage ich mich ständig, wann man mir auf die Schliche kommt.«

»Was meinst du?«, fragte Neil.

»Also ehrlich, was tu ich denn schon groß? Ich mache genauso viel Unsinn wie die Kinder, die Paula unterrichtet. Ich kotze mich einfach in drei Dimensionen aus, spiele mit irgendwelchem alten Plunder rum, bis er aussieht wie Dinge, die mir Angst machen oder die ich hasse oder liebe, und dann stelle ich das Ergebnis aus, und erstaunlicherweise scheinen die Leute etwas damit anfangen zu können.«

»*Manche* Leute«, sagte Lou.

»Also, Sara traut sich nicht zu fragen, deshalb tu ich es.« Neil leerte sein Weinglas und knallte es energisch auf den Tisch. »Wann zeigst du uns dein Atelier?«

»Neil!« Sara sah ihn empört an.

»Habt ihr es noch gar nicht gesehen?« Gavin schien überrascht. »Ach nein, das waren Stephan und Yuki. Also dann kommt!«

Er schlug sich auf die Schenkel und stand auf. Sara dachte an ihr Geplänkel von gestern Abend. Als sie jetzt unsicher aufstand, um Gav zu folgen, konnte sie ein Flattern im Magen nicht unterdrücken. Sie wünschte nur, sie wäre in Bestform, heiter und redegewandt, und nicht so benommen vom Alkohol. Als sie zur Wendeltreppe schlurfte, die zum Atelier führte, versuchte sie, sich an die geistreichen Kommentare zu erinnern, die sie im Internet zu seiner letzten Ausstellung gefunden hatte, aber das Einzige, was ihr einfiel, war »spastischer Formalismus«, und das würde sie sicher nicht so leicht über die Zunge bringen. Lou trocknete sich die Hände mit einem Geschirrtuch ab und wollte sich ihnen anschließen, doch Gav schaute sie mit einem Ausdruck des Bedauerns an.

»Meinst du nicht, einer von uns sollte oben bleiben, für den Fall, dass Zuley aufwacht?«

»Oh … okay.« Lou reagierte mit einem angespannten Lächeln und wandte sich ab. Sara konnte sich des Gefühls nicht erwehren, ihre Freundin verdrängt zu haben. Was natürlich albern war. Lou lief wahrscheinlich ständig die Treppen auf und ab, ohne auf eine Einladung von ihrem Mann zu warten.

Ihre Bedenken wurden schnell von Staunen und Faszination verdrängt, als sie nicht das hübsche, chaotische

Atelier vorfanden, das sie sich vorgestellt hatte, sondern einen kargen, hell erleuchteten Raum, der eher an eine Leichenhalle erinnerte. Sara konnte auf Anhieb sehen, dass die Ausstattung eine Menge Geld gekostet hatte: professionelle Studioscheinwerfer, an zwei Seiten des Betonbodens offene Abflüsse, ein aufgerollter Wasserschlauch an einer Wandhalterung. Hinzu kamen glänzende Edelstahlwaschbecken, Rollen von Drahtgeflecht, reihenweise weiß befleckte Eimer und in der Mitte des Raums eine Werkbank aus Zink, auf der das Einzige lag, was man mit viel Wohlwollen als Hinweis auf kreative Arbeit ansehen konnte. Sara schritt langsam darauf zu, um das Gebilde aus der Nähe zu betrachten. Es war aus Drahtgeflecht modelliert, das hier und da unter der grob aufgetragenen, faserigen Gipsschicht hervorlugte, und hatte die ungefähre Form eines menschlichen Körpers. Sowohl seine Größe – etwa zwei Drittel eines Erwachsenen – als auch die gequälte Haltung erinnerten sie an die in Verkrümmung erstarrten Toten, die sie in den Ruinen von Pompeji gesehen hatte.

»Meine Güte!«, sagte sie.

»Ich nehme an, es ist noch nicht fertig?«, bemerkte Neil hoffnungsvoll.

Gavin grinste.

»Und wenn ich behaupte, dass es fertig ist?«

»Dann würde ich sagen, ich verstehe zwar nicht viel von Kunst, aber ich merke, wenn mich jemand verscheißert«, antwortete Neil grinsend. Sara warf ihm einen ängstlichen Blick zu, aber Gavin lachte nur.

»Und du hättest recht«, sagte er. »Kommt, schaut euch das an.«

Er führte sie durch eine Schwingtür in einen Raum, der dreimal so groß war wie der erste. Neil ließ ein leises Pfeifen hören.

»Ich komme einfach nicht darüber hinweg, wie riesig das Atelier ist«, sagte er, als sie später im Bett lagen und mit der Begeisterung von Anthropologen, die auf einen unbekannten Stamm gestoßen waren, über ihre neuen Freunde sprachen. »Natürlich war mir klar, dass es groß ist – die Ausschachtungen, der Lärm –, aber damit hatte ich trotzdem nicht gerechnet. Allein die Wasserleitungen dürften …«, er schloss die Augen, aber nicht lange, denn Bauwesen war sein Fachgebiet, »… vier- oder fünftausend gekostet haben. Und für die Scheinwerfer braucht man einen mordsmäßigen Trafo. Ich bin froh, dass ich das nicht bezahlen muss.«

»Ich weiß«, antwortete Sara. »Aber was ich so unglaublich finde, ist der Kontrast. So ein werkstattartiger Arbeitsplatz, und dort entsteht ein Produkt, das so bewegend ist, so menschlich.«

»Hm, ja«, sagte Neil skeptisch.

»Hat es dir nicht gefallen?«

»Doch, aber … was ich nicht verstehe … Klar, er beherrscht sein Handwerk … aber manche von den fertigen Skulpturen sahen ziemlich hingehauen aus.«

»Ach, ich glaube, das ist Absicht«, sagte Sara. »Denn andere waren sehr sorgfältig ausgearbeitet, geradezu pingelig. Und die mit den Spiegelmosaiksteinen sollten doch sicher gebrochen und kaputt aussehen. Meinst du nicht?«

Neil zuckte mit den Schultern.

»Keine Ahnung«, sagte er, »aber auf jeden Fall ziehe ich meinen Hut vor Gavin. Dieser Mut. Dieses Selbstbewusstsein. Wahrscheinlich haben sie einen riesigen Kredit aufgenommen. Dabei hat er vier Mäuler zu stopfen …«

»Lou arbeitet doch auch«, protestierte Sara.

»Ja, beim Film«, sagte er. »Und dann so viel Geld zu verprassen, um sein Atelier auszustatten wie eine Privatklinik. Und alles für …«, er zuckte mit den Schultern, »so was Eigenartiges, Abgehobenes. Woher weiß er, ob die Leute es überhaupt verstehen?«

»Oh, die verstehen es schon«, entgegnete Sara. »Ich habe ihn gegoogelt. Er ist einer der bei Sammlern begehrtesten lebenden Künstler.«

»Versteh mich nicht falsch«, sagte Neil. »Ich bewundere seine Kunst. Ich weiß nur nicht, ob ich sie kapiere.«

»Oh, ich schon.« Sara atmete tief ein. »Sterblichkeit ist sein großes Thema. Und ich glaube, es geht auch häufig um Heiliges und Profanes. Ich meine diese gekrümmten, ausgemergelten Figuren. Ich glaube, er bezieht sich da auf Auschwitz oder so. Und dann sind da noch die mit den Flügeln, Engel offensichtlich, aber vielleicht *gefallene* Engel, denn sie haben etwas Schäbiges an sich, scheinen Scham auszudrücken. Meine Lieblingsfigur – die mich am meisten angesprochen hat – war die, die mit lauter kleinen Spielsachen beklebt und weiß getüncht war. Hast du die gesehen? Sie sah aus, als wäre sie von einer Krankheit befallen, aber wenn man näher ranging, konnte man sehen, was es war. Für mich ging es da um Kindheit, darum, wie wir durch unsere frühsten Erfahrungen geformt und gezeichnet werden. Ich finde ihn eigentlich sehr mutig.«

»Okaaay«, sagte Neil.

# 5

Es war der Beginn des neuen Schuljahrs, und Sara hatte Gavin versprochen, ihm alles zu zeigen. Offenbar war er dafür zuständig, die Kinder zur Schule zu bringen. Doch auch wenn sich während des Sommers ein inniges Verhältnis zwischen ihnen entwickelt hatte, brachte sie kaum ein Wort heraus, als er an diesem kühlen Septembermorgen hellwach vor ihrer Tür stand.

»Hi«, sagte sie. »Regnet es?«

Gavin runzelte die Stirn, streckte eine Hand aus und blickte in den wolkenlosen Himmel.

»Nein, ich glaube nicht.«

Sara scheuchte Patrick und Caleb zur Tür hinaus und machte unnötiges Getue um ihre Brotdosen und Schultaschen, um ihre Verlegenheit zu überspielen. Dann gesellte sie sich zu Gavin, der Zuleys Buggy schob.

Es war ein warmer Tag, doch in ihrer Straße war der Sommer bereits vergangen. Die Ligusterhecken waren mit Staub bedeckt, und die Bäume schienen es gar nicht abwarten zu können, ihr Laub abzuwerfen. Im hohen Gras vor den Sozialwohnungen hatte sich einiger Müll angesammelt. Vereinzelte Dachboxen auf den Autos erinnerten an unbeschwerte Augusttage in Carcassonne oder Cornwall, doch für die Pendler, die mit Ohrstöpseln und gesenktem Kopf vorbeieilten, war der Urlaub längst Geschichte.

Nur Gavin in seinen Segeltuchshorts und Flipflops schien sich nicht vom Sommer trennen zu wollen. Sara blickte ihn ab und zu verstohlen an. Ihr gefiel, wie er alle paar Schritte den Kinderwagen extra fest anschubste, um Zuley zum Lachen zu bringen, und wie er seine Söhne furchtlos voranpreschen ließ, sie aber mit einem Wort bremste, wenn sie über die Stränge schlugen. Er verbrachte vielleicht nicht schrecklich viel Zeit mit seinen Kindern, dachte Sara, doch wenn, dann machte er seine Aufgabe als Vater gut. Vielleicht besser als Lou ihre als Mutter.

Zufällige Beobachter hielten ihn wahrscheinlich für einen ganz normalen Freiberufler mit Kindern – einen Webdesigner oder Journalisten vielleicht. Doch sie wusste, wie außergewöhnlich er war, und es ging niemanden sonst etwas an.

»Also seid ihr schließlich doch nicht weggefahren?«, fragte er. »Das ist aber schade.«

»Nein«, seufzte Sara, »Neil wollte, dass ich allein mit den Kindern fahre, aber das wäre für mich kein Urlaub gewesen. Deshalb sind wir hiergeblieben, und ich bin mit ihnen schwimmen gegangen und ins Museum und so. Die Anzahlung für das Ferienhaus haben wir allerdings nicht zurückgekriegt.« Sie zuckte mit den Schultern. »Aber das ist auch nicht das Ende der Welt.«

Als Neil ihr nur wenige Tage vor ihrer geplanten Abreise erzählt hatte, dass er nicht mit nach Dorset kommen konnte, hatte sie nicht so gelassen reagiert. Der Urlaubsplan in seiner Firma war durcheinandergekommen – nicht seine Schuld, doch wenn er seine Aussichten auf den Direktorposten verbessern wollte, musste er die richtigen Signale aussenden und die Initiative ergreifen.

»Aber ihr hattet offenbar eine schöne Zeit«, sagte sie wehmütig.

»Ja. War toll, alte Freunde wiederzusehen«, stimmte Gavin zu.

Sie bogen um die Ecke und kamen an der Bushaltestelle vorbei, an der frischgesichtige Siebtklässler in übergroßen Uniformen auf die Linie 108 warteten wie Lämmer auf den Transport zur Schlachtbank.

»Wo wart ihr noch mal?«

Sie wusste es ganz genau. Im Haus von Tom und Rhiannon im Lake District. Sie hatte schon sämtliche Einzelheiten gehört: die Wanderung den Helvellyn hinauf, das Nacktbaden, die gerösteten Marshmallows. Es war ihr gelungen, ihren Neid zu verbergen. Sie hatte gelächelt, genickt und Lou zugestimmt, dass sie auf jeden Fall irgendwann einmal alle sechs zusammen hinfahren sollten, weil Tom und Rhiannon ganz sicher sehr nett waren.

»Ach, nur im Lake District«, sagte Gav achselzuckend. »Das Wetter war furchtbar.«

Sie hätte ihn küssen können.

»Stehen Neils Chancen auf Beförderung immer noch gut?«, fragte er, als sie an der Ampel auf das grüne Männchen warteten.

»Sieht so aus«, gestand sie verlegen. Was konnte eine Beförderung einem Mann wie Gavin schon bedeuten? Ein Mann, dessen Erfolg sich daran maß, wie sehr sich die Nackenhaare des Publikums sträubten und wie vielen er die Augen öffnete?

Sie führten die Kinder über die Straße und schnell am Kiosk vorbei, ihre Rufe nach Süßigkeiten ignorierend.

»Ziemlich klug, dein Mann«, sagte Gav.

Sara sah ihn fragend von der Seite an.

»Wirklich, ich bewundere ihn«, beharrte er. »Er ist integer. Und verbissen. Moment, meine ich wirklich *verbissen*?«

Sara zuckte mit den Schultern.

»Er setzt sich immer voll und ganz ein – für seine Arbeit, seine Familie, die Gemeinschaft – und gibt nicht auf. Das bewundere ich.«

»Und du bist jemand, der schnell aufgibt?«, platzte Sara heraus.

»Du meinst, weil wir aus Spanien weg sind?« Gavin runzelte die Stirn.

Sara wandte mit heißen Wangen den Blick ab. Ständig tat sie so was, ging zu weit, sagte etwas Falsches.

Aus einem Dreißigerjahrehaus kam eine gehetzt wirkende Frau, die sich im Laufen die Bluse in ihren adretten Rock stopfte. Deutlich verärgert wartete sie, dass die Prozession vorüberzog, damit sie zu ihrem Auto konnte. Sara entschuldigte sich mit einem Lächeln.

»Das meinte ich nicht«, sagte Sara und wandte sich wieder Gav zu. »Natürlich bist du kein Mensch, der schnell aufgibt. Du setzt dich auch voll und ganz ein. Bist Lou ergeben, deiner Arbeit … Mein Gott, niemand würde deinen Arbeitseinsatz infrage stellen.«

»Du meinst also, ich bin besessen?«

»Nein! Du liebe Zeit, aber selbst wenn, das gehört doch dazu. Künstler müssen doch so sein.« Dann fügte sie mit einem kurzen, manischen Lachen hinzu: »Kannst du dir vorstellen, Picasso hätte gesagt: ›Okay, Françoise, soll ich heute die moderne Kunst neu erfinden oder mich lieber um die Kinder kümmern?‹?«

»Vielleicht hast du recht«, sagte er zweifelnd, schob den Buggy herum, auf die Rampe und durch das Schultor.

»Ehrlich, bei dir ist alles in Ordnung. Wir einfachen Sterblichen haben Probleme mit der Work-Life-Balance.«

»Aber du bist Autorin«, brüllte Gavin über den Schulhofkrawall hinweg. Sara zuckte zusammen und hoffte, dass es niemand gehört hatte.

»Texterin«, verbesserte sie ihn. »Damit verdiene ich mein Geld, das zählt. Ich weiß nicht, wann ich das letzte Mal etwas für mich selbst geschrieben habe. Denn auch wenn du Neil für einen Familienmenschen hältst: Wegen seiner Hoffnung auf Beförderung ist er sehr selten zu Hause. Und wenn, dann ist er in Gedanken woanders, wenn du verstehst, was ich meine.«

»Oh, das bekomme ich auch oft zu hören.«

»Ach ja?«, fragte Sara neugierig. »Ich dachte, wo ihr beide kreativ arbeitet … Hey, Jungs, vergesst eure Schultaschen nicht.« Doch es war zu spät, sie waren schon im Gewühl verschwunden.

»Nein, nicht von Lou«, antwortete Gavin. »Was das angeht, hat sie einen sechsten Sinn. Sie lässt mir viel Freiraum. Und ich ihr. Nein, andere Leute sagen das.«

»Oh«, sagte Sara ein wenig ernüchtert. Sie konnte sich nicht vorstellen, wer sonst das Recht haben sollte, ihm Vorwürfe zu machen. Aber eigentlich war ihr vieles an Gavin rätselhaft. Sie hätte noch den ganzen Tag mit ihm reden können, doch hier trennten sich ihre Wege. Er musste Zuley zur Tagesmutter bringen und sie den Zug um 9.47 Uhr zur Cannon Street Station erwischen.

»Neil mag dich auf jeden Fall auch sehr«, sagte sie mit Nachdruck.

Gavin schaute sie dankbar an, und sie sah, dass er trotz all der Biennalen und Groupies und Fünf-Sterne-Kritiken genauso auf Zuspruch und Freundschaft angewiesen war wie jeder andere. Der Impuls, die Hand auszustrecken und ihn zu berühren, war kaum zu unterdrücken.

»Wie ich sehe, hast du wieder ihre Kinder?«, sagte Carol eines Abends. Sie war rübergekommen, um zu fragen, ob Neil und Sara an Karten für das neue Stück im Royal Court Theatre interessiert waren.

»Ja, stimmt«, sagte Sara spitz und ergänzte als Reaktion auf Carols bedeutsam hochgezogene Augenbrauen: »Es funktioniert wirklich gut. Ich passe auf ihre auf, wenn sie arbeitet, und sie kümmert sich um meine, wenn ich später nach Hause komme.«

»Was so gut wie nie vorkommt.«

»Ich bin ziemlich im Stress, seit ich mehr Stunden arbeite«, sagte Sara, verärgert über Carols Stichelei. »Sie hat mir schon ein paarmal die Haut gerettet.«

Carol verzerrte ihre Lippen zu einer Art Lächeln, und einen Moment lang fühlte sich Sara wie eine Verräterin. Hatte Carol ihr nicht auch im Lauf der Jahre öfter die Haut gerettet? Zum Beispiel als Caleb mit Verdacht auf Hirnhautentzündung in die Notaufnahme gebracht wurde. Oder an dem Tag, als das Meerschweinchen verschwunden war.

»Also, kannst du mir so schnell wie möglich Bescheid geben, ob ihr mitkommt?«, fragte Carol und reichte Sara die Broschüre.

Sara hörte klar die versteckte Anspielung auf ihren letzten Theaterbesuch heraus, als sie durch Saras Unentschlossenheit nur noch Karten für die Vorstellung mit Übertiteln für Hörbehinderte bekommen konnten. Sara lächelte, schloss die Haustür hinter Carol und gab die Broschüre direkt zum Altpapier.

Es tat ihr leid, dass sie auseinanderdrifteten, aber manchmal schlug man eine andere Richtung ein als seine Freunde. Leuten wie Lou und Gavin begegnete man nicht jeden Tag, und sie verspürte eine solche Wärme für sie, eine tiefe Dankbarkeit, dass sie in ihr Leben getreten waren und ihm Form und Farbe verliehen hatten. Sie hatte das Gefühl, bisher wie in Trance gelebt zu haben, eingelullt von der konformistischen Haltung und Selbstzufriedenheit ihres Umfelds. Wie konnte sie zu Carols Lesegruppe gehen und über den jüngsten Costa-Award-Gewinner diskutieren, wo Lou sie mit den magischen Realisten Lateinamerikas bekannt gemacht hatte, deren tiefgründige, in wahnwitzige Fantastereien gekleidete Ideen wie Märchen für Erwachsene waren? Sie lernte eine Menge, daran bestand kein Zweifel. Aber es war keine Einbahnstraße. Manchmal war sie überrascht über ihre eigene Scharfsinnigkeit. Vor Kurzem hatte sie ihre Lieblingstheorie dargelegt, dass die von Freud beeinflussten Blumenbilder der Georgia O'Keeffe vielleicht einfach nur Blumen darstellten und nicht, wie die Kunstwelt behauptet, weibliche Geschlechtsteile. Lou hatte daraufhin bestätigt, dass die Künstlerin genau das immer beteuert hatte.

Doch was sie an ihrer Freundschaft besonders bereichernd fand, war nicht die intellektuelle Seite, sondern die emotionale. Nach überraschend kurzer Zeit hatte Sara ihrer neuen Freundin Dinge gebeichtet, die sie noch niemandem erzählt hatte, nicht einmal Neil. Lou hatte bei ihrer ersten Begegnung die Weichen dafür gestellt, als sie wegen des Problems mit der Forellenzucht geweint hatte. Seitdem hatten sie einige der intimsten Seiten ihres Lebens miteinander geteilt, ob beim Abendessen umgeben von zeternden Kindern oder spätnachts vor dem heruntergebrannten Kaminfeuer, während sie Dory Previn lauschten. Vieles hatte Sara ihr gar nicht erzählen wollen, doch es sprudelte einfach so aus ihr heraus: das promiske Verhalten ihrer unglücklichen Jugend, der verpfuschte Dammschnitt und seine Auswirkung auf ihr Sexualleben mit Neil, ihr enttäuschender beruflicher Werdegang und der Verdacht, dass Neil sich klammheimlich darüber freute, weil er sich eine traditionelle Ehefrau wünschte. Lou war eine so gute Zuhörerin. Sie hatte das Talent, genau die richtigen Fragen zu stellen, und setzte oft noch einen drauf, indem sie selbst ein Geständnis aus tiefster Seele ablegte. Sie gab Sara das Gefühl, bei all ihren Ängsten völlig normal zu sein und zugleich außergewöhnlich talentiert. Lou sagte zum Beispiel: »Aber du bist so wunderschön. Ich kann nicht glauben, dass du mit einem Haufen pickeliger Prolls schlafen musstest, um es dir zu beweisen«, oder: »Du strotzt einfach vor Kreativität, Sara. Wie du lebst, wie du deine Kinder erziehst … Du weißt gar nicht, wie inspirierend das für jemanden wie mich ist.«

Natürlich hatte Lou auch ihre Fehler, doch die machten sie nur umso interessanter. Sara bekam mehrmals mit, wie sie gegenüber den Kindern völlig ausrastete. Sie bevorzugte Dash so deutlich gegenüber Arlo, dass es Sara richtig wehtat. Dann war da noch ihre komplizierte Beziehung zu Gavin. Im Umgang mit ihrem Mann legte Lou eine Abhängigkeit an den Tag, die Sara nicht gesund vorkam. Man sollte doch nicht mit den eigenen Kindern um die Aufmerksamkeit des Vaters buhlen? Doch Sara erlebte genau das sehr häufig mit. Einmal hatte sie sich in der Küche nett mit Gavin unterhalten, während sie wartete, dass

Lou sich fertig machte. Sie beide wollten zusammen ins Kino, doch Lou musste sich schon beeilen, damit sie den Anfang des Films nicht verpassten.

Gav hatte die kleine Zuley auf seinem Schoß geschaukelt, dabei kleine Bauernhoftiere über den Tisch wandern lassen und seine Unterhaltung mit Sara immer wieder durch Muh- und Grunzlaute unterbrochen, die sie alle drei zum Lachen brachten. Da sie so sehr in ihre Alberei vertieft waren, bemerkten sie ein paar Sekunden lang gar nicht, dass Lou zu ihnen gestoßen war. In eine Parfümwolke gehüllt und aufgemacht wie eine männermordende Kunststudentin, begann sie, laut mit Schranktüren zu klappern, offensichtlich um Aufmerksamkeit zu erhaschen. Und musste sie unbedingt der fast dreijährigen Zuley, gerade als die »Mähh« machte, eine Milchflasche in den Mund stopfen, nur um wie ein kleines Mädchen eine Pirouette vor Gavin zu drehen und ihn nach seiner Meinung zu ihrem Outfit zu fragen?

Doch Sara wusste nicht, ob sie wirklich objektiv war. Zwischen Gav und Lou knisterte es förmlich vor sexueller Spannung, was Saras Neid weckte. Würde sie im umgekehrten Fall Neils Meinung zu ihrem Outfit wirklich interessieren? Und wenn er im Spiel mit den Jungen vertieft wäre – nun, zuerst würde sie sich kneifen, um sicherzugehen, dass sie nicht träumte, und dann würde sie sich einfach davonmachen, um sie nicht zu stören. Keine Pirouetten, kein verführerischer Augenaufschlag mehr. All das gehörte der Vergangenheit an. Sie waren schließlich seit fünfzehn Jahren verheiratet. Da war es doch nur natürlich, dass man bequem wurde, vielleicht war es sogar wünschenswert? Andererseits ... seit sie den Tango der beiden gesehen hatte, musste sie immer wieder daran zurückdenken. Sie fragte sich, ob sie den Sex ihr ganzes Leben lang falsch angegangen oder, noch schlimmer, es mit dem Falschen versucht hatte. Nun beobachtete sie, wie Lou sich zu Gavin hinunterbeugte, um ihm einen langen Kuss auf die Lippen zu drücken. Zuley verdrehte vor Genuss die Augen, während sie gierig an der Milchflasche saugte, und packte mit ihrem prallen Händchen ihre Mutter am Unterarm. Doch Lou löste die Finger des Kindes und schüttelte sie als freundliche Mahnung.

»Mummy muss sich beeilen«, sagte sie und blickte auf die Sonnenstrahlenuhr an der Wand. »Du sorgst noch dafür, dass ich zu spät komme.«

Sie kamen fünf Minuten nach Beginn, gerade als der Vorspann lief. Es war ein düsterer Low-Budget-Film, der im *Guardian* vier Sterne erhalten hatte.

Sara brauchte eine Weile, um reinzukommen, doch nach einer halben Stunde begann der Film, ihr zu gefallen. Lou aber wurde immer unruhiger. Sie schüttelte den Kopf und lachte leise an Stellen, die nach Saras Auffassung nicht komisch sein sollten. Irgendwann, nach einer Szene, die Sara sehr bewegend fand, stöhnte Lou laut auf und legte ihren Kopf auf Saras Schulter.

»Möchtest du gehen?«, flüsterte Sara nervös. Sie hätte nicht verärgerter sein können, wenn sie den Film selbst gedreht hätte. Lou nickte und murmelte eine Entschuldigung. Dann stiegen sie über die Knie der anderen Zuschauer hinweg und flüchteten zur Bar.

»Ich hatte mir schon gedacht, dass der Film so sein würde«, sagte Lou (und Sara fragte sich, was sie mit »so« meinte). »Ich hätte beinah was gesagt, als du ihn vorgeschlagen hast, aber ich wollte dem Jungen eine Chance geben.«

»Kennst du den Regisseur?«

»Er war im Saint Martins College ein Jahr über mir. Sehr talentiert. Wollte immer ganz groß rauskommen, und jetzt hat er's geschafft. Nur schade, welche Kompromisse er dafür eingehen musste.«

»Was für Kompromisse?«

»In jeder Beziehung. Was die Ästhetik des Films angeht, die Musik, die Besetzung«, antwortete Lou. »Dieser grobkörnige Amateurfilmeffekt? Tut mir leid, aber ›gähn‹.«

»Hmm«, machte Sara.

»Und der Hauptdarsteller? Völlig unglaubwürdig. Frisch von der Schauspielschule, aber ein aufsteigender Star. Deshalb offenbar ein guter Fang.«

»Okay«, Sara nickte nachdenklich. »Wen hättest du denn besetzt?«

»Ach, ein unbekanntes Gesicht«, sagte Lou. »Ich würde niemals die künstlerische Integrität eines Films für einen bekannten Namen opfern. Das ist es einfach nicht wert.«

Sara nahm einen Schluck von ihrem Drink und bemühte sich, gelassen zu wirken.

»Was ich dich schon die ganze Zeit fragen wollte: Worum geht's eigentlich in deinem neuen Film?«

»Worum es geht?« Lou runzelte amüsiert die Stirn, und Sara wurde rot. »Nun, der Film hat keine Handlung im eigentlichen Sinn. Aber wenn ich ihn beschreiben müsste ... Es ist eine Art Großstadtmärchen.«

Sara nickte. »Und es ist ein Kurzfilm?«

»Ja. Aber ein Kurzfilm muss viel mehr leisten. Keine Nebensächlichkeiten, keine Schnörkel. Jedes einzelne Bild zählt. Und da Kurzfilme sich nicht an ein Massenpublikum richten, werden an sie ... ich will nicht sagen höhere, aber andere Erwartungen gestellt.«

Sara nickte wieder.

»Verzeih meine Unwissenheit, aber wer schaut sie sich eigentlich an?«

»Nun ja, es gibt heutzutage so viele hervorragende Festivals.«

»Sundance?«

»Sundance ist ein bisschen altmodisch, aber es gibt noch viele andere interessante auf der ganzen Welt: San Sebastián, Austin, Prag. Man hofft einfach, dass man seinen Film dort vorstellen kann und gute Rezensionen bekommt ...«

»Also macht man ihn im Grunde für die Kritiker?«

»Nein, für alle«, protestierte Lou.

»Aber Kurzfilme kommen nie in die großen Kinos.«

»Es geht uns ja auch nicht unbedingt um Zuschauerzahlen ...«

»Worum dann?«

»Darum, ein Publikum zu erreichen ...«

»Aber kein großes Publikum.«

»Nein, ein anspruchsvolles.«

»Ach so.«

»Außerdem geht's darum, genug Geld für den nächsten Film zusammenzukriegen. Einen Film zu drehen ist ein Kinderspiel im Vergleich zur Finanzierung. Manchmal wünschte ich mir, ich hätte Buchhaltung gelernt ...«

»Lou ...«

»Ja?«

»Ich habe überlegt ...«

»Was denn?«

»Ach nein, du hast zu viel zu tun.«

»Komm, raus damit. Gav hat mir gesagt, dass du an etwas schreibst. Soll ich mal einen Blick drauf werfen?«

Sara lächelte hoffnungsvoll. »Deine Meinung wäre mir sehr wichtig.«

»Ich würde es wirklich gern tun.«

»Aber wenn du es ganz schrecklich findest, musst du versprechen, es zu sagen ...«

»Wieso sollte ich es denn schrecklich finden? Aber falls es so wäre, würde ich es dir sagen. Natürlich. Alles andere wäre ein Verrat an unserer Freundschaft. Aber ich kann mir nicht vorstellen, dass jemand, der so klug und sensibel und unkonventionell ist wie du, etwas Schreckliches produziert.«

Sara glühte vor Freude. War sie wirklich unkonventionell? Sie hoffte es jedenfalls.

*

Auch an diesem Abend wurde es wieder spät. Sie hatten schon ganz schön einen sitzen, als sie aus dem Taxi stolperten, und Lou nahm bereitwillig Saras Einladung auf einen Schlummertrunk an. Neil war wahrscheinlich gerade erst ins Bett gegangen, denn sie musste nur kurz im Holzofen stochern, um die Flammen wieder anzufachen. Sara legte Nick Drake auf, holte den Calvados, und das Gespräch wandte sich wieder alten Liebesgeschichten zu. Sara schwelgte mit feuchten Augen in Erinnerungen an Philip Baines-Cass, den Jungen, der in der zehnten Klasse an ihrer Seite in einer Schulaufführung von *Hobson's Choice* gespielt hatte.

»Eigentlich sah er nicht wirklich gut aus«, erinnerte sie sich liebevoll, »aber er hatte eine ungeheure Ausstrahlung. Man konnte einfach nicht anders, als ihn ständig anzuschauen. Er war klug, aber auch cool, und diese Kombination war an meiner Schule ziemlich selten. Eigentlich überrascht mich, dass er kein Schauspieler geworden ist. Er schien dafür wie gemacht.«

»Wahrscheinlich wohnt er jetzt in Slough und arbeitet als Programmierer«, kicherte Lou. »Erzähl weiter ...«

»Also er ... hatte unglaubliches Talent. Aber ich war nur eine kleine, steife Amateurin. In einer Szene mussten wir uns küssen, und ich habe vorher regelrecht gezittert. Einerseits hatte ich Angst davor, weil bei den Proben an dieser Stelle immer alle gepfiffen und langsam geklatscht hatten. Aber andererseits ...«

»Konntest du es gar nicht abwarten.«

»Genau. Also kommt der große Abend, und die Aufführung läuft wirklich super. Wir können spüren, dass wir die Zuschauer auf unserer Seite haben. Selbst die miesesten Schauspieler unter uns verhaspeln sich nicht. Und dann kommt unsere Szene, und ich habe eine Heidenangst. Aber dann ist es, als hätte jemand auf einen Knopf gedrückt, und ich denke: ›Scheiß drauf.‹ Und ich gehe richtig ran. Man hätte eine Stecknadel fallen hören können. Es war einfach Wahnsinn.«

Lou grinste. »Wie lange bist du mit ihm gegangen?«

»Ach, wir sind nicht miteinander gegangen«, antwortete Sara. »Er hatte schon eine Freundin.«

»Aber ihr habt's doch wenigstens mal miteinander getrieben, oder?«

Sara schüttelte den Kopf.

»Er wollte. Auf der Party nach der Aufführung. Aber ich war noch Jungfrau.«

»Hast du nicht gesagt …?«

»Das war später. Ich habe alles nachgeholt«, lachte Sara, doch sie merkte, dass ihr die Tränen kamen. »Er war richtig gemein. Er hat mich frigides, kleines Miststück genannt und vor meinen Augen mit Beverly Wearing rumgefummelt.«

»Was für ein Arsch!«

»Ich weiß. Aber obwohl er ein totales Arschloch war, habe ich mich immer gefragt, wie es wohl gewesen wäre. Der Gedanke hat mich immer verfolgt, denn mit keinem anderen hat es mir wirklich Spaß gemacht. Ich glaube, ich wollte ihm nur zeigen, dass ich nicht so war ... wie er gesagt hat.«

»Na ja, wenigstens hast du es ihm bewiesen.«

»Ehrlich gesagt glaube ich, er hat es nicht mal bemerkt. Für jemanden wie ihn kam ich nie als Freundin infrage. Er hatte mich überhaupt nur wegen dem Stück wahrgenommen. Und die eine Chance, die ich bei ihm hatte, habe ich vergeigt. Ich denke immer noch an diesen Kuss zurück ...«

Es stimmte. Sie dachte immer noch daran, in letzter Zeit mehr denn je. Das Problem war nur, je mehr sie sich bemühte, sich an sein Gesicht zu erinnern, desto mehr ähnelte er Gavin.

Sie schwiegen eine Weile, während Lou sich vom Sofa fallen ließ, den restlichen Calvados in ihre Gläser kippte und auf dem Kaminvorleger rückwärts nach hinten rutschte, um sich mit dem Rücken ans Sofa zu lehnen.

»Schon komisch, oder?«, sagte sie und nippte nachdenklich an ihrem Glas. »Wie anders alles hätte ausgehen können. Ich meine, bei mir auch. Gott, ich darf gar nicht drüber nachdenken! Ich wäre fast mit einem Programmierer aus Slough zusammen gewesen.«

»Du?«

»Ich weiß! Stell dir das mal vor. Nein, Programmierer war er gar nicht wirklich, ganz so schrecklich war es nicht.« Beide kicherten. »Er hieß Andy. Ein wirklich lieber Typ, der heute Kohle hat ohne Ende. Meine Mum lässt keine Gelegenheit aus, es zu erwähnen: ›Louise, ich habe am Wochenende Andy Hiddleston gesehen. Habe ich schon erwähnt, dass er jetzt Bauunternehmer ist?‹« Sie verdrehte die Augen. »Sie hat mir nie ganz verziehen, dass ich die Verlobung aufgelöst habe.«

»Ihr wart *verlobt*?«

Lou nickte, offensichtlich amüsiert über die Widersprüche in ihrem Leben.

»Bis zu meinem Aufnahmegespräch an der Kunsthochschule, als mir klar wurde, dass das Leben anderes mit mir vorhatte.«

»Der arme Andy«, lachte Sara.

»Ich weiß.« Lou nickte. »Er hat es auch nicht sehr gut aufgenommen.« Sie schüttelte den Kopf und lächelte treuherzig. »Aber ich hätte ihn doch nur unglücklich gemacht. Kannst du dir das vorstellen? Ich in Wachsjacke in einer riesigen Sandsteinvilla mit Schmucktanne davor …«

»Und zwei Komma vier Kinder.«

»Und ein Range Rover.«

»Und eine Gehirnamputation!«

Sara begann zu kichern und konnte nicht mehr aufhören. Sie drückte sich den Handrücken vor den Mund, um es zu unterdrücken.

»Beeil dich, Camilla, sonst kommen wir zu spät zum Ponyclub!«, sagte Lou mit affektierter Stimme.

»Na, na, nicht weinen, Nicholas«, stimmte Sara ein. »Alle großen Jungs müssen aufs Internat.« Lou schlug vor Lachen auf den Kaminvorleger ein. Sara liefen Tränen übers Gesicht.

»Darf ich vorstellen … die neue Vorsitzende … der Townswomen's Guild«, versuchte Sara zu sagen, doch brachte nur Glucksen und Quietschen heraus. »Mrs. Andy Hiddle…«, sagte sie nach Luft ringend und ließ sich benommen vor Lachen auf den Vorleger sinken.

# 6

Am nächsten Tag hatte Sara Probleme, sich zu konzentrieren, teilweise wegen ihres Katers, doch hauptsächlich, weil sie irgendwann im Lauf der Zeit auch das letzte bisschen Freude an ihrem Job verloren hatte. Sie merkte, wie sie immer wieder denselben Satz las – »Ich habe eigentlich keinen Lieblingssupermarkt und gehe zu dem, der gerade in der Nähe ist« –, bis die Wörter vor ihren Augen verschwommen und jede Bedeutung verloren. Für einen Lückenbüßerjob nahm ihre Arbeit bei NPR Marketing ziemlich viel von ihrer Zeit in Anspruch. Andere Kreative, die gleichzeitig mit ihr angefangen hatten, waren schon längst abgewandert. Anders, der übellaunige Schwede, schrieb nun Off-Kommentare für *Masterchef*, und Tracy Jackson war Interessenvertreterin der Grünen. Aber sie hatte bei NPR zweimal sehr langen Mutterschaftsurlaub bekommen, und obwohl sie nach Patricks Geburt eigentlich nur so lange arbeiten wollte, bis ihr Vertrag auslief, saß sie fünf Jahre später immer noch am selben Schreibtisch in einem Büro in der Größe einer Abstellkammer gegenüber dem sehr talentierten, aber zynischen Adrian Sutcliffe.

Irgendwo wusste Sara schon lange, dass das Verhältnis zwischen ihr und Adrian nicht wirklich gesund war. Sie waren zwei Co-Abhängige, die sich durch ätzenden Humor gegenseitig in ihrer Unbeweglichkeit bestärkten. Solange sie ihre kreative Energie dafür aufwandten, sich über die Sinnlosigkeit ihrer Arbeit, den verbissenen Ehrgeiz ihrer weniger talentierten Kollegen und das passiv-aggressive Verhalten ihrer arbeitssüchtigen Chefin Fran Ryan lustig zu machen, konnten sie sich einreden, sie seien eine verkannte Schriftstellerin und ein verhinderter Journalist.

»Augen geradeaus«, sagte Adrian. »Rosa Klebb auf drei Uhr.«

Sara wurde jäh aus ihrem Tagtraum gerissen und hämmerte wild und wahllos auf ihre Tastatur ein.

»Ich bin auf dem Weg zu Gino's«, sagte Fran. »Kann ich Ihnen was mitbringen?«

»Oh, wunderbar«, sagte Sara. »Für mich ein Thunfischsandwich mit Käse überbacken, aber ohne Mayo.«

»Warum lässt du sie das machen?«, fragte Adrian, als Fran weg war.

»Äh, weil es Mittag ist und ich Hunger habe?«, antwortete Sara in dem fragenden Ton, den sie von ihren Kindern angenommen hatte.

»Du weißt doch, warum sie das tut, oder?«

»Mir was zu essen holen?«

»Damit du das Gebäude nicht verlässt.«

Bevor Sara mit einer bissigen Bemerkung kontern konnte, steckte Fran den Kopf wieder durch ihre Bürotür.

»Ach, übrigens, kann ich Hardeep sagen, dass Sie die Umfrage vor Büroschluss noch rüberschicken?«

»Ja, ich arbeite dran«, sagte Sara und nahm ihren Kugelschreiber in die Hand, um Adrian damit zu bewerfen, sobald sich die Tür schloss.

Die Langeweile machte Sara in letzter Zeit rebellisch. Neils Beförderung war praktisch beschlossene Sache, und er deutete immer wieder an, sie könne jetzt die harte Arbeitswelt hinter sich lassen. Für sie klang das, als solle sie ihn davon erlösen, nach seinem anstrengenden Tag im Büro noch durch den Supermarkt zu hetzen. Zuerst hatte sie ihm den Vorschlag übel genommen, doch da Lou sie zum Schreiben ermutigt hatte, entwickelte sie nun ernsthafte Ambitionen in diese Richtung.

Als Fran um halb zwei mit ihrem Sandwich zurückkam, verkleinerte sie ihr Schreibfenster nicht, sondern verdoppelte stattdessen die Schriftgröße.

Als die Tür hinter Noras Vater zuschlug, wehte der Luftzug eine leere Plastiktüte in die Höhe. Nora sah zu, wie sie aufstieg und sich mit seiner Abwesenheit aufzublähen schien, bevor sie wieder hinunterschwebte und zwischen den Stangen des Geländers hängen blieb. Sie begann, leise zu singen. »Bye baby bunting, daddy's gone a-hunting«, sang sie immer wieder, bis die Worte zu Schluchzern wurden.

»Einmal Thunfisch mit Käse«, sagte Fran und starrte gebannt auf den Bildschirm. Sara kramte in ihrer Handtasche und reichte Fran einen Fünfer, den sie nahm, ohne den Blick vom Monitor zu lösen.

»Ist in Ordnung, behalten Sie das Wechselgeld«, sagte Sara spitz.

»Okay«, sagte Fran und fasste sich wieder. »Äh, also *bon appétit*«, fügte sie hinzu und lächelte Sara kurz an, bevor sie das Büro verließ.

»Aufstand der Zwerge!«, bemerkte Adrian mit neidischem Respekt.

Sara nickte hochmütig und biss gierig in ihr Sandwich. Ein großer Klecks Mayonnaise landete auf ihrem Pullover.

Auf dem Heimweg sah sie zwei Wagen weiter Carols Mann Simon in den Zug steigen. Normalerweise hätte sie den Blick wieder auf ihren Kindle gerichtet, denn für das, was sie sich zu sagen hatten, würde der kurze Fußweg vom Bahnhof nach Hause reichen. Doch sie hatte einen Plan ausgeheckt und brannte darauf, ihn jemandem mitzuteilen. Deshalb rief sie seinen Namen.

»Ach, hallo, Sara.« Er schlängelte sich zu ihr durch. An seinem unheilvollen Gesichtsausdruck erkannte sie, dass er selbst Neuigkeiten hatte. »Du hast es sicher schon gehört …«

Sara erwartete, dass eins der Haustiere gestorben war oder das chronische Erschöpfungssyndrom von Carols Schwester sich wieder gemeldet hatte.

»Was denn?«

»Cranmer Road hat von der Schulaufsicht eine miserable Beurteilung bekommen. Die Schule steht kurz davor, den Inspektoren unterstellt zu werden.«

»Scheiße!« Sara dachte daran, was sie zu Gavin gesagt hatte, als der den unwilligen Arlo an seinem ersten Tag durch das Schultor geschoben hatte: »Keine Angst, es ist eine wunderbare Schule. Ihr werdet es nicht bereuen.«

»Carol ist bestimmt ausgerastet.«

»Ich glaube, sie freut sich klammheimlich«, sagte Simon. »Sie sucht schon lange einen Vorwand, die Kinder auf eine Privatschule zu schicken.«

Sara grinste.

»Sie ist unzufrieden mit dem Matheunterricht«, erklärte Simon, »und dem Förderprogramm.«

»Wie bitte? Was gibt es denn am Förderunterricht auszusetzen?«, fragte Sara empört. »Die Schule gibt sich solche Mühe ...«

Simon hob oberlehrerhaft den Zeigefinger. »Ja, das Förderangebot sollte aber auch HB einschließen.«

»HB«, wiederholte Sara tonlos.

»Hochbegabte«, erklärte Simon geduldig.

Natürlich. Die Mittelschicht rebellierte, weil sie fürchtete, der Direktor könnte Schulmittel für die Schwachköpfe verschwenden, anstatt ihre kleinen Genies zu drillen.

»Lächerlich«, sagte sie.

»Na ja, ich weiß nicht ...«, sagte Simon zögerlich. Doch da offenbar ein ideologisches Zerwürfnis drohte, fragte er schnell: »Wie läuft's auf der Arbeit?«

»Ach, ganz gut.«

Mit einem Mal war Simon der letzte Mensch, dem sie von ihren aufkeimenden literarischen Ambitionen erzählte wollte. Sie konnte sich gut sein Grinsen vorstellen, wenn er Carol berichtete, dass sie ihren Job geschmissen hatte, um einen Roman zu schreiben.

Von Neil hätte sie allerdings mehr erwartet.

»Ich meine ja nicht, du sollst es bleiben lassen«, sagte er beim Abendessen defensiv. »Ich stelle nur das Timing infrage.«

Sara bemühte sich, ob seiner seltsamen Ausdrucksweise das Gesicht nicht zu verziehen. Ob es am Fernsehen lag oder ob er zu viele Business-Ratgeber gelesen hatte, sie wusste es nicht. Jedenfalls wurde er dadurch als Autorenberater auch nicht glaubwürdiger. Er wollte, dass sie einen Kurs in kreativem Schreiben besuchte. Als wenn man das einfach lernen könnte wie Autoreparatur oder Spanisch. Aber das Ärgerlichste an dieser spießigen Ehrerbietung für »Lehrer« war, dass sie ihre eigene Unsicherheit hervorkitzelte. Sie wollte nicht, dass irgendein zweitklassiger Schriftsteller ihre Arbeit unter die Lupe nahm. Lous kühner Aufruf, es einfach zu versuchen, sich von der Muse küssen zu lassen und anzuzapfen, was sich tief in ihr verbarg, gefiel ihr viel besser.

Sie merkte, wie ihr vor Frust die Tränen kamen. Sie spießte mit der Gabel den Rest ihrer Quiche auf und versuchte, das Zittern in ihrer Stimme zu unterdrücken.

»Ich glaube, du verstehst gar nicht, wie das für mich

ist«, sagte sie. »Ich möchte dich mal sehen, wenn du acht Stunden am Tag Fragebögen für Verbraucher entwerfen müsstest.«

Neil blickte betroffen auf, und Sara stellte mit einer Mischung aus Genugtuung und Scham fest, dass die Tränen gewirkt hatten, wie immer bei Neil.

»Nein«, sagte er, anscheinend von Reue gepackt, »dafür bist du zu schade. Ich bin vollkommen deiner Meinung. Also dann tu's. Du hast sechs ganze Stunden täglich, wenn sie in der Schule sind.«

Sara wollte darauf hinweisen, dass man Kreativität nicht einfach an- und abstellen konnte, doch besann sich eines Besseren.

»Es kann sicher nicht schaden, wenn ich mehr Zeit für sie habe«, sagte sie, »gerade jetzt, wo die Schule auf dem absteigenden Ast ist.«

»Was meinst du damit?«, fragte Neil.

»Die Beurteilung der Schulaufsicht war katastrophal.« Sara verdrehte die Augen. »Also können wir mit einer Massenabwanderung rechnen. Carol hat anscheinend schon Saint Aidan's ins Auge gefasst.«

»Wir müssen ihr ja nicht alles nachmachen.«

»Es geht mir nicht um Carol«, sagte Sara, »sondern um ihren Einfluss auf die anderen.«

»Carol hat einen schlechten Einfluss auf die anderen Eltern«, sagte Neil in aufgesetztem Lehrerton.

»Ich wünschte, du würdest die Sache ernst nehmen. Celia lässt sich ohne Weiteres von ihr um den kleinen Finger wickeln.«

»Und warum soll mich das interessieren?«

»Weil Celia die Mutter von Rhys ist. Und Rhys ist Calebs bester Freund.«

»Du machst ein bisschen viel Wind um die Sache. Jungs sind nicht so wie Mädchen. Bei denen heißt es: aus den Augen, aus dem Sinn.«

Doch es war zu spät. Auch Sara konnte die Schule jetzt nur noch in negativem Licht sehen. Als sie in der folgenden Woche mit Lou in der Aula saß, wo sie auf den Beginn der Feier zum Erntedankfest warteten, wanderte ihr Blick kritisch über die Schautafeln. Auf einem Plakat stand »Seit lieb zueinander«. Den Rechtschreibfehler fand sie dabei noch weniger besorgniserregend als die offensichtliche Gleichgültigkeit der Erstklässler gegenüber der Botschaft. Als das Klavier das erste Lied anstimmte und die trällernden Falsettostimmen der Kinder einsetzten, tupfte sich Lou eine sentimentale Träne vom Auge. Auch Sara hätte am liebsten geheult, doch aus einem anderen Grund. Das »Orchester« bestand aus drei Blockflöten und einem Tamburin. Die Erntegaben, auf einem zerfledderten Stück Bastelpapier ausgebreitet, waren hauptsächlich verbeulte Heinz-Suppendosen und suspekt wirkende Kekse von Lidl. Dies war für Sara ein deutlicher Beweis dafür, dass die Mittelschicht die Schule aufgegeben hatte. Das einzig Frische auf dem Gabentisch war die Ananas, die Sara selbst gespendet hatte. Aber noch besorgniserregender war das spürbare Unbehagen der Lehrer. Breites Lächeln und ermutigende Blicke waren aus den Gesichtern gewichen. Auch Kameradschaftsgefühl und Spaß waren dahin. Sie alle machten einen erschöpften, resignierten Eindruck, wie Soldaten auf dem Rückzug.

Als sie anschließend zusammenstanden und Instantkaffee aus Styroporbechern tranken, überraschte Lou sie mit ihrer Überschwänglichkeit.

»Ich bin ja so erleichtert«, sagte sie.

»Ach ja?« Sara riss ihren Blick von den murrenden Elterngrüppchen in Klamotten der Firma Boden los und schaute in Lous strahlendes Gesicht.

»Ich kann mir richtig vorstellen, wie die Kinder hier aufblühen«, sagte sie. »Die Schule wirkt so lebendig. Ich bin jetzt absolut sicher, dass es richtig war, wieder zurückzukommen.«

»Das freut mich«, sagte Sara und fühlte sich sogleich in ihrem Entschluss bestärkt, Lou und Gavin nicht mit den schlechten Nachrichten über die Schule zu belasten. Sie hatte keine Ahnung, wie das Schulsystem in Spanien aussah – vielleicht war es ein strenges Regime aus Francos Zeiten –, doch wenn Lou und Gav Cranmer Road für einen so wunderbaren pädagogischen Nährboden hielten, warum sollte sie ihnen widersprechen? Unglücklicherweise tauchte in der Ferne bereits eine Andersdenkende auf.

Celia Harris war eine liebenswerte Frau, weder zynisch noch berechnend. Sara hatte sie im Kindergarten kennengelernt, und Caleb und Rhys waren seitdem beste

Freunde. Celia war eine unverzichtbare Stütze der Cranmer-Road-Schule. Sie hatte Benefizveranstaltungen und Partys organisiert und war bei jeder Klassenfahrt ihrer gescheiten bebrillten Kinder mitgefahren. Die Nachricht von der negativen Beurteilung hatte Celia sicher wie ein Schlag getroffen. Sie liebte die Schule, doch ihre Kinder liebte sie noch mehr. Wie bei einem Fußballspieler, der für seinen Verein sein Leben geben würde, bis er an eine andere Mannschaft verkauft wurde, war Celias Treue leidenschaftlich, aber endlich. Und als Sara sie mit gerunzelter Stirn herannahen sah, die flachen kastanienbraunen Stiefel auf dem Parkett quietschend, wusste sie, dass Celia bereits auf der Transferliste stand.

»Hi Sara«, sagte sie, packte Sara am Ellbogen und bugsierte sie aus Lous Hörweite. Während sie sich unterhielten, beobachtete Sara über Celias Schulter hinweg, wie Lou ihren Kaffee trank und versuchte, sich ihre Neugier nicht anmerken zu lassen.

»Ich habe mir gedacht, Gavin könnte mit den Kindern in der Schule ein bisschen Kunst machen«, sagte Lou später, als sie sie alle nach Hause fuhr, die Hände auf dem riesigen Lenkrad des Humber auf Viertel nach zehn. »Das würde ihm unheimlichen Spaß machen.«

»Ja«, antwortete Sara, »unbedingt.«

Drei Wochen waren vergangen, seit Sara ihren Job aufgegeben hatte, und vier, seit sie Lou ihren Roman zur kritischen Beurteilung anvertraut hatte.

Den ersten Tag in Freiheit hatte sie damit verbracht, Bettdecken auszuschütteln und den Schimmel vom Duschvorhang zu schrubben. Als Neil sie abends gefragt hatte, wie sie mit dem Buch vorankam, hatte sie in scharfem Ton geantwortet, sie schreibe einen Roman und keinen Vorstandsbericht. Am nächsten Tag, nachdem sie mehrmals ihren Schreibtisch umgeräumt, die Höhe ihres Stuhls verstellt und das Fenster geöffnet und wieder geschlossen hatte, setzte sie sich entschlossen vor den Computer, um *Obhut* noch einmal durchzulesen.

Nach dem Schlusskapitel stieß sie einen zufriedenen Seufzer aus. Für einen ersten Entwurf war der Text gar nicht mal so übel. Im Grunde war genau das das Hauptproblem. Sie wusste, das, was sie geschrieben hatte, war nur das Gerüst eines umfangreicheren, ehrgeizigeren Werks, das sie ausarbeiten, dem sie Leben einhauchen musste. Doch ihr Blickwinkel war zu eingeschränkt. Sie konnte nicht sehen, wo sich noch zusätzliches Material einfügen ließ oder was sie vielleicht rauswerfen sollte. Sie kannte den Spruch »Töte deine Lieblinge« zwar, doch ihr Manuskript enthielt kaum einen Satz, in den sie nicht verliebt war. Demnach müsste sie sich von einer Menge trennen. Sie brauchte jetzt wirklich Lous Feedback. Zwar wollte Sara sie nicht gern drängen, da sie wusste, dass sie selbst mit kreativen Entscheidungen zu kämpfen hatte, doch sie beschloss, den Stier bei den Hörnern zu packen.

Sie klopfte nebenan und rief an, doch vergebens. Aber der Humber stand vor dem Haus, und als sie durch den

Briefkastenschlitz lugte, roch es eindeutig nach Toast. Da die Tür nicht abgesperrt war, ging sie auf gut Glück hinein.

»Hallo? Ich bin's nur ...« Sie stieß die Küchentür auf. Es schien niemand da zu sein. Auf dem Tisch standen vier Teller voller Krümel, auf dem Rand des einen lag eine ausgedrückte Zigarette. In der Luft hing ein schweres Parfüm und auf einer Stuhllehne eine unbekannte Wildlederjacke. Sie hatten Besuch. Sie wollte sich gerade heimlich davonstehlen, als sie auf der Kellertreppe leise Schritte hörte.

»Mit Milch und einem Löffel Zucker. Und schwarz ohne ...«, murmelte Lou wie ein Mantra. »Oh mein Gott, Sara! Du hast mich zu Tode erschreckt.«

»Tut mir leid. Aber du hast gesagt, wenn niemand aufmacht, soll ich einfach ... Du bist offenbar beschäftigt. Ich gehe lieber.«

»Schon okay. Wir machen gerade eine Kaffeepause. Bleib doch.«

Irgendetwas an Lou war anders, doch Sara wusste nicht, was es war. Ihr Outfit war so lässig und stylish wie immer: hohe Sneaker, abgewetzte Jeans und über einem knappen Leibchen ein hüftlanger Kimono. Nein, es war eher ihr Verhalten, das anders war als sonst. Sie wirkte leicht verlegen, als würde sie eine Rolle in einem ihrer eigenen Filme spielen. Während Sara sie beobachtete, konnte sie fast die Regieanweisungen vor sich sehen:

*Lou gibt Kaffee in die Espressokanne und stellt sich auf Zehenspitzen, um die Tassen vom Regal zu holen. Sie ist eine Frau mit Sex-Appeal in der Blüte ihrer Jahre.*

»Übrigens, Sara«, Lou reichte ihr zwei Tassen, »gut, dass du reinschaust, denn ich wollte dich fragen … Wir werden hier wahrscheinlich vor heute Abend nicht mehr fertig …«

»Soll ich die Jungs für dich abholen?«

»Du kannst Gedanken lesen.«

»Kein Problem. Du kannst der Tagesmutter auch sagen, sie soll Zuley bei uns abliefern, wenn dir das hilft.«

Lou schenkte ihr ein dankbares Lächeln. Es schien ihr gar nicht in den Sinn zu kommen, zu erklären, womit sie eigentlich zu Gange waren.

Sie stiegen hinunter in Gavins Atelier. Die Falttür stand offen, und die weißen Wände schimmerten im herbstlichen Sonnenschein rosa. Draußen auf der Holzveranda saß Gavin mit zwei Personen, die Sara als Ausländer identifizierte, noch bevor sie ihre Stimmen hörte. Alle drei rauchten und sprachen in geschäftsmäßigem Ton. Der Mann trug eine rechteckige Brille mit dünnen Gläsern, und sein Schal war auf eine ungewöhnliche, typisch kontinentale Art geknotet. Die Frau hatte einen scharf geschnittenen Bob mit kurzem Pony. Ihre schwarz gekleidete, dürre Gestalt war auf Gavin ausgerichtet wie eine Lampe mit Schwenkarm. Zu ihren Füßen lag jede Menge teuer aussehende Fotoausrüstung. Lou näherte sich der Dreiergruppe mit auffälliger Schüchternheit.

»Dieter mit Milch und Zucker und Korinna … Ach, Entschuldigung, der Kaffee ist heiß und, äh …«, offenbar fiel es ihr jetzt erst ein, »das ist Sara, unsere großartige Nachbarin.«

Sara fühlte sich durch diese Beschreibung seltsam ernüchtert. Später am Tag dachte sie immer wieder an diesen Moment zurück und versuchte herauszufinden, warum. »Großartig« war ja okay, vielleicht ein wenig herablassend, aber warum Nachbarin? Warum nicht Freundin oder sogar beste Freundin, wo sie so viel Zeit miteinander verbrachten. Immerhin hatte Sara den Kontakt zu Carol und Celia fast komplett abgebrochen. Aus ihrer Sicht war »Nachbarin« eine völlig unzulängliche Beschreibung.

»Hi.« Dieter gab ihr die Hand. Korinna lächelte sie kurz an und wandte ihre Aufmerksamkeit wieder Gavin zu, der Sara erfreulicherweise direkt ansah und lächelnd sagte: »Hallo du.«

»Dieter ist Journalist bei der *Kunstpostille*«, flüsterte Lou, als das Geschäftsgespräch wieder im Gang war und Korinna ihren Kaffee ausgetrunken und ihr Stativ aufgestellt hatte. »Er macht eine Doppelseite über Gav anlässlich seiner Ausstellung in Berlin.«

Was für eine Ausstellung in Berlin? dachte Sara. Sie kam gar nicht mehr hinterher.

»Hmm«, machte sie. »Lou, jetzt ist wahrscheinlich nicht der beste Moment, aber bist du schon dazu gekommen …?«

Lou sammelte mit der Hand die Zigarettenstummel ihrer Besucher auf und hängte die leeren Kaffeetassen an ihren Zeigefinger.

»Entschuldige, was hast du gesagt?«, fragte sie abwesend.

»Schon gut«, antwortete Sara. »Ich frag dich später noch mal, wenn du die Kinder abholst.«

»Ja, klar.« Lou lächelte und kniff dankbar die Augen zusammen.

»Also bis nachher«, sagte Lou in die Runde, doch in Korinnas aggressivem Blitzlichtgewitter blieb ihr Abschied unbemerkt.

An diesem Nachmittag schrieb Sara ihr erstes Kapitel vier Mal um, wobei sie immer wieder in sich ging und häufig Gebrauch vom Synonymwörterbuch im Internet machte. Um fünf vor drei, als es Zeit wurde, die Kinder abzuholen, nahm sie noch ein paar letzte Veränderungen vor, nur um festzustellen, dass sie fast zum genauen Wortlaut der ursprünglichen Version zurückgekehrt war.

Der Spätnachmittag war ziemlich stressig. Unter Protestgeheul hatte sie die Jungen von der Xbox weggezerrt und zum Fußballspielen in den Garten geschickt, damit Zuley in Ruhe das Kinderprogramm schauen konnte. Sie waren noch nicht lange draußen, als sie ein lautes Aufstöhnen und hämischen Applaus hörte, was bedeutete, dass sie den Ball über den Zaun gekickt hatten. Da der Ball bei Lou und Gavin gelandet war, war sie überrascht, dass die Jungen niedergeschlagen ins Haus zurückschlurften. Auf ihr Drängen gestand Caleb, dass Lou den Ball konfisziert hatte, weil er »eine Kamera kaputt gemacht hat oder so«.

»Oje«, sagte Sara und fragte sich, ob sie die Jungen besser hätte im Auge behalten sollen. Doch wie, wenn sie gleichzeitig Spaghetti bolognese für fünf Personen kochen musste? Das Gefühl, die Kinder zu vernachlässigen, verstärkte sich noch, als sie Zuley weinend und sich krümmend im Flur fand. Die Jungen hatten mit ihr auf der Treppe Reiterspiele gemacht, und sie war heruntergefallen.

»Caleb?«, rief Sara vorwurfsvoll. »Patrick?«

Als Neil nach Hause kam, hatte sie sich mit Zuley in der Küche verschanzt und las ihr schon zum fünften Mal *Die kleine Raupe Nimmersatt* vor, während sie die Langeweile mit dem dritten Glas Pinot grigio bekämpfte.

»Was zum Teufel ist hier los?«

»Oh, hallo«, sagte Sara. »Was meinst du?«

»Ist dir klar, dass die Jungs oben im Flur inlineskaten?«

Sie konnte noch lange warten, dass Lou ihre Kinder abholte, das wurde Sara nun klar. Wahrscheinlich hatte sie erwartet, dass Sara sie nach dem Abendessen rüberbrachte. Aber da sie nicht in die exklusive Fotosession platzen wollte und auch nicht wusste, was es mit der beschädigten Kamera auf sich hatte, hatte sie es lieber bleiben lassen.

Doch nun überließ sie es Neil, im verwüsteten Wohnzimmer wieder Ordnung herzustellen, rief Dash und Arlo zu, es sei Zeit, nach Hause zu gehen, und eilte mit Zuley im Arm voraus. Sie lief zwischen den Lavendelsträuchern hindurch, die die Grenze zwischen den beiden Grundstücken markierten, und da die Vorhänge geöffnet waren und im Wohnzimmer Leben war, klopfte sie ans Fenster und winkte. Doch niemand bemerkte sie. Und so stand sie hoffnungsvoll lächelnd in der Dunkelheit, ein wenig perplex und verlegen angesichts der seltsamen Szene, die sich ihnen darbot. Korinna saß barfuß an einem Ende des Sofas, die Knie ans Kinn gezogen, den Blick auf Gavin gerichtet, der am anderen Ende hockte und sie zeichnete. Dieter und Lou tanzten langsam auf dem Kaminvorleger, als wäre es nach Mitternacht. Dieter wirkte ziemlich angeschlagen und vergrub sein Gesicht an ihrem Hals, doch Lous Miene war ausdruckslos und verriet kein Gefühl. Als würde sie auf den Bus warten.

»Ich glaube, wir klingeln besser«, sagte Sara energisch zu Zuley.

Mittlerweile waren auch Dash und Arlo da und hämmerten mit ihren Brotdosen gegen die Haustür.

»Lou!«

»Mu-um!«

»Mach auf. Ich muss pissen!«

Die Tür öffnete sich, und sie stolperten hinein.

»Hallo, meine Schöne«, sagte Gavin, und Sara errötete vor Freude, bevor ihr klar wurde, dass er Zuley meinte. Seine Tochter kletterte in seine Arme, ohne sich auch nur einmal umzuschauen.

»Tausend Dank«, sagte er zu Sara. »Du bist unser rettender Engel. Komm doch rein und trink was.« Er lächelte sie mit glasigem Blick an.

»Ach … nein, lieber nicht. Neil ist gerade erst nach Hause gekommen. Aber trotzdem danke.«

»Okay dann«, sagte Gavin.

»Okay.«

In dieser Nacht träumte Sara, sie würde an einer Vorstandssitzung in Neils Firma teilnehmen. Die Leitung hatte Korinna, die einen Kopfschmuck mit Stierhörnern trug. Der letzte Punkt der Tagesordnung war Saras Roman. Sie sollte nackt auf einem Aktenschrank sitzend einen Auszug daraus vorlesen. Doch als sie versuchte zu sprechen, bekam sie kein Wort heraus.

Als sie aufwachte, fühlte sie sich abgekämpft und müde. Später, sie war gerade erst wieder völlig klar im Kopf geworden, stand zur ihrer Überraschung Lou vor der Tür, die anstelle von Gavin die Kinder zur Schule brachte.

»Oh!«, sagte Sara.

»Tut mir leid, du musst heute mit mir vorliebnehmen«, sagte Lou lächelnd. »Gav ist in Berlin.«

»Sei nicht albern«, antwortete Sara verlegen. »Ich freue mich doch immer, dich zu sehen.« Sie bugsierte die Jungen nach draußen, und als sie die Tür hinter sich geschlossen hatte, drückte ihr Lou überraschend einen Kuss auf die Wange.

»Womit habe ich den denn verdient?«

»Ich habe letzte Nacht dein Manuskript gelesen.«

»Oh Gott.«

»Was für ein kluges Mädchen du bist.«

»Hat es dir gefallen?«

»Ich habe es verschlungen.«

Sara schmolz vor Glück fast dahin.

»Es ist einfach großartig, Sara. Originell, aufrichtig und komisch.«

»Nun übertreib mal nicht.«

»Nein, ehrlich. Ich war so begeistert, ich musste Gavin wecken, um ihm Stellen vorzulesen.«

»Oh mein Gott!« Sara schlug sich vor Verlegenheit und Freude auf die Wangen.

»Ich möchte es gern Satz für Satz mit dir durchgehen. Ich hätte da ein paar Vorschläge. Hast du am Wochenende Zeit?«

*

Am Schultor begrüßte die stellvertretende Direktorin die eintreffenden Kinder. Sonia Dudek war eine von Saras Lieblingslehrerinnen. Sie hatte sich als Calebs Klassenlehrerin im ersten Schuljahr die Hörner abgestoßen und sich in nur vier Jahren von der liebenswerten, aber naiven Anfängerin zur Führungskraft entwickelt. Nun lächelte sie, begrüßte jedes Kind mit Namen und bemühte sich, skeptischen Eltern Mut zu machen.

»Hallo«, sagte Sara und schenkte Sonia ein mitfühlendes Lächeln, das diese erwiderte. Als sie Lou sah, hielt sie sie am Ellbogen fest.

»Ach, Ms. Cunningham, kann ich kurz mit Ihnen über Dash reden?«

Da die Schulglocke läutete, eilte Sara mit den anderen Kindern weiter, obwohl sie ihre Neugier kaum im Zaum halten konnte. Wahrscheinlich war Dash für das neue

Hochbegabtenprogramm ausgewählt worden. Sie sollte ihm Glück wünschen, sagte sie sich.

Als sie die Jungen in ihre Klassen gebracht hatte, wartete sie vor dem Schultor auf Lou. Doch da sie nach zehn Minuten immer noch nicht aufgetaucht war, lief Sara allein nach Hause. In ihrer Straße sah sie Carol aus dem Auto steigen. Da Sara bewusst war, dass sie beide auseinanderdrifteten, und nicht wollte, dass sich eine unüberbrückbare Kluft zwischen ihnen bildete, hatte sie Carol vage für das kommende Wochenende eingeladen. An der Art, wie Carol sich auf dem Bürgersteig aufgebaut hatte, ein gezwungenes Lächeln auf den Lippen, wusste Sara, dass sie sie auf Tag und Uhrzeit festnageln wollte.

»Hi Sara, wie läuft's mit dem Buch?«

Sara seufzte. In dieser Straße konnte man einfach nichts für sich behalten.

»Es ist noch im Anfangsstadium.«

»Worum geht's denn darin?«

»Worum es geht?« Sara rümpfte verächtlich die Nase.

»Du weißt schon, welches Genre ist es? Thriller? Chick-Lit?«

»Ach Gott … Also wenn es zu einem Genre gehören muss, dann ist es wohl am ehesten eine Art Entwicklungsroman.«

Carol machte eine hämische Miene, über die Sara sich ärgerte.

»Also, hattest du an Freitag oder Samstag gedacht?«, fragte Carol. »Samstag würde uns besser passen. Dann ist die Gefahr nicht so groß, dass Simon wegnickt.«

»Kann ich dir später Bescheid geben? Ich glaube, Samstag war irgendwas …«

»Also gut, dann Freitag. Dann muss ich ihn nur ab und zu wachschubsen. Aber ich muss es sicher wissen, wegen der Babysitterin.«

Gott, sie ließ nicht locker, wie ein verdammter Terrier.

»Nein, Samstag ist schon in Ordnung«, sagte Sara. Zur Not könnte sie immer noch ein mysteriöses Virus erfinden.

Gegen Ende der Woche brachte wieder Gavin die Kinder zur Schule.

»Ach, hallo«, sagte Sara, erfreuter, ihn vor der Tür vorzufinden, als sie sich eingestehen mochte. »Wie war Berlin?«

Sie zog die Tür hinter sich zu und hatte fast schon das Gartentor erreicht, als Gavin lachend fragte: »Hast du nicht was vergessen?«

»Ach Gott, bin ich blöd!« Sie drehte sich schnell um, damit er nicht sehen konnte, dass sie knallrot geworden war, schloss die Tür auf und rief: »Kommt, Jungs. Es ist schon zehn vor.«

Gavins Reisebericht war faszinierend. Die Galerie war in einem früheren Lagerhaus im Osten der Stadt untergebracht.

»Wahnsinnig cool«, sagte er.

Sara gab zu, Berlin noch nie besucht zu haben.

»Du musst unbedingt mal hin«, sagte er. »Vielleicht

können wir nächstes Jahr alle vier zusammen hinfahren. Dann übernachten wir in dem hübschen kleinen Hotel in Friedrichshain, das Lou so mag. Die Clubs sind auch große Klasse.«

Sara versank einen Moment in Gedanken und stellte sich vor, wie sie unter Gott weiß was für Drogen mit einem bedeutenden zeitgenössischen Künstler und seiner Frau, einer Filmemacherin, in einem Berliner Club zu Techno über die Tanzfläche wirbelte.

»Also, was meinst du?«, fragte Gavin.

»Ach du meine Güte, vielleicht im Februar. Da haben die Kinder eine Woche Ferien«, sagte Sara, geschmeichelt von seiner Hartnäckigkeit.

»Nein …« Gavin blickte sie verwirrt, aber freundlich an. »Ich meine Greenwich Park, morgen, wenn das Wetter so bleibt?«

Sie durfte nicht ständig in Gedanken abdriften. Das war ja peinlich.

»Ach so.«

»Wir Jungs können dann einen Ball durch die Gegend kicken, und du kannst mit Lou über dein Buch reden. Es liest sich übrigens großartig.«

»Ach Gott, es ist doch nur ein erster Entwurf. Ich muss noch tausend Dinge ändern …« Sie verstummte, als sie seine vorwurfsvoll hochgezogene Augenbraue sah, lächelte und wurde rot. »Aber klar, Park hört sich super an.«

# 7

Es war ein perfekter Herbsttag, und der Greenwich Park hatte noch nie so schön ausgesehen. Während Sara mit Neil Hand in Hand die Blackheath Avenue entlangschlenderte und Caleb und Patrick auf ihren Skateboards zwischen den Pollern hin und her kurvten, erfüllte sie ein wohliges Gefühl. Glück konnte es nicht sein, denn wenn man glücklich war, war man völlig unbefangen, und das war sie nicht; aber sie war verdammt nah dran. Sie stellte sich gern vor, dass ihr Leben ein unfertiger Roman war. Und da Lou gesagt hatte, sie solle nicht herumdrucksen, wenn man sie nach ihrem Beruf fragte, sondern laut und stolz verkünden: »Ich bin Schriftstellerin«, schien diese Vorstellung durchaus gerechtfertigt. Während sie halb Neil zuhörte, der erklärte, was ihm am letzten Roman von Sebastian Faulks nicht gefiel, ging sie im Geist passende Lieder als Soundtrack für diesen Tag durch. Die Kinks? Zu naheliegend. Die Smiths? Zu ironisch. Als sie das Ende der Allee erreicht hatten, blieben sie stehen, um die Stadt zu betrachten, die sich wie eine Theaterkulisse am Fluss entlang erstreckte: Im Westen war St. Paul's zu sehen, geradeaus Canary Wharf, im Osten der Dome, und vor ihnen fiel sanft das Grün des Parks ab. Und plötzlich wusste sie es: *London Belongs to Me* von Saint Etienne. Neil stand hinter ihr, die Arme um ihre Taille geschlungen, sein stoppeliges Kinn an ihre kalte Wange gedrückt. Sie drehte sich zu ihm um, vergrub ihr Gesicht in seiner Wärme und sog seinen pfeffrigen Neil-Duft ein. Gerade überlegte sie, ob sie die Umarmung in einen Kuss verwandeln sollte, als sie eine vertraute Stimme hörte.

»Hey, ihr zwei, nehmt euch ein Zimmer!«

Schuldbewusst schreckte sie zurück.

»Hallo Kumpel.« Neil wandte sich Gavin zu, um ihn herzlich zu begrüßen.

»Hi Gav«, sagte Sara und winkte matt.

»Was hast du mit deinem Mühlstein gemacht?«, fragte Neil.

»Sie ist mit den Kindern bei den Schaukeln«, antwortete Gav. »Ich soll mit euch Verbindung aufnehmen.«

»Verbindung aufnehmen?«, fragte Sara grinsend.

»Das hat sie gesagt: ›Nimm Verbindung mit ihnen auf und bring sie her, Gav.‹«

»Ich glaube dir kein Wort.« Sara lachte. »Lou nimmt keine Verbindung mit Leuten auf. Sie weiß gar nicht, wie das geht.«

»Was macht sie dann?« Gavin streckte sein Kinn vor und lächelte.

»Sie schließt sich kurz mit Leuten«, sagte Sara, »und spürt sie auf.«

»Nein«, sagte Gavin kopfschüttelnd, »du schätzt sie völlig falsch ein. Sie nimmt ständig Verbindung mit irgendjemandem auf, unsere Lou. Wenn ich die Kinder frage: ›Wo ist Mum?‹, antworten sie: ›Sie nimmt gerade Verbindung mit jemandem auf, Dad.‹«

Sara schüttelte den Kopf und lachte.

»Du machst mich fertig«, sagte sie.

Neil lächelte höflich.

»Patrick und Caleb hatten jedenfalls den richtigen Riecher«, sagte Gavin und wies mit dem Kinn auf zwei kleine Punkte, die den Hügel hinunter zum Spielplatz sausten.

»Hey, wartet auf uns!«, brüllte Neil und stapfte hinterher, während Gavin und Sara die Nachhut bildeten.

Das schöne Herbstwetter hatte ganz Greenwich ins Freie gelockt, und der Spielplatz war gerammelt voll. Junge Mütter mit Angoramützen und Ugg-Boots versuchten, Jugendliche in Hoodies dazu zu überreden, die Schaukeln für die kleine Olivia oder den herzigen Ethan freizugeben. Am Fuß der Rutsche standen besorgte Großmütter in Steppjacken neben verschleierten Somalierinnen. Väter mit sechsstelligem Einkommen bewachten Offroad-Buggys, während ihre Frauen am Sandkasten die jeweiligen Vorzüge von Montessori- und Waldorfschulen diskutierten.

»Meine Güte«, sagte Gavin. »Wie die sprichwörtliche Nadel im Heuhaufen.«

Doch Caleb und Patrick steuerten auf ihre Freunde zu wie Wärmesuchraketen, und Sara fand ganz in der Nähe Lou, die sich mit Neil unterhielt und Zuleika auf einem Wippferd hin und her schaukelte.

»Hi«, sagte Sara, und als Lou sie in die parfümierten Arme schloss, ging ihr das Herz auf.

»Ich muss hier weg«, sagte Lou fröhlich lachend. »Es ist einfach zu viel.«

»Oh, tut mir leid«, sagte Sara. »Habt ihr schon so lange gewartet?«

»Nein, kommt mir aber so vor«, antwortete sie, nahm Zuley von der Wippe und drückte sie Gavin in die Arme, bevor einer der beiden protestieren konnte. Und bevor Sara sichs versah, bugsierte Lou sie aus dem Kindergewühl Richtung Tearoom.

Sie nahmen ihre Cappuccinos mit an einen ruhigen Tisch in einer Ecke, neben einem Gemälde des Klippers *Cutty Sark*. Die Fenster waren beschlagen, und ein Rankgitter mit Plastikefeu schirmte sie vom allgemeinen Trubel ab. Lou wühlte in ihrer Tasche und brachte ein Notizbuch zum Vorschein.

»Also … dein Buch.«

Sara lachte schnaubend.

»Was ist?«, fragte Lou.

»Na ja, wie du das sagst, ›mein Buch‹!«

»Sara! Hör endlich auf, dich kleinzumachen. Du tust dir damit keinen Gefallen. Die Konkurrenz auf dem Literaturmarkt ist knallhart. Keiner wird sich für eine Autorin interessieren, die nicht einmal von sich selbst überzeugt ist. Vertraust du meinem Urteil?«

Sara setzte eine ernste Miene auf und blickte Lou in die Augen. »Ja.«

»Also ich sage dir, dein Buch ist wirklich hervorragend geschrieben.«

»Danke.«

Dann lieferte Lou ihr eine detaillierte Rezension: Ihre Figuren waren überzeugend, ihr Stil poetisch und ihre Rückblenden perfekt getimt. Lou fand jedoch, die junge Nora sollte eine andere Sprache verwenden als die erwachsene. Sie dürfe nur über ein beschränktes Vokabular verfügen. Eine Siebenjährige verwendete keine Wörter wie »egoistisch«.

»Da ist was dran«, sagte Sara.

»Meiner Meinung nach gibt es nur eine wirkliche Schwachstelle …«, sagte Lou, und Sara wappnete sich innerlich, »… nämlich dass du dich vor der Vergewaltigungsszene drückst.«

»Na ja, ich wollte es offenlassen …«

»Ich glaube eher, du hattest Angst davor, sie zu schreiben.«

»Ähm … mag sein.«

»Schreiben kann einem durchaus Angst machen, Sara. Aber du musst bereit sein, deine inneren Abgründe zu erforschen.«

Sara nickte.

»Und wenn dein Hirn schreit: ›Nein, nein, an so etwas will ich gar nicht denken. Es ist zu schmutzig, zu beängstigend, zu schmerzhaft‹, dann musst du dich dazu zwingen, daran zu denken und alles aufzuschreiben.«

»Ich bin halt von der Theorie ausgegangen, dass die

besten Horrorfilme immer einiges der Fantasie überlassen.«

Sie hätte genauso gut sagen können: »Der Hund hat meine Hausaufgaben gefressen.«

»Hast du *Antichrist* gesehen?«

Sara schüttelte den Kopf.

»Dann schau ihn dir an.«

Als sie fertig waren, war in der Kühlvitrine nur noch ein trauriges Eiersandwich übrig, und die in Frischhaltefolie verpackten Scones mit Streichrahm und Konfitüre für den *Cream Tea* wurden gerade nachgefüllt.

»Also, weißt du jetzt, wie du mit dem Buch weitermachst?«

»Ja«, sagte Sara, »absolut.«

Lou wählte eine Nummer auf ihrem Handy und hielt es sich ans Ohr. Sara legte ihr eine Hand auf den Arm.

»Danke«, sagte sie und spürte, wie sie feuchte Augen bekam.

Lou klopfte ihr großmütig auf die Hand, während sie ins Handy sprach.

»Hi. Wir sind hier fertig. Wo seid ihr?«

Sie verdrehte die Augen und legte auf.

»Hätte ich mir denken können.«

Die Männer saßen an einem hölzernen Pub-Tisch mit Blick auf den Fluss. Gavin und Neil hatten jeder einen Pint Bier vor sich, und nach den leeren Chipspackungen und Colaflaschen zu urteilen waren auch die Kinder nicht zu kurz gekommen. Die Jungen hatten keine Lust mehr, Steine ins Wasser zu werfen und den Passagieren der Ausflugsschiffe zuzuwinken. Deshalb hatten sie auf dem Bürgersteig aus ein paar herumstehenden Verkehrshütchen und einem Bierkasten einen Skatepark gebaut. Zuley war auf Gavins Schoß eingeschlafen, und von ihrem niedlichen Schmollmund zog sich ein dünner Speichelfaden zu seinem Jackenrevers. Als Neil die Frauen kommen sah, rappelte er sich eifrig hoch.

»Was wollt ihr trinken?«

Die niedrig stehende Sonne spendete noch etwas Wärme, und vor dem perlmutterfarbenen Himmel wirkte selbst die Isle of Dogs pittoresk. Alles war bestens, und so setzten sich die Frauen bereitwillig an den Tisch und warteten auf ihre Getränke. Anschließend holten sie noch eine Runde und dann noch eine. Das Gejohle und Rattern der Jungen auf ihren Skatebords störte sie immer weniger, im Gegensatz zu den anderen Gästen, die nach einer Stunde fast alle das Weite gesucht hatten. Die Unterhaltung ging von Small Talk in hochtrabende Diskussionen und schließlich derbe Zoten über. Wie sich herausstellte, hatte Gavin so manche haarsträubende Klatschgeschichte aus der Welt der Kunst auf Lager. Natürlich war es jetzt ruhiger geworden, sagte er, doch sie würden nicht glauben, was sich früher im Colony Room Club abgespielt hätte. Sara war sich nicht so sicher, ob sie ihm glauben sollte. Sie hielt sich für relativ aufgeschlossen und tolerant, doch bei manchen Sexualpraktiken, die Gavin beschrieb, konnte sie sich beim besten Willen nicht vorstellen, dass sie physisch überhaupt möglich waren, geschweige denn Spaß machten. Trotzdem lachte sie mit, denn sie wollte nicht prüde erscheinen, und hoffte, dass er sie nicht auf den Arm nahm. Sie war erleichtert, als das Gespräch in eine ernstere Diskussion darüber mündete, ob Fetischismus auch Kunst sein könne. Zu ihrer eigenen Überraschung hatte sie sehr entschiedene Ansichten zu diesem Thema, doch nach drei Gläsern Sauvignon blanc konnte sie sich nicht mehr so klar ausdrücken, wie sie es gern getan hätte.

Schließlich versank die Sonne hinter den Hochhäusern und Kränen, warf goldene Strahlen auf das trübschwarze Wasser und ließ den Himmel für einen kurzen Moment fluoreszierend erscheinen. Sara zog vor Kälte die Schultern zusammen und klapperte mit den Zähnen, doch sie würde nicht als Erste darauf drängen, diesen magischen Tag zu beenden. Sie warf Gavin einen verstohlenen Blick zu und fragte sich wie so oft, was ihm durch den Kopf ging. Er wirkte nachdenklich, doch plötzlich nahm seine Miene einen ungläubigen und entsetzten Ausdruck an.

»Verdammte Kacke, sie pinkelt mich an«, sagte er.

Als Zuley aufwachte und merkte, was sie getan hatte, begann sie zu weinen und zu strampeln. Gavin versuchte aufzustehen und stieß dabei eine Colaflasche um, aus der es auf Lous Orla-Kiely-Schal tropfte. Die Jungen moserten, als sie ihr Spiel aufgeben sollten, das sich zu einem Wettstreit entwickelt hatte und kurz vor dem Höhepunkt stand. Kurz sah es so aus, als würde es Ärger geben. Doch dann passierte etwas Seltsames. Gavin holte sein iPhone heraus und rief ein Taxi. Gleichzeitig lenkte er Zuley mit einem alten Kartoffelchip aus dem Aschenbecher ab und witzelte, dass ihn sein ganzes Leben lang Frauen angepinkelt hätten. Lou sammelte die Jungen ein und redete ihnen ein, es wäre besonders clever und erwachsen von ihnen, wenn sie mit ihr und Sara auf dem oberen Deck eines Busses nach Hause fahren würden. Es würde nur eine kurze Unterbrechung geben, bis sie sich alle wieder bei Gavin und Lou zu Hause vor dem prasselnden Kaminfeuer zusammenfinden und etwas zu essen bestellen würden. Hörte sich das nicht gut an? Es war ein genialer Plan, den sie wie ein Kaninchen aus dem Hut gezogen hatten, ein Triumph der Kreativität und der endgültige Beweis, dass Gavin und Lou einfach einsame Spitze waren. Auch wenn dieser Beweis eigentlich nicht mehr nötig war.

Vereint in hart erkämpfter Harmonie, trotteten Sara und Lou, Caleb, Patrick, Arlo und Dash die letzten paar Hundert Meter von der Bushaltestelle nach Hause. Die älteren Jungen hielten sich damit bei Laune, einen Rap zu kreieren, der dermaßen von frühreifer Sexualität und Frauenfeindlichkeit strotzte, dass ihren Müttern das Blut in den Adern gefroren wäre, wenn sie gelauscht hätten. Die aber waren in eine Diskussion über die Erziehungsprobleme bei Jungen vertieft. Als sie sich jedoch ihrem Haus näherten, durchfuhr Sara ein Schock. Vor ihrer Tür standen Carol und Simon, lässig-elegant gekleidet, sie mit einer

Schachtel belgischer Pralinen und er mit einer Flasche Montepulciano in der Hand.

»Scheiße«, murmelte Sara. »Scheiße! Scheiße! Scheiße!«

»Was ist denn?«, fragte Lou.

Doch mittlerweile hatten sie die beiden erreicht.

»Wir sollten doch um sieben kommen …?«, sagte Carol.

»Ja, stimmt. Aber ich will dir nichts vormachen. Ich habe es völlig vergessen. Es tut mir schrecklich leid.«

Carol fiel die Kinnlade herunter.

»Na, dann sag ich der Babysitterin besser Bescheid, dass wir sie nicht brauchen …«

»Kommt doch mit zu uns!«, sagte Lou.

»Was?« Carol warf ihr einen irritierten Blick zu.

»Warum nicht? Es ist alles unsere Schuld. Wir haben sie entführt. Stimmt's nicht, Sara?«

Sara versuchte zu lächeln.

»Es war ein so wunderschöner Tag, dass wir länger draußen geblieben sind, als wir vorhatten. Wir wollten jetzt bei dem neuen Inder was zu essen bestellen. Wir würden uns wirklich freuen, wenn ihr mit zu uns kommt.«

Sara konnte sehen, wie Carol mit sich rang. Würde sie sich empört davonmachen oder sich auf das ungewisse Vergnügen eines ungeplanten Abends einlassen? Letzteres, wie sich herausstellte – die Babysitterin mussten sie sowieso bezahlen, und außerdem hatten sie und Simon schon lange nicht mehr indisch gegessen, also warum nicht?

Sara sah Simon an, in dessen Blick sich ihr eigenes Entsetzen spiegelte.

# 8

»Oh, hallo«, sagte Gavin, als er die Tür öffnete.

»Hast du schon das Essen bestellt?«

Lou eilte an ihm vorbei in die Küche, während Sara ihm mit spaßhaft aufgerissenen Augen zu verstehen gab, dass sie sich diese neuen Entwicklungen nicht ausgesucht hatte. Die Jungen rannten nach oben. Carol folgte Saras Beispiel und hängte ihren Mantel über den Treppenpfosten. Dann marschierten sie durch zur Küche, wo sie Neil fanden, der gerade beim Moti Mahal anrief. Alle drängten sich in der Tür und sahen zu, wie er geduldig und gut gelaunt Lous aufgeregten Anweisungen folgte und die Bestellung einmal, zweimal, dreimal änderte.

»Dreiviertelstunde«, sagte er und legte auf. »Ich hoffe, ihr habt Hunger.«

»Das ist wirklich nett«, sagte Simon zu niemandem Bestimmten. »Wir wären schon damit zufrieden gewesen, auf ein Getränk zu bleiben.«

Unbehaglich setzte er sich an den Küchentisch und streifte seine Wachsjacke über die Stuhllehne.

»Kein Problem«, sagte Gavin. »Je mehr Leute, desto

schöner. Wir wollten euch sowieso schon seit Ewigkeiten einladen, nicht wahr, Lou?«

Lou nickte eifrig, und Sara konnte sich über ihre Heuchelei nur wundern. Schließlich lag die Einweihungsparty schon Monate zurück, und Carol war nicht blöd. Die Hände auf der beschichteten Tischplatte verschränkt, blickte sie sich mit der auffälligen Neugier eines Rotkehlchens nach Schneefall in der Küche um. Was hielt sie wohl von den kitschig-bunten Cocktailgläsern, der mexikanischen Totenmaske und dem selbst gestrickten Teewärmer mit Bommel? Sara lächelte in sich hinein. Das war sie selbst, am Anfang. Sie erkannte die Verunsicherung, nein, das Entsetzen darüber, dass die Regeln des guten Geschmacks so mutwillig missachtet wurden. Doch sie hatte es mittlerweile begriffen. Sie stand abrupt auf, lief zum Kühlschrank und öffnete ihn, als wäre es ihr eigener.

»Sonst noch jemand ein Bier?«

Sie verteilte die Flaschen und hielt einen Moment inne, um zu beobachten, wie Carol mit dem Verschluss kämpfte. Der Wein und die Pralinen lagen unberührt auf dem Tisch wie Requisiten aus dem falschen Stück.

Gavin suchte auf dem iPod ein Lied aus.

»Das ist schön«, sagte Carol. »Was ist das?«

»Die Band heißt Midlake«, sagte Gavin freundlich. »Sie kommt aus Texas.«

Simon nahm einen Schluck Bier. »Es war ein herrlicher Tag, nicht wahr?«, sagte er.

»Stimmt«, antwortete Gavin. »Wir haben draußen am Fluss gesessen und Bier getrunken. Und das im Oktober, da kann man sich wirklich nicht beklagen.«

»Ja, ich fürchte, nach den ersten paar Gläsern haben wir ein bisschen über die Stränge geschlagen«, sagte Sara.

Niemand fragte, was sie damit meinte.

»Und was habt ihr heute so gemacht?«, fragte Gavin Simon.

»Ach, unglaublich spannende Sachen«, antwortete Simon. »Wir haben Holly zum Klarinettenunterricht gebracht. Dann waren wir im Supermarkt. Und danach habe ich Laub gerecht.«

»Oh«, sagte Lou traurig, »ich liebe Herbstlaub.«

»Ist jemandem von euch kalt?«, fragte Gavin. »Soll ich die Heizung hochdrehen?«

Alle sahen sich zweifelnd an, doch Gavin stand auf und tat es trotzdem.

Carol wandte sich ihm zu.

»Arbeitest du eigentlich auch am Wochenende?«, fragte sie. »Oder von neun bis fünf wie ein …«

»… Spießer?«, fragte Gavin. »War nur ein Scherz. Nein, ganz unterschiedlich. Aber bei dem Material, das ich verwende, ist Zeit ein kritischer Faktor. Wenn ich einmal angefangen habe, muss ich die Sache durchziehen.«

»Manchmal arbeitet er die ganze Nacht«, sagte Lou.

»Dann schläfst du wohl tagsüber«, schlussfolgerte Simon mit unfehlbarer Logik.

»Ja, theoretisch«, antwortete Gavin, »aber mit drei kleinen Bälgern im Haus ist das nicht immer einfach.«

»Ich halte sie an, morgens nicht so laut zu sein«, warf Lou hastig ein.

»Ist sicher nicht schlecht, sein eigener Herr zu sein«, sagte Simon. »Ich glaube, die Selbstdisziplin hätte ich nicht. Wie ist es bei dir, Sara?«

»Bei mir?« Sara war überrascht, dass er sie mit Gavin in einen Topf warf.

»Hast du nicht gerade den Schritt von der Lohnsklavin zur kreativen Autorin gewagt?«

»Den Schritt gewagt? Ja, vielleicht«, sagte sie zweifelnd, »aber ich würde mich nicht wirklich als kreativ bezeichnen. Eher als ambitionierte Tüftlerin.«

»Sara …!« Lou fixierte sie mit einem vorwurfsvollen Blick.

»Ach ja, tut mir leid, habe ich vergessen.« Sara schlug laut mit der Hand auf den Tisch. »Ich bin Schriftstellerin, und ihr könnt mich alle mal!«

Carol und Simon wirkten ein wenig erschrocken.

»Dürfen wir deinen Roman denn auch lesen?«, fragte Carol nach einer kurzen Pause.

»Oh Gott.« Sara schauderte. »Ich weiß nicht. Ich weiß nicht, ob ich das wirklich … Das Buch ist noch im Rohzustand. Was meinst du, Lou?«

»Ach, Lou hat es also schon gelesen«, sagte Carol in scherzhaft gekränktem Ton.

»Ich wollte eine fachkundige Meinung hören.«

»Und wie ist es?«, fragte Carol Lou. »Was hältst du von dem Buch? Ehrlich.«

»Ich kann gar nicht genau sagen, wie es ist«, sagte Lou.

»Aber es ist einfach hervorragend geschrieben. Mit einer authentischen Stimme erzählt.«

»Also ist es deiner Meinung nach veröffentlichungsreif?«, wollte Carol wissen.

»Darum geht es nicht wirklich«, sagte Lou.

Da war Sara ganz anderer Meinung. Natürlich ging es darum.

»Ich glaube, mit diesem Buch versucht Sara, ihren Fluss zu finden«, erklärte Lou.

Carol schaute sie perplex an.

*»Der Weg des Künstlers?«*, sagte Lou. »Julia Cameron. Fantastisches Buch. Sie sagt, man muss die Negativität und Selbstkritik, die die eigene Kreativität ausbremsen, überwinden und sie einfach fließen lassen. Sein wahres Ich sein. Und aus ganzer Seele singen oder tanzen oder malen, ohne sich zurückzuhalten, ohne Spott und ohne sich Gedanken darüber zu machen, was ankommt und was nicht.«

»Klingt ein bisschen kitschig«, sagte Carol. »Ich finde es ziemlich wichtig, einen inneren Kritiker zu besitzen. Sonst würde uns doch jeder Dahergelaufene mit seiner sogenannten Kunst beglücken? Nichts für ungut, Sara.«

»Was spricht denn dagegen?«, fragte Lou. Mit funkelnden Augen hielt sie Carols Blick fest.

Carol öffnete den Mund, um etwas zu sagen, und Sara spürte, wie ihr eigener vor Mitgefühl ganz trocken wurde. Ihre alte Freundin tat ihr leid, doch eine gewisse boshafte Freude konnte sie trotzdem nicht unterdrücken. Es tat gut, Carol zur Abwechslung einmal in der Defensive zu sehen. Zu sehen, wie die bequemen Thesen der überheblichen Londonerin mit der wunderbaren, verdrehten Welt von Lou und Gavin zusammenstießen.

»Also, ich finde die Idee, dass jeder ein Künstler ist und nur seine Muse finden muss, einfach Unsinn.«

»Das meinte ich auch gar nicht«, sagte Lou. Ihre Stimme war sanft, doch sie hatte knallrosa Flecken auf den Wangen. »Ich habe von Kreativität gesprochen. Glaubst du nicht, dass wir alle mit der Fähigkeit auf die Welt kommen, etwas Eigenes zu erschaffen?«

»Ich jedenfalls nicht«, sagte Carol mit einem abgehackten Lachen. »Ich bin völlig unkreativ.«

»Ach, das stimmt doch gar nicht«, sagte Lou gereizt.

»Doch, es stimmt«, bestätige Simon, als wäre das etwas, worauf man stolz sein könnte.

»Also das schockiert mich«, sagte Lou. »Dass du diese Ansicht selbst so verinnerlicht hast. Was für ein Armutszeugnis für unser sogenanntes Bildungssystem.«

»Ich habe überhaupt nichts verinnerlicht«, erwiderte Carol. »Und ich habe eine sehr gute Bildung genossen.«

»Alles nur Topnoten.« Sara nickte.

Lou seufzte und schüttelte den Kopf, als würde sie von einem Leben voller Entbehrungen hören.

»Du bist über jedes Stöckchen gesprungen, das sie dir hingehalten haben«, sagte sie, »hast innerhalb ihres Systems Erfolg gehabt – und doch hast du dir einbläuen lassen, dass dir eine der wichtigsten Fähigkeiten fehlt, die ein sinnerfülltes Leben ausmachen, ja, dass du sie nicht einmal brauchst.«

»Nun, ich glaube nicht, dass es mir geschadet hat«, antwortete Carol scharf.

»Du verstehst mich nicht.«

»Ich glaube auch nicht, dass mein Leben sinnloser ist als deins.«

»Das ist doch genau das, was ich …«

»Wer sagt denn, dass Kreativität das A und O …«

*»Aber du bist kreativ!«*, brüllte Lou.

Darauf folgte schockiertes Schweigen.

»Hey, Lou, halt mit deiner Meinung bloß nicht hinterm Berg«, sagte Neil.

Sara zuckte zusammen. Eine Sekunde lang glaubte sie, Neil wäre zu weit gegangen. Doch dann begann Lou zu kichern, schien über sich selbst erschrocken zu sein. Aus dem Kichern wurde ein Lachen und dann ein Wiehern, bis schließlich alle mit einstimmten, zuerst zögernd, dann herzhaft, sodass ein unbeteiligter Beobachter hätte glauben können, sie hätten Spaß miteinander.

Die Currygerichte trafen ein und wurden in ihren Aluminiumschalen serviert. Auf dem Tisch lag ein Haufen zusammengewürfeltes Besteck bereit. Auch wenn Carol und Simon wahrscheinlich völlig andere Erwartungen an den Abend gehabt hatten, bedienten sie sich gierig aus den Aluschalen und betonten immer wieder, wie gut das Essen schmeckte. Eifrig gab man dem Gespräch eine neue Richtung und diskutierte die wechselnde Qualität und den Lieferradius der indischen Imbisse im Viertel.

Das unwiderstehliche Aroma von Tikka und Bhaji lockte die Kinder an, die bald um den Tisch lungerten wie Streuner in einem Dickens-Roman um ein Gasthaus. Von den anderen angefeuert, startete Dash einen Angriff und schlich sich auf allen vieren an, während die Erwachsenen plauderten. Dann schoss er hoch, um ein Stück Naan-Brot zu ergattern, und floh damit. Beim zweiten Mal bemerkte Sara, dass Carol ihre Aufmerksamkeit zu erhaschen versuchte. Sie spürte, wie ihre alte Freundin Gefechtslinien zog, wie sie im Namen der Zivilisation ihre treue Gefolgschaft im Kampf gegen die Mächte der Barbarei forderte, doch Sara spielte nicht mit. Lou und Gav hatten sich sehr bemüht, und Carol war Gast in ihrem Haus. Es stand ihr nicht zu, sie zu kritisieren. Sara wandte den Blick ab und beobachtete stattdessen Dash, der sich, auf Lacher aus, den Mund voll Brot stopfte und nicht eine Sekunde daran dachte, es mit den anderen Banditen zu teilen. Der Anblick widerte sie an. Lou erzählte ständig jedem, wie außergewöhnlich Dash war, und Sara musste zugeben, dass er eine lebhafte Fantasie hatte. Sie hatte mitbekommen, wie er mit Caleb und Patrick grässliche, dystopische Spiele erfand, die die Jungen begeisterten, während sie sie verstörend fand. Sie musste auch zugeben, dass sie ein wenig neidisch war, dass die stellvertretende Direktorin Lou zur Seite genommen hatte. Doch wenn Begabung mit weniger Menschlichkeit einherging, wenn die andere Seite der Medaille Ichbezogenheit war – wie bei Dash –, dann wollte sie lieber gutherzige Kinder haben als kluge.

Neil hatte viel zu viel bestellt. Die Aluschalen standen noch immer halb gefüllt vor ihnen, der Inhalt kalt und glibberig, als sie schon längst satt waren und das Gespräch langsam einschlief. Niemand machte Anstalten, den Tisch abzuräumen.

»Also, vielen Dank für alles«, sagte Simon und klopfte mit beiden Händen auf seine Jacke, als wollte er sich vergewissern, dass sie noch da war, »aber wir sollten jetzt wirklich langsam nach Hause gehen und die Babysitterin erlösen ...«

Niemand wies ihn darauf hin, dass es erst Viertel vor zehn war.

»Wollt ihr nicht noch auf ein ... äh ...?«

»Nein, danke. Super Essen. Erste Sahne. Wir müssen euch auch unbedingt mal einladen, nicht wahr, Carol? Nein, ihr braucht nicht aufzustehen. Wir finden schon allein hinaus. Also noch mal danke. Bye ... bye.«

Das Geräusch der sich schließenden Haustür löste Seufzer und erleichtertes Lachen aus.

»Großer Gott!« Lou schnitt Sara eine Grimasse.

»Tut mir leid«, sagte Sara und biss sich auf die Lippe. »Ich hatte völlig vergessen, dass ich sie eingeladen hatte. Danke, dass du mich gerettet hast.«

»Na ja, mehr oder weniger«, sagte Lou.

»Es war okay«, sagte Gav großmütig. »Erste Sahne!«

Alle brachen wieder in Gelächter aus, außer Neil, der den Mund zu einem unglücklichen Lächeln verzog.

# 9

Sie zogen ins Wohnzimmer um. Lou legte eine Platte auf, und Neil hockte sich vor den Kamin, um das Feuer anzustochern. Sara kuschelte sich in eine Ecke des Sofas und sah zu, wie Gav einen Joint drehte. Abgesehen von dem gelegentlichen Poltern und gedämpften Schreien der Kinder oben schien der Raum von der Außenwelt isoliert – ein Rückzugsort für Erwachsene. Gav zündete mit einem Streichholz den Joint an, bevor er ihn mit schwungvoller Geste Sara reichte. Sie führte ihn zaghaft an die Lippen.

»Simon ist kein schlechter Kerl«, sagte Gavin. »Was macht er noch mal?«

Sara, die sich ganz darauf konzentrierte zu inhalieren, schüttelte den Kopf.

»Ist er nicht Banker?« Lou hockte sich auf den Kaminvorleger, den Rücken ans Sofa gelehnt, und fing den Joint ab, den Sara Gav reichen wollte. Nach einem leichten Paffen gab sie ihn Sara zurück.

»Risikokapital.« Neil ließ sich auf den Eames-Sessel fallen, zufrieden, dass das Feuer nun wieder lebhaft prasselte. »Sara, an deiner Stelle wäre ich ein bisschen vorsichtig damit.«

Sie blitzte ihn an und nahm noch einen Zug.

»Ri-si-ko-ka-pi-tal«, sagte Gav langsam. »Was soll das sein?«

»Hört sich das nicht nach Abenteuergeschichten für kleine Jungs an?«, kicherte Sara.

Auf Neils engstirnige Ermahnungen konnte sie wirklich verzichten. Das Gras war völlig harmlos. Sie spürte überhaupt nichts.

»Stimmt!« Gav strahlte sie an. »Ich sehe es regelrecht vor mir. Die Tropenhelme, das höllische Zirpen der Zikaden, die Hitze … die verdammte Hitze.«

Sara richtete sich auf, beschattete die Augen mit der Hand und suchte den eingebildeten Horizont ab.

»Reichen Sie mir das Fernglas, Carruthers«, sagte sie. »Ich glaube, ich habe eine Investitionsmöglichkeit entdeckt.«

»Ihr beide«, sagte Lou und schüttelte wohlwollend den Kopf. Dann reichte sie den Joint an Neil weiter.

Das Feuer prasselte und zischte. Die Musik wogte melodisch. Sara seufzte und streckte sich, und Lou griff ihre Hand. Sie hielt sie sachte, erforschte sie und ließ sie schließlich wieder los. Sie hatten den Punkt erreicht, wo sie sich in der Gegenwart der anderen auch ohne Worte wohlfühlten. Es kam Sara viel später vor, als es sein konnte, und sie war an das Bild erinnert, das sich ihr und Zuley geboten hatte, als die Deutschen zu Besuch waren: die wächsernen Gesichter, das seltsame Machtspiel, spürbar selbst durch die Glasscheibe. Ihr wurde klar, dass sie für eine Sekte rekrutiert wurde, jedoch hatte sie keine

Angst davor. Sie freute sich darüber. Erst jetzt entdeckte sie, wie zart und reich und wunderbar komplex das Leben eigentlich war.

Neil lehnte sich vor und reichte Lou einen neuen Joint, an Saras Nase vorbei.

*»Hey!«*, sagte Sara und schreckte aus ihrem halb komatösen Zustand auf, um ihn abzufangen. »Nicht so schnell.«

»Sara, wenn ich du wäre, würde ich's lassen«, mahnte Neil sie.

»Du bist aber nicht ich, Neil«, antwortete sie. »Und das Komische ist …«, sie machte eine Pause, um die unwiderlegbare Logik ihrer Retourkutsche auszukosten, »… wenn du ich wärst, würdest du es *nicht* lassen, weil ich es nämlich nicht lasse.«

Sie führte den Joint an die Lippen und zog ein wenig heftiger daran, als sie es sonst vielleicht getan hätte. Neil streckte mit übertriebener Geduldsmiene die Hand aus, und aus Trotz zog sie noch einmal. Sie hatte gerade erst ausgeatmet, als ihr aufging, dass sie etwas absolut Geniales gesagt hatte.

»Heute Marmelade!«, rief sie.

Gav warf ihr einen warmen, aber verwirrten Blick zu.

»Kommt schon, Leute! *Alice im Wunderland.* Oder ist es *Hinter den Spiegeln*? Egal, jedenfalls gibt es dort heute nie Marmelade.«

Lou drehte sich um und tätschelte liebevoll Saras Knie.

»Du konntest gestern welche haben oder morgen, aber

nicht heute, denn heute kommt nie. Oder ist es morgen? Ist auch egal. Aber es verhält sich genau wie mit dem, was Neil gerade gesagt hat. Wenn er ich wäre, würde er nicht das tun, was ich seiner Ansicht nach tun soll, denn wenn er ich wäre, würde er tun, was ich tue …«

»Ich wusste, du würdest übertreiben«, sagte Neil seufzend.

Sara runzelte ärgerlich die Stirn.

»Ich weiß nicht, was du meinst. Was meint er damit?« Sie wandte sich an die beiden anderen, doch die konnten nur noch hilflos kichern.

»Ach, kommt schon«, sagte sie beleidigt, »ihr seid einfach … ihr seid einfach …«, doch sie konnte sich nicht mehr erinnern, was sie waren.

Ihre Lippen kribbelten, und ihr Kopf fühlte sich an wie ein Felsbrocken, der auf einem Grashalm balancierte. Die winzige Bewegung, die nötig war, um ihn ans Sofa zu lehnen, erschütterte ihren Körper wie ein Erdbeben.

»Da haben wir's«, sagte Neil.

»Möchtest du ein Glas Wasser?«, fragte Lou.

»Ich glaube, ich werde einfach …« Sara schloss die Augen und schlug sich die Hände vors Gesicht. Das fühlte sich noch schlimmer an, viel schlimmer. Sosehr sie es sich auch wünschte, es ging nicht vorbei. Wie eine Greisin mit Glasknochenkrankheit kämpfte Sara sich in einem komplizierten Manöver vom Sofa hoch. Das Feuer war unerträglich heiß. Der Hirschkopf blickte sie missbilligend an.

»Soll ich dir helfen?« Gavin rückte auf dem Sofa vor.

»Es geht schon«, murmelte Sara und schlängelte sich zwischen Weingläsern und Drogenutensilien auf dem Kaminvorleger durch.

Der Toilettensitz fühlte sich angenehm kalt an. Irgendwo in der Ferne schien ein Kinderspiel aus dem Ruder zu laufen, doch sie war nicht in der Lage einzugreifen. Ihr Kopf baumelte knapp über dem schmuddeligen Linoleumboden, und sie war kurz davor, sich zu übergeben. Mit einem gewaltigen Kraftakt drehte sie den Kaltwasserhahn auf und rutschte herum, sodass sie sich vom Waschbecken neben dem Klo aus Wasser in den Mund schöpfen konnte. Dann rutschte sie zurück, und der Raum sah langsam wieder aus wie das Rad eines hingeworfenen Fahrrads, das zum Stillstand kommt. Die Innenseite der Tür war mit einer Collage aus Zeitungsausschnitten bedeckt – das Schwarz-Weiß-Foto eines Sumoringers, der auf einem iPhone eine SMS schreibt; die Schlagzeile »›GOTT IST NUR EINE VORSTELLUNG‹, SAGT DEKAN VON ST. PAUL'S«; eine Postkarte mit kleinen Kätzchen in Latzhosen und Halstüchern mit Angeln über ihren Schultern. Sara rülpste laut und starrte wieder auf den Boden. Sie war vielleicht seit drei Minuten in der Toilette – oder auch zehn, sie wusste es nicht. Schließlich zog sie sich hoch und schaute in den trüben antiken Spiegel. Ihr Gesicht wirkte erschrocken.

»Geht's dir besser?«, fragte Lou, als Sara ins Wohnzimmer kam.

Das Album war zu Ende, doch die Platte drehte sich knackend und holpernd weiter und untermalte die träge Melancholie im Raum. Das Feuer röchelte nur noch, und die Glut fiel in sich zusammen.

»Einigermaßen«, sagte sie und ließ sich aufs Sofa fallen. Sie schloss die Augen. Und konnte hören, wie Neil leise mit Gavin sprach. Er sagte, er würde gern auf dem Jakobsweg durch Spanien wandern. Gavin fragte ihn, ob er religiös sei. Neil verneinte, meinte aber, er könne die Faszination des Katholizismus verstehen – die Hingabe, die Selbstgeißelung. Das war Sara neu. Wenn sie sich besser gefühlt hätte, hätte sie ihn daran erinnert, dass er nicht einmal die zwölf Euro Eintritt für den Dom von Florenz bezahlen wollte, doch stattdessen schwieg sie und hörte zu. Sie erfuhr, dass ihr Mann sich über vieles andere Gedanken machte als über Kapitalbestände und nachhaltige Bebauungspläne. Sie erfuhr, dass er jetzt endlich verstand, dass er deshalb so sehr nach Erfolg in einem konventionellen Beruf strebte, weil er es seiner Mutter recht machen wollte. Dass er wünschte, er hätte statt Politik Musik studiert, und dass er sich vor zwei Jahren nur deshalb einen Facebook-Account eingerichtet hatte, um die Mitglieder von Busted Flush wiederzufinden, der Band, die er in den späten Achtzigern angehört hatte. All dies hatte er ihr seltsamerweise nie erzählt. Doch Gavin und Lou hatten diese Wirkung auf Menschen. Sie entlockten ihnen Sehnsüchte, die sie selbst vergessen oder nie geäußert hatten. Auch bei ihr war es so gewesen. Sie wusste jetzt, dass sie ihre Kreativität nicht unterschätzen durfte, dass sie eine

Gabe für Frauenfreundschaften hatte und dass sie überaus empfänglich für sinnliche Genüsse war: Speisen hatten noch nie so gut geschmeckt, Musik hatte sie noch nie so tief bewegt und Sex … nun ja, zumindest stand er wieder auf dem Plan.

Doch während die beiden Sara und Neil knackten und neue Schichten von Neugier und Sehnsucht in ihnen freilegten, blieben sie selbst ein Rätsel. Immer wenn Sara dachte, sie würde Lou und Gav langsam verstehen, sie zu packen bekommen, entzogen sie sich ihr, wie Satyre, die sie immer tiefer in den Wald lockten. Sara wusste nie, was in Lous und Gavins Leben ernst gemeint und was ironisch war. Das antike Holzschild mit dem eingebrannten Spruch »Gott segne unser Haus«, das in der Küche hing, hatte sie für reine Ironie gehalten und entsprechend kommentiert, nur um sich wie eine abgebrühte Zynikerin vorzukommen, als Lou ihr erzählte, es sei ein Talisman, der vor dem bösen Blick schützte. Dolores Fernandez hatte Gavin wegen der toten Fische mit einem Fluch belegt, und das Schild beruhigte Lou.

Irgendwann schien Sara eingeschlafen zu sein. Als sie aufwachte, lief ein Lied, so träge und klagend, dass Sara dachte, es würde in der falschen Geschwindigkeit laufen. Lou wiegte sich dazu wie in Trance. Gavin fläzte sich noch immer auf dem Sofa und betrachtete das Album-Cover. Neil aber saß auf dem Rand des Eames-Sessels, die Hände um ein Knie gelegt, und beobachtete Lou mit so glänzenden Augen, als wäre sie von ungeheurem soziologischem Interesse. Sara hatte das eindeutige Gefühl, etwas verpasst zu haben.

»Hallo«, sagte Neil schließlich und blickte sie an. »Alles in Ordnung?«

»Mir geht's gut«, antwortete sie gereizt.

»Vielleicht sollten wir uns langsam aufmachen.«

»Wie spät ist es?«, fragte sie.

Neil zuckte mit den Schultern. »Spät.«

»Also …« Sara stand schwerfällig auf. Ihr Gesicht war heiß, doch ihre Hände und Füße fühlten sich kalt an. Das Feuer war fast erloschen. »Danke für den wunderschönen Tag, Leute.«

Trotz all der Intimität, des gemeinsamen Schweigens, der Geständnisse fremdelte sie plötzlich ein wenig.

Lou rauschte mit glasigem Blick verstohlen lächelnd zu ihr hinüber und legte ihr die Arme um den Hals. Sara ließ sich ungelenk auf Lous wiegenden Tanz ein, und als sie den richtigen Moment fand, entzog sie sich ihr.

»Bis dann, Gav«, sagte Sara, und er antwortete mit einer kurzen Kopfbewegung, die ihr irgendwie bedeutungsvoll erschien.

»Großartig«, sagte Neil. »Ein großartiger Abend.«

Sie blieben kurz an der Tür stehen, doch dann fiel ihnen ein, dass Lou und Gavin sich nicht an Etikette hielten, öffneten selbst die Tür und schritten hinaus in die kühle Nacht.

# 10

Das Letzte, was Sara in dieser Nacht sah, als sie die Jalousien schloss, war das Kattunfutter von Carols teuren Vorhängen, zugezogen, wie um sie zu rügen. Nach dem Fiasko des Abends war Sara sich ziemlich sicher, dass sie bei Carol unten durch war. Sie konnte versuchen, die Sache wieder einzurenken, mit einem Versöhnungsgeschenk rübergehen und sich entschuldigen, doch am Ende würde sie damit wahrscheinlich alles nur schlimmer machen. Carol würde versuchen, sie zu einer Lästerorgie über den Zustand von Lous und Gavs Vorgarten oder die Manieren ihrer Kinder zu animieren, und dann müsste Sara ihr sagen, sie solle sich um ihren eigenen Kram kümmern. Dies wäre dem nachbarschaftlichen Verhältnis ebenso abträglich wie ihr langsames Auseinanderdriften, das nun unvermeidlich schien. Und als der erste rosige Hauch der Morgendämmerung den Himmel hinter Carols Schornsteinen erhellte, spürte Sara einen stechenden Verlustschmerz.

Lou war quasi Saras ständige Begleiterin geworden, und ihre gemeinsamen Unternehmungen lagen ihr im Grunde viel mehr. Carol hatte zwar Geschick darin, Karten für heiß begehrte Aufführungen im Donmar Warehouse zu ergattern, doch sie machte immer ein solches Aufhebens darum, wie viel man ihr schuldig war und wann der letzte Zug von Charing Cross zurückfuhr, dass sich Sara jedes Mal vorkam wie bei einem Pfadfinderausflug. Lou hingegen konnte buchstäblich aus dem Nichts einen vergnüglichen Zeitvertreib organisieren. An einem Abend gingen sie in einen nahen Pub, in dem eine Band spielte, an einem anderen besuchten sie eine Dichterlesung im Southbank Centre. Am Wochenende, wenn Neil und Gavin mit den Jungen Fußball spielten, setzte Lou Zuley in ihren Buggy, und zu dritt besuchten sie die Secondhandläden in der Brick Lane, wobei Sara sich immer wieder wunderte, wie es Lou gelang, zwischen all dem Plunder ein Designerkleid zu finden. Doch offenbar hatte Sara selbst ein gewisses Talent dafür entwickelt, denn Neil hatte anerkennend bemerkt, was für einen positiven Einfluss Lou auf ihren Kleidungsstil habe. Ein zweifelhaftes Kompliment, das sie aber bereitwillig annahm.

Selbst den Besuch des Sportcenters am Donnerstag, wenn die Jungen Taekwondo-Training hatten, nahm Lou zum Anlass, ihre Freundschaft und zugleich ihr Äußeres zu pflegen. Früher hatte Sara immer im Café einen Cappuccino getrunken und das Kreuzworträtsel im *Guardian* gelöst. Doch seit Dash und Arlo mit zum Taekwondo gingen, hatte Lou das Programm geändert. Zuerst durchpflügten die beiden Frauen das Schwimmbecken, Lou in elegantem Kraul, Sara zappelnd hinterher. Und nach dreißig anstrengenden Bahnen zogen sie sich in die Sauna zurück, wo gedämpftes Licht und Eukalyptusduft für eine intime Stimmung sorgten.

»Diesen Teil liebe ich«, hatte Sara bei ihrem letzten Besuch gesagt, als sie erleichtert auf die Saunabank sank. Lou kletterte behänd auf die höhere, heißere Fläche, schlug die Beine übereinander und schloss die Augen. Sara beäugte neidisch Lous Figur. Ihre Schenkel waren straff, und selbst das gnadenlose Elastikmaterial ihres Speedo-Badeanzugs konnte die Fülle ihrer Brüste nicht ganz verbergen. Saras Bikini mit dem unruhigen Hibiskusmuster wirkte im Vergleich altbacken. Wie ärgerlich, dass hier Nacktsaunen verboten war.

Sara fühlte zu beiden Seiten ihrer Taille eine Handvoll überflüssiges Fleisch und seufzte.

»Du siehst großartig aus!«, sagte Lou, ohne die Augen zu öffnen. »Ich wünschte, ich könnte einen Bikini tragen.«

»Jetzt hör aber auf!«, sagte Sara. »Du bist so schlank.«

»Ich weiß, aber ich habe Schwangerschaftsstreifen.«

»Dafür muss man sich doch nicht schämen«, sagte Sara. »Ich habe auch ein paar.«

»Aber du siehst bestimmt nicht aus wie eine Landkarte.«

»Gav stört das sicher nicht.«

»Gav ist seltsam in der Beziehung.« Lou grinste. »Er *mag* sie sogar. Einmal, als wir uns geliebt haben, hat er gesagt, sie erinnerten ihn an diese Rinnen am Strand, wo das Wasser ins Meer fließt.«

»Das ist so schön«, sagte Sara.

»Er hatte schon immer diesen Fetisch mit der Mutter Erde. Als ich schwanger war, konnte er gar nicht genug von mir kriegen.«

Sara versuchte zu lächeln.

»Was mir nur recht war, denn ich war vom ersten Tag an ständig scharf. Dabei sollte man doch meinen, dass die Libido nachlässt, wenn man einen Braten in der Röhre hat.«

Sara zuckte mit den Schultern, unwillig zu gestehen, dass bei ihr genau das passiert war. Während der ersten drei Monate war ihr immerzu übel gewesen, während der nächsten fünf war sie ständig außer Atem, und im letzten Monat hatte ihr praller Kugelbauch alle Annäherungsversuche abgewehrt wie ein zu stark aufgeblasener Hüpfball.

Die Saunatür öffnete sich, und eine kräftige Schwarze pflanzte sich neben Sara.

»Weißt du, was er gegen Ende der Schwangerschaft immer getan hat? Ich meine, wenn die Milch eingeschossen ist …« Lou warf ihr einen bedeutsamen Blick zu.

Sara riss die Augen auf, um ihr zu signalisieren, dass sie verstanden hatte und keine weiteren Erläuterungen brauchte.

»Ich weiß, ich hätte es nicht zulassen dürfen.« Lou grinste. Anscheinend war ihr egal, dass sie eine Zuhörerin hatten. »Aber wow!«

Sara lachte nervös und warf der fremden Frau einen entschuldigenden Blick zu.

»Er hat richtig Geschmack daran gefunden«, sagte Lou.

Sie beugte sich hinunter und fügte in lautem Flüsterton zu: »Es will schon was heißen, wenn man länger braucht, um seinen Mann zu entwöhnen als sein Kind!«

Sara stöhnte.

»Ich scherze doch nur.« Lou wischte sich den Schweiß von der Brust. »Na ja, nicht ganz.«

Die andere Frau wrang einen nassen Waschlappen aus und klatschte ihn sich angewidert auf den Kopf.

»Wie viel Uhr ist es wohl?«, fragte Sara und erhob sich halb, um auf die Uhr am Schwimmbecken zu schauen. »Oh, schon Viertel nach. Wir sollten uns besser anziehen. Die Jungs fragen sich sicher schon, wo wir bleiben.«

»Ach, nur noch fünf Minuten«, bettelte Lou. »Da wir uns die nächsten zwei Wochen nicht sehen …«

»Was? Warum denn nicht?«, fragte Sara.

»Montag beginnt mein Dreh.«

»Oh.«

»Ich weiß«, sagte Lou. »Ich kann's selbst nicht glauben.«

Dadurch, dass Lou nachts arbeitete und Gavins Arbeit das Haus sowohl räumlich als auch psychologisch dominierte, hatte Sara beinah vergessen, dass ihre Freundin Filmemacherin war. Das Thema kam nur selten zur Sprache. Lou kultivierte ihre Ideen gern wie Pilze im Dunkeln, und seit sie Sara eine höfliche Abfuhr erteilt hatte, als sie angeboten hatte, ihr Skript zu lesen, traute sie sich nicht einmal mehr zu fragen, wie es lief. Nur die dunklen Ringe unter Lous Augen und ihr gelegentliches Verschwinden, um geheimnisvolle Anrufe entgegenzunehmen, wiesen darauf hin, dass sie noch anderes im Kopf hatte als Lunchpakete und überfällige Bibliotheksbücher.

»Hast du denn schon alles organisiert? Die Besetzung, die Crew …?«

Lou warf ihr einen schiefen Blick zu.

»Natürlich.«

Sara schüttelte den Kopf über ihre eigene Dummheit. »Wo findet der Dreh eigentlich statt?«

»Der Film spielt in London, aber mein DoP ist Belgier. Darum müssen wir in Belgien drehen, weil er es sonst zeitlich nicht hinkriegt. Er hat aber einen tollen Drehort gefunden. Man wird es gar nicht merken.«

Sara wollte fragen, was ein DoP war, besann sich aber eines Besseren. Anscheinend trat man in der Filmszene nur allzu leicht ins Fettnäpfchen. Lieber wartete sie, bis der Film fertig war, und gab dann einen geistvollen Kommentar ab.

»Also, ich bin hier, falls Gavin Hilfe braucht«, sagte Sara, schraubte ihre Miniflasche Wasser zu und stand auf. »Ich meine natürlich nicht direkt hier. Da. Nebenan. Du weißt schon, falls er … Na ja, er wird alle Hände voll zu tun haben.«

Als Lou weg war, vermisste Sara sie sehr. Verzehrte sich geradezu körperlich nach ihr, mehr, als sie sich nach einem Menschen verzehrt hatte, seit Amanda Durham, ihre beste Freundin in der sechsten Klasse, für drei Wochen zu ihrem Vater nach Calgary gefahren war. Aber damals hatte es wenigstens noch eine Pyjamaparty gegeben, um ihnen den Abschied zu erleichtern. Sie hatten Duran Duran gehört, und Amanda hatte sich überlegt, wie sie ihre kanadische Halbschwester triezen konnte. Lous Abschied hingegen war ohne großes Trara erfolgt. Sie hatte sich so eilig davongemacht, dass Sara sich regelrecht ins Abseits gedrängt fühlte. Das war sicher keine Absicht, sie kannte Lou und Gavin mittlerweile gut genug, um zu wissen, dass sie oft spontan handelten und darüber gern alle Höflichkeitsregeln des Vorortslebens vergaßen. Wieso sonst hätte Lou ihrer Filmcrew erlaubt, ihren Ford Transit vor Saras und Neils Haus zu parken, sodass sie ihren großen Wocheneinkauf am Freitagabend zwanzig Meter bis zur Haustür schleppen mussten? Warum sonst hatte Lou, als Sara und Neil unter der Last mehrerer Tragetaschen ätzend auf dem Bürgersteig haltmachten, versäumt, sie ihren gepiercten und tätowierten Mitarbeitern vorzustellen, und sie nur mit einem beiläufigen »Hi« begrüßt, um sich sofort wieder mit besagten Mitarbeitern der Überprüfung ihrer Ausrüstung zu widmen? Warum sonst hatte Lou ihr nicht einmal per SMS für die selbst gemachte Toi-toi-toi-Karte gedankt, bei der sie Lous Gesicht mittels Photoshop auf ein Bild von Alfred Hitchcock mit der typischen Zigarre montiert hatte? »HOFFENTLICH WIRD'S KEIN PSYCHO-TRIP!« hatte sie dazugeschrieben und die Karte durch den Briefkastenschlitz geschoben, weil Lou vielleicht in einer spätabendlichen Besprechung saß. Später hatte sie sich Sorgen gemacht, dass die Karte vielleicht doch unpassend war. Vielleicht mochte Lou Hitchcock überhaupt nicht und nahm an, dass Sara sie mit ihm vergleichen wollte.

Als Sara am ersten Tag von Lous Abwesenheit mit Gavin zur Schule eilte und nervös auf ihn einplapperte, sagte er kaum ein Wort. Er schob nur grimmig den Kinderwagen über Bordsteinkanten, während die Kinder wie ein Rudel Huskys um ihn herumwuselten. Nach einer längeren Redepause versuchte sie, dem Problem auf den Grund zu gehen.

»Fehlt dir Lou?«

Er warf ihr einen schiefen Blick zu.

»'tschuldigung, dumme Frage. Natürlich fehlt sie dir. Aber es sind doch nur zwei Wochen.«

»Nein, ich muss mich entschuldigen.« Er lächelte sie an. »Ich benehme mich unmöglich. Es ist nicht so sehr, dass ich sie vermisse, sondern dass ich ohne sie aufgeschmissen bin.«

Sara blickte ihn fragend an.

»Versteh mich nicht falsch«, sagte er schnell. »Ich finde ja gut, was sie macht, natürlich. Aber ich habe im Moment wirklich alle Hände voll zu tun. Und auf das Kunstprojekt in der Schule, das sie mir aufgehalst hat, hätte ich wirklich gut verzichten können.«

»Oje, ist das diese Woche?«

Gavin hielt sich eine imaginäre Pistole an den Kopf und drückte ab.

»Aber für die Kinder ist es schon toll, einen richtigen Künstler kennenzulernen.«

»Einen richtigen Künstler!« Gavin prustete verächtlich in die kalte Luft.

»Was sollst du denn mit ihnen machen?«

»Ich weiß nur, dass es irgendwas mit der Picasso-Ausstellung zu tun haben soll, die die Schüler am Freitag besuchen.«

»Ah, gehst du mit? Ich auch«, sagte sie glücklich. »Und im Ernst, falls ich dir irgendwie helfen kann …«

»Kennst du dich vielleicht mit Glasfaserummantelungen aus?«

»Ich bin etwas aus der Übung«, sagte sie lachend. »Nein, ich meine im Haushalt. Oder falls ich die Kinder mal nehmen soll.«

»Lieb von dir, aber Lou bringt mich um, wenn ich dich vom Schreiben abhalte. Schlimm genug, dass ich sie normalerweise in ihrer Kreativität behindere. Ich will nicht so ein Pascha sein, der alle Frauen in seiner Umgebung ausbeutet …«

»Denkt sie das?« Sara spitzte die Ohren. »Dass du sie in ihrer Kreativität behinderst?«

»Nein, eigentlich nicht«, antwortete Gavin. »Aber zwei Künstler unter einem Dach, das ist nicht einfach. In jedem Handbuch wird davon abgeraten.«

»Tatsächlich?«, fragte Sara, bevor sie Gavins Blick bemerkte, und schlug ihm scherzhaft auf den Arm.

»Ich habe immer den Eindruck, dass sie hundertprozentig hinter dir steht«, sagte sie.

»Ja, stimmt. Ich weiß, ich habe unheimliches Glück. Wir sind auf einer Wellenlänge. Sie weiß, was ich sagen will, bevor ich es selbst weiß. Und sie beschützt mich vor den Vampiren.«

»Vor den Vampiren?«

»Du weißt schon, all diesen Leute, die mich vereinnahmen wollen. Die meinen, dass meine Arbeit nur für sie gemacht ist.«

Sara fragte sich, ob sie auch dieser Kategorie angehörte.

»Ich hätte gedacht, dass eine solche Beziehung zum Publikum etwas Schönes ist«, sagte sie.

»Ja, klar«, antwortete er. »Aber manche Leute kennen einfach keine Grenzen.«

Sara zog instinktiv die Hand vom Griff des Kinderwagens zurück und ging ein wenig auf Abstand.

»Aber Lou muss natürlich auch ihre Arbeit machen können«, fuhr er fort. »Und wenn man dann noch drei unglaublich begabte, aber eigenwillige Kinder hat, die ihren Freiraum brauchen, um sich zu entfalten, denkt man manchmal: ›Gott! Ich kriege keine Luft mehr.‹ Verstehst du? Deshalb finde ich es toll, dass du und Neil eine so ausgeglichene Beziehung habt.«

»Ausgeglichen?«, fragte Sara.

»Na ja, er ist der Ernährer, und du schmeißt den Haushalt und die Kindererziehung, aber schreibst auch nebenbei. Außerdem wart ihr so schlau, es bei zwei Kindern zu belassen. Ja, ich gebe zu, manchmal beneide ich euch.«

»Hmm«, sagte Sara skeptisch, »es ist nicht alles so Yin und Yang, wie du glaubst. Ehrlich gesagt, manchmal sind wir eher wie Tag und Nacht.«

»Ich habe den Eindruck, dass ihr sehr gut zueinanderpasst«, sagte er.

Sara lächelte gequält.

Die Jungen hatten sich bereits ins Getümmel gestürzt, wo je fünfzehn Kinder aller Hautfarben wild gegeneinander bolzten. Ein typisches Spiel in allen Innenstadt-Grundschulen, die es noch nicht aus Sicherheitsgründen verboten hatten.

»Also dann.« Gavin gab Sara einen flüchtigen Kuss auf die Wange und schob den Buggy auf eine laute Schar junger Frauen zu, darunter auch Mandy, Zuleys Tagesmutter. Sara beobachtete aus der Ferne, wie sich die Frauen um Gavin scharten. Die Tagesmutter machte ihre Vorrangstellung in der Hackordnung deutlich, indem sie ihn am Arm packte und jedes seiner Worte mit rotem Lippenstiftgewieher quittierte. Sara war die Dreistigkeit der Frau unbegreiflich. Ihr musste doch klar sein, dass er für sie unerreichbar war. Allerdings war er der perfekte Gentleman und spielte bereitwillig mit.

Nach einer Minute fiel ihr ein, dass es keinen Zweck hatte, auf Gavin zu warten, da er für sein Kunstprojekt in der Schule blieb. Also lief sie allein zurück zum Schultor. Der Weg war nicht weit, aber einsam. Vor ein paar Monaten noch hätte sie gut zehn Minuten dafür gebraucht. Damals hätte die eine oder andere der in Daunenjacken oder pastellfarbenen Dufflecoats gehüllten Frauen mit ihr einen Plausch angefangen oder einen ihrer Söhne zum Abendessen eingeladen. Doch die meisten ihrer Freundinnen hatten sich wie Carol und Celia von ihr entfremdet, und die anderen waren Karrierefrauen, die schon längst auf dem Weg zum Bahnhof waren, viel zu sehr damit beschäftigt, ihre E-Mails zu lesen, um zu bemerken, dass die einst so gefragte Schule ihres bedauernswerten Nachwuchses unaufhaltsam dem Niedergang entgegensteuerte.

# 11

»Findest du, wir führen eine ausgeglichene Beziehung?«

Sara stand vor dem Spiegel und rieb sich das Dekolleté mit Feuchtigkeitscreme ein.

Neil blickte auf. Seine Brillengläser reflektierten das Licht des Laptops.

»Was meinst du damit?«, fragte er.

»Sind wir zwei Hälften, die ein Ganzes bilden?«

»Wir bringen unterschiedliche Dinge mit in die Beziehung«, sagte er zufrieden.

Sie sah ihn stirnrunzelnd an.

»Kannst du das Ding mal wegstellen?«

»Kannst du mal aufhören, rätselhafte Fragen zu stellen?«

Er klappte den Laptop zu und nahm die Brille ab.

Als sie ins Bett kroch, merkte sie, dass sie seltsam gehemmt war. Es war, als hätte ihre aus dem Nichts kommende Frage das Thema Sex auf die Tagesordnung gebracht. Als würde er ihre Befangenheit spüren, legte Neil freundschaftlich einen Arm um sie, und sie entspannte sich etwas. Sie versuchte es noch einmal.

»Meinst du, eine Ehe sollte einfach funktionieren, praktisch im Hintergrund, sodass alle in Ruhe ihr Ding machen können?«

Er streichelte ihre Schulter, was ihr auf die Nerven ging.

»Oder sollte sie nicht besser eine gewaltige, komplizierte Aufgabe voller Leidenschaft sein …? Kannst du bitte damit aufhören?«

»'tschuldigung.«

»Ich habe mal irgendwo ein Zitat gelesen. Da hieß es, die Ehe sollte voller Schlamm und Sterne sein, voller Liebe und Hass …«

»Also, Hass muss wirklich nicht sein.«

Sara seufzte, rutschte im Bett hinunter und entschlüpfte seiner Umarmung. Er tat es ihr nach und klopfte ihr beschwichtigend auf den Arm.

»Tut mir leid, Sara. Ich verstehe einfach nicht, was du sagen willst. Versuch es noch mal.«

»Ist eigentlich egal.«

»Ich liebe dich«, sagte er vorsichtig. »Vielleicht hilft das.«

Sara war inzwischen klar, dass sie in Gavin verschossen war. Sie wusste, es war banal und schäbig, doch es war nicht Scham, die sie in dieser Nacht davon abhielt, beim Sex mit Neil die Augen zu schließen, um sich vorzustellen, er sei der Mann ihrer besten Freundin. Sie konnte sich einfach nichts mehr vormachen. Neil war durchaus kein egoistischer Liebhaber, und auch seine Technik ließ nichts zu wünschen übrig. Ganze Minuten widmete er Saras Befriedigung, wobei er sich immer stärker auf ihre Klitoris konzentrierte. Er hatte gelernt, sie nicht von oben mit den Fingerspitzen zu massieren, was sie an die Decke gehen ließ, sondern mit dem Handballen von unten, wobei er brav zwischen ihren gespreizten Beinen kniete.

Auf diese Weise gelangte sie in neun von zehn Fällen zu einem Orgasmus von ausreichender Tiefe und Intensität, bevor Neil zum Hauptgeschäft des Abends überging.

Doch wenn Sara sich Sex mit Gavin vorstellte, hatte sie etwas ganz anderes vor Augen, etwas, bei dem auch Schlamm und Sterne eine Rolle spielten. Sie sah eine schnelle Abfolge erregender, tabubrechender Bilder von Schmerz und Lust und Schmach: Gavin, der Bissspuren auf ihren Brustwarzen hinterließ, ihr die Finger in den Anus schob und ihr ins Gesicht spritzte. So sah das Storyboard aus, doch der Soundtrack war erhaben: eine Opernarie, ein Lied von Leonard Cohen und griechisch-orthodoxer Kirchengesang.

»Gav hat diese Woche in der Schule beim Kunstunterricht mitgeholfen«, sagte Sara, als Neil aus dem Bad zurückkam. Hygiene nach dem Beischlaf war ihm sehr wichtig, das musste sie ihm lassen.

»Aha«, sagte Neil.

»Er war ziemlich enttäuscht von der Sache.«

»Und wenn schon, ist ja nur Kunst. Ich mache mir eher Sorgen, weil Caleb in der sechsten Klasse noch immer nicht schriftlich teilen kann.«

»Na ja, er meinte nicht nur den Kunstunterricht, sondern die allgemeine Stimmung an der Schule.«

»Was ist denn damit?«

»Es gibt dort keine Leidenschaft, sagt er. Die Lehrer

hätten auf Autopilot geschaltet und seien nur bessere Babysitter.«

»Gavin weiß doch gar nicht, wovon er redet.«

»Er versteht sicher mehr davon als du. Wann hast du denn das letzte Mal ein Klassenzimmer von innen gesehen?«

Neil blickte sie hart an.

»Okay, tut mir leid, das war unfair. Aber ich glaube, er hat recht. Ich habe mal einen Blick in Patricks Schultasche geworfen, und alles, was ich gefunden habe, waren Ausmalblätter.«

»Ich hoffe, er hat nicht über den Rand gemalt.«

Sara lächelte sarkastisch.

»Ich verstehe einfach nicht, wie es mit einer Schule so schnell bergab gehen kann«, sagte sie. »Vor anderthalb Jahren lautete die Beurteilung noch ›gut, mit einigen hervorragenden Angeboten‹.«

»Wenn du dir Sorgen machst, dann unternimm was«, sagte Neil.

»Das werde ich«, sagte Sara. »Das tue ich schon.«

Am Morgen des Ausflugs zur Picasso-Ausstellung schüttete es draußen, und Sara hatte sich für einen Taschenschirm entschieden, statt ihr sorgsam zusammengestelltes Outfit unter einem unvorteilhaften Regenmantel zu verbergen. Als sie sich hinter einer ungebärdigen Zweierreihe von Sechstklässlern über die New Cross Road kämpfte, bereute sie ihre Entscheidung bereits. Der Schirm wurde immer wieder vom Wind umgestülpt und behinderte ihre

Sicht auf Gavin, der ganz vorn marschierte und sich mit der Klassenlehrerin Kate Harrison unterhielt.

»Es macht Ihnen doch nichts aus, Sara?«, hatte Kate gesagt. »Aber ich bräuchte jemanden, der die Nachzügler einsammelt.«

Damit war Sara ans Ende des Zugs verbannt, und mit ihr Caleb, dem es sehr wohl etwas ausmachte, mit seinen zehn Jahren von seinem besten Freund getrennt zu werden. Er musste Seite an Seite mit Engin laufen, einem temperamentvollen türkischen Jungen, der die Neugier eines Kleinkinds mit dem Körperbau eines Catchers verband. Begeistert, nicht die Schulbank drücken zu müssen, hatte er wenig Verständnis für Calebs missmutige Laune und versuchte alles, um seine Aufmerksamkeit zu erregen, zuerst mit Geplapper, dann mit Clownereien, und schließlich wurde er richtig frech.

Im Zug bekamen sie nur Stehplätze, und an den Haltestangen war nicht ein Zentimeter frei. Sara blieb nichts anderes übrig, als sich den Schirm zwischen die Beine zu klemmen und ihre beiden Schützlinge an den Kapuzen festzuhalten. Sie fürchtete, wenn Engin umfiele, würde er sämtliche Fahrgäste mitreißen. Im Zug roch es nach feuchten Polstern und Morgenatem. Die beschlagenen Fenster verhinderten den Blick nach draußen, und so blieb ihr nichts anders übrig, als auf die Rücken, Schultern und spitzen Ellbogen der anderen Fahrgäste zu starren. Wenn sie den Hals reckte, konnte sie einen Blick auf Gavin erhaschen, der in seinem klassischen Regenmantel an eine Gepäckablage geklammert aussah wie eine elegante Fledermaus. Sara fragte sich, ob er sich einen Bart wachsen ließ oder nur versäumt hatte, sich zu rasieren. Es stand ihm jedenfalls.

Als sie Caleb und Engin in der Charing Cross Station durch die mechanische Sperre lotste, stellte sich der Rest der Gruppe bereits auf, um sich durchzählen zu lassen. Sie winkte Kate Harrison hektisch zu, die mit bedeutungsvoll aufgerissenen Augen auf die Uhr tippte. Eilig trieb Sara die Jungen durch die Bahnhofshalle zu den anderen, und schon machte sich die Karawane auf. Die National Gallery erschien nun am anderen Ende des Trafalgar Square wie eine Festung über einer feindseligen Ebene. Haushohe Doppeldeckerbusse drängten sich auf der Fahrbahn, Pendler liefen quer über die Straße, Autos hupten, Tauben stoben auseinander. Wenn sie es doch nur auf die andere Seite schafften, bevor die Ampel umsprang, aber nein, das rote Männchen leuchtete auf, und sie strandeten auf einer Verkehrsinsel, während der Rest der Gruppe sich wie ein Zug von Ameisen davonschlängelte.

Schließlich trieb Sara gehetzt und mit rotem Gesicht ihre Schützlinge die Museumstreppe hinauf und in die Lernwerkstatt, wo die anderen Kinder bereits im Schneidersitz auf dem Boden vor Picassos *Stillleben mit Zitronen* verharrten. Eine junge Frau in Jeanskleid mit einem Mitarbeiterausweis an einem Band um den Hals wartete betont geduldig, dass Caleb und Engin sich setzten, während Sara sich verlegen nach hinten zurückzog. Sie suchte den

Raum nach Gavin ab, doch konnte ihn nirgendwo sehen. Sie hatte schon fast aufgegeben, als eine Stimme ihr ins Ohr flüsterte.

»Wo warst du denn so lange?«

»Großer Gott!«, quietschte sie. »Hast du mir einen Schrecken eingejagt.«

Er drückte ihren Ellbogen und lachte verhalten. Auf die leise Störung hin warf Kate Harrison ihnen beiden einen vorwurfsvollen Blick zu, dem Sara mit einem triumphierenden Grinsen begegnete.

»Ich kann nicht glauben, dass du mich dazu überredet hast!« Sara ließ sich auf dem Oberdeck des Themseboots neben Gavin nieder. Die Spontaneität und Dreistigkeit ihrer Aktion machten sie ganz schwindelig.

»Du solltest mir danken«, sagte Gav. »Ich habe euch vor der Kunstgeschichtstante bewahrt. Ehrlich, die Kinder sind vor Langeweile fast umgekommen. Und schau sie dir jetzt an: total happy.«

Er wies mit dem Kinn auf ihre vier Schützlinge, die einander auf Sehenswürdigkeiten aufmerksam machten, die fröhlichen Gesichter nass vom hochspritzenden Kielwasser.

»Aber wenn Kate Harrison merkt, dass wir nicht nur kurz zur Toilette verschwunden sind, bekommen wir richtig Ärger.«

»Mir tun nur die leid, die wir zurücklassen mussten«, sagte Gavin, als wären sie aus einem Kriegsgebiet geflohen.

»Ach, komm. So schlimm war sie gar nicht.«

»Kinder, wusstet ihr sson, dass Picasso nist nur Maler, Grafiker und Keramiker war, sondern auch Theatersstücke gesrieben hat?«, ahmte er die Frau perfekt nach.

Wenn Neil dabei gewesen wäre, hätte er aus verschiedenen Gründen protestiert: mangelnde politische Korrektheit, Frauenfeindlichkeit, umgekehrter Snobismus. Doch er war nicht da, deshalb warf sie den Kopf zurück und lachte. Und lachte immer noch, als der Wind ihr eine Haarsträhne über den Mund wehte und Gavin sich zu ihr hinüberlehnte, um sie zu lösen.

*

Gerade noch rechtzeitig fiel Sara der Champagner wieder ein. Sie holte ihn aus dem Gefrierfach und stellte ihn unten in den Kühlschrank. Die Flasche gab ein unheilvolles Knacken von sich, und eine große Blase, die in einer Champagnerflasche nichts zu suchen hatte, stieg langsam auf. Als Sara sich aufrichtete, sah sie ihr Spiegelbild im abendlich dunklen Fenster. Und ihr gefiel, was sie sah. Ihr neues Top stand ihr gut, auch wenn es ein bisschen gewagt war. Sie ging zum Fenster, um die Jalousien zu schließen, und sah Gavin, der auf der anderen Seite des Zauns versuchte, ein Feuer zu entzünden. Er stöberte im dunklen Garten herum, doch das wenige geeignete Holz, das er fand, schien zu feucht zu sein. Sie lächelte in sich hinein, eilte ins Wohnzimmer, um die Feueranzünder aus dem Holzkorb zu holen, und rief nach oben: »Neil, Gavin braucht Hilfe. Wir sehen uns dort, okay?«

»Na, hast du Spaß?«, fragte sie, als sie durchs Seitentor den Nachbargarten betrat.

Gavin blickte abrupt auf. Die Haare standen ihm zu Berge, und er hatte einen Rußstreifen auf der Wange. Es war offensichtlich, dass er keinen Spaß hatte. Als er sie sah, lächelte er und nahm die Anzünder entgegen, als hätte er schon damit gerechnet, dass sie sie bringen würde. Sara verschränkte frierend die Arme und beobachtete, wie er das Feuer neu aufbaute und entzündete. Dann standen sie nebeneinander und schauten zu, wie sich der helle Schein über das Gras ausbreitete und Funken hoch in die nachtblauen Baumwipfel stoben.

»Äh, wäre es indiskret zu fragen, was zum Teufel hier vorgeht?«

»Lou will unsere Paellapfanne einweihen. So machen sie es in Spanien, draußen, auf offenem Feuer.«

»Wie nett«, sagte Sara, aber die Aussicht auf ein Dinner im Freien mitten im November ließ sie unwillkürlich schaudern.

»Hier.« Gav nahm den Pullover, den er um die Taille geschlungen hatte, und hielt ihn auf, als wäre sie ein Kind und er ihr Vater. Sie schlüpfte hinein und sog seinen kräftigen, erdigen Geruch ein. Als ihr Kopf durch die Halsöffnung rutschte, spürte sie seine Hand in ihrem Nacken. Sofort wandte sie sich ihm zu wie eine Blume zur Sonne.

»Wen haben wir denn da?« Lous Stimme ließ sie schuldbewusst zurückschrecken.

»Hi!«, sagte Sara. »Du hast mir so gefehlt.«

»Du mir auch«, antwortete Lou, und sie umarmten sich ungelenk.

»Und wie war's?«, fragte Sara, trat zurück und strich Lou über den Arm.

»Einfach toll!«, sagte Lou. »Ich erzähle dir alles beim Essen.«

»Das übrigens fantastisch aussieht. Ich glaube, ich habe noch nie eine original spanische Paella gegessen.«

Darauf entspann sich zwischen Gavin und Lou eine Diskussion darüber, ob es so etwas überhaupt gab, und falls ja, welche spanische Region das Originalrezept für sich in Anspruch nehmen konnte. Als die Angelegenheit geklärt war, war auch schon Neil mit dem Champagner eingetroffen. Sie holten Gläser, ließen den Korken knallen und stießen auf Lou und alle an, die ihr nahestanden. Der Paellareis war noch halb roh, als es anfing zu regnen. Zuerst waren es nur einzelne, vom Wind verwehte Tropfen, doch dann nieselte es immer hartnäckiger. Neil und Gav mussten mit vereinten Kräften die Pfanne samt angekohltem Huhn und Safranreis die Stufen zur Küche hochschleppen, wo sie alle angesichts der Größe des Kochgeräts, das sämtliche vier Herdflammen abdeckte, in ungläubiges Gelächter verfielen.

»Was habe ich mir nur dabei gedacht?«, wieherte Lou. »Damit kann man ja eine ganze Armee verpflegen. Das wird doch nie gar.«

Doch irgendwann war die Paella fertig, und ob es an der riesigen Menge Alkohol lag, die sie dazu konsumierten, am echt spanischen Rezept oder am Hauch von Rauch, den der Reis verströmte: Sara hatte noch nie so gut gegessen.

Der Dreh war anstrengend gewesen, berichtete Lou. Alles, was schieflaufen konnte, war schiefgelaufen. Der Tontechniker war auf Sauftour gegangen, die Hauptdarstellerin wollte improvisieren, im Hotel wimmelte es von Bettwanzen, das Catering war grauenhaft, und nach dem Budget sollten sie besser gar nicht erst fragen. »Aber …«, sie nahm einen Schluck Wein und blickte von einem zum anderen, wobei ihr verhaltenes Lächeln trotz ihrer Mühe, sich zu beherrschen, zu einem triumphierenden Strahlen wurde, »… ich glaube, es war das Beste, was ich je gemacht habe.«

Sara klatschte in die Hände wie ein Kind, Neil klopfte Lou auf die Schulter, und Gavin nahm ihre Hand und gab ihr einen langen Kuss aufs Handgelenk.

»Es ist so weit«, sagte er leise. »Du hast es geschafft.«

Sara lächelte matt.

»Aber es ist schön, wieder in London zu sein«, sagte Lou. »Ich finde, da drüben auf dem Kontinent ist einfach kein Leben mehr. Hierhin zurückzukommen war genau die richtige Entscheidung, um kreativ arbeiten zu können. Eigentlich in jeder Beziehung. Versteht ihr, wenn sich etwas einfach richtig anfühlt? Aber erzählt mal, was ihr so getrieben habt.«

»Nicht viel.« Gavin zuckte mit den Schultern und blickte sich nach Bestätigung suchend am Tisch um. »Nur der übliche öde Alltagstrott.«

»Ach, das stimmt doch gar nicht«, wandte Sara ein. »Du hast dir doch alle Mühe gegeben, etwas gegen die Langeweile zu unternehmen, Gav.«

»Was meinst du?« Gavin schaute sie verblüfft an.

»Den Ausflug?« Sara blickte Lou an. »Er war ein sehr ungezogener Junge.«

»Ach, wirklich?« Lou lächelte ihren Mann nachsichtig an.

»Ich konnte es nicht fassen«, lachte Sara. »Gerade hören wir noch diesem klugen jungen Ding zu, das einen Vortrag über Picasso hält, und plötzlich hat Gav den Einfall, einfach abzuhauen!«

»Wenn wir uns nicht vom Acker gemacht hätten, hätte ich die Tussi erwürgt«, sagte Gav. »Wahrscheinlich hat sie den Kindern für immer das Interesse an Kunst genommen.«

»Wieso?«, fragte Neil.

Gav ahmte die affektierte Sprache der Frau nach, jedoch zu Saras Erleichterung ohne den Sprachfehler. »›Wie viele Formen erkennt ihr auf diesem Bild? Was meint ihr, war Picasso glücklich oder traurig, als er es gemalt hat?‹ Ehrlich, was zum Henker soll das?«

»Sie hat sich Mühe gegeben«, wandte Sara ein.

»Ich weiß, aber komm: Viele der Kinder hatten noch nie ein Museum von innen gesehen. Es wäre eine gute Gelegenheit gewesen, sie für Kunst zu interessieren, sie auf den Geschmack zu bringen, ihnen zu zeigen, dass Kunst mehr ist als Bilder von feinen Leuten in Goldrahmen. Dass sie auch daran teilhaben können. Dass Kunst ihr Leben sein kann. Stattdessen kommt diese piekfeine Dame mit nichts in der Birne und verteilt Klemmbretter.«

»Du bist ganz schön streng«, sagte Neil sanft.

»Nicht wirklich«, sagte Gav. »Es geht hier schließlich um *Picasso*, den bedeutendsten Künstler des zwanzigsten Jahrhunderts. Ein Mann, dessen größter Ehrgeiz es war, wie ein Kind zu zeichnen. Der Typ versteht Kinder. Und Kinder verstehen ihn.« Er wandte sich an Lou. »Kannst du dich noch an Dashs Reaktion erinnern, als wir ihm *Guernica* gezeigt haben?«

Lou nickte wehmütig.

»Also habt ihr mit den Füßen abgestimmt?«, fragte Neil mit skeptischem Lächeln.

»Genau. Wir haben eine Bootstour nach Greenwich gemacht«, sagte Gav selbstzufrieden. »Einfach fantastisch. Wir haben gesehen, wie die Tower Bridge geöffnet wurde, um ein Linienschiff durchzulassen. Da bin ich selbst zum Kind geworden. Nach all den Jahren in London habe ich es zum ersten Mal gesehen. Ist das nicht besser, als Zitronen in einem Stillleben zu zählen?«

»Ja, ziemlich cool«, gab Neil zu. »Eine Klappbrücke, ein Meisterwerk der Physik.«

»Ach, pfeif auf die Physik«, sagte Gavin. »Es ist reine Poesie. So schön, so clever. Dieser Junge, Darren …«

»Daniel«, verbesserte ihn Sara.

»Daniel, ein aggressiver kleiner Bursche, hat unseren Dash die ganze Zeit geärgert. Doch dann sieht er die Brücke hochgehen und ist einfach baff. War völlig aus dem

Häuschen. Den Gesichtsausdruck werde ich mein Lebtag nicht vergessen.«

»Sein Vater war nicht ganz so begeistert«, erinnerte Sara ihn mit reuevollem Lächeln.

»Ach, versuch bloß nicht, mir ein schlechtes Gewissen einzureden«, sagte Gav. »Die Sorte Vater kenne ich noch aus meiner Kindheit. Denen sind ihre Kinder scheißegal, außer wenn sich die Möglichkeit ergibt, jemandem eins reinzuwürgen. Dann interessieren sie sich plötzlich für Dinge wie Sicherheit und Regeln.«

»Die Schule hat auf jeden Fall eine Aufsichtspflicht gegenüber den Kindern«, betonte Neil.

»Ach, du Moralapostel!« Lou klopfte Neil spielerisch auf die Finger, der mit einem verlegenen Lächeln reagierte. Von ihr selbst hätte er sich das nicht so ohne Weiteres gefallen lassen, dachte Sara.

»Stellt euch vor, man könnte das Potenzial jedes einzelnen Kindes erschließen«, sagte Lou wehmütig. »Wenn es in der Bildung doch nur um Erleuchtung gehen würde und nicht nur um Prüfungen und Tabellen.«

»Ich würde behaupten, selbst in der Cranmer Road gibt es dann und wann Heureka-Erlebnisse«, sagte Neil.

»Darauf würde ich mich nicht verlassen«, meinte Gavin. »Ich war ja letztens erst da, um mit den Kindern Kunst zu machen, nicht zuletzt wegen dieser Picasso-Ausstellung. Ich hatte so viele großartige Ideen: Collagen, Kunst aus Müll, all so was. Aber wie sich herausstellte, wollte das Fräulein Lehrerin, dass ich über Kubismus spreche, weil sich damit ein Bezug zum Matheunterricht herstellen lässt.«

Er fasste sich verzweifelt an den Kopf.

»Ja, sie halten sich im Moment streng an den Lehrplan«, sagte Sara bedauernd, »bis die Inspektoren zu ihrem unangemeldeten Besuch auftauchen.«

»Inspektoren?«, fragte Lou.

»Äh, ja«, sagte Sara, »die Schulaufsicht war vor einiger Zeit da.« Sie legte reichlich Ironie in ihre Stimme. »Anscheinend entspricht die Schule nicht den Anforderungen. Unter anderem soll es an der Begabtenförderung hapern. Darum sind auch die kleinen Hollys und Harriets so plötzlich verschwunden.«

»Ehrlich gesagt kann ich es den Eltern nicht verdenken, nachdem ich gesehen habe, was da vor sich geht. Manche Kinder können kaum ihren Namen schreiben. Und wir hatten befürchtet, Dash und Arlo könnten vielleicht nicht mithalten. Dabei sind sie den meisten haushoch überlegen. Ich will nicht eingebildet klingen, aber es stimmt einfach.«

»Oje«, sagte Lou und biss sich auf die Lippe, »das hat Sonia Dudek also angedeutet.«

»Wer?«, fragte Gavin.

»Die stellvertretende Direktorin. Vor einer Weile hat sie mich zu einem Gespräch gebeten. Sie hat gesagt, Cranmer Road würde Dashiells Bedürfnissen nicht gerecht, es sei vielleicht nicht die richtige Schule für ihn.«

Dann entstand eine Pause, während der sich alle Gedanken über die düsteren Bildungsaussichten ihrer Kinder machten.

»In Clapham soll es eine gute Waldorfschule geben«, sagte Lou schließlich.

»Ich halte nichts von Waldorfschulen«, sagte Gavin. »Ich kenne jemanden, der auf einer war. Der Typ ist total verkorkst. Völlig unfähig zu sozialen Kontakten.«

Lou zuckte mit den Schultern und verteilte den restlichen Wein auf die Gläser. Alle tranken gleichzeitig, und Schweigen machte sich breit. Sara pflückte klebrigen, kalten Reis von ihrem Teller und steckte ihn sich in den Mund. Gavin holte seinen Tabak aus der Tasche. Neil schaute verstohlen auf sein Handy.

»Sieht außer mir eigentlich keiner …«, fragte Lou schließlich, verschränkte die Arme und blickte einen nach dem anderen an, »… dass die Lösung auf der Hand liegt?«

# 12

Am nächsten Tag bemerkte Sara den Riss. Sie hielt auf dem Treppenabsatz, um eine aufgerollte Socke aufzuheben, und da sah sie ihn. Eine haarfeine Zackenlinie, die sich von der Fußleiste bis zum Gesims zog, wo sie verschwand, um auf der Decke wieder zu erscheinen, noch feiner, doch immer noch sichtbar. Sara runzelte die Stirn und berührte den Riss. Es gab so vieles, um das sie sich kümmern musste. Früher, vor Gavin und Lou, hätte sie Neil so lange in den Ohren gelegen, bis sie die Maler bestellt hätten. Früher hatten Verfall und Schäbigkeit sie deprimiert. Jetzt nicht mehr unbedingt, jetzt war es komplizierter. Obwohl das Haus von Gavin und Lou in viel schlechterem Zustand als ihr eigenes war, gefiel es ihr besser. Lou hatte einen Blick für die Schönheit des Verfalls. Sie schliff eine Tür halb ab und ließ sie dann so, fleckig, mit Farbresten, wie ein archäologisches Fundstück, dem sie neues Leben eingehaucht hatte. Sie ließ Blumen in der Vase, bis bräunliche Blütenblätter auf den Kaminsims fielen, nicht weil sie zu faul war, sie wegzuwerfen, sondern weil sie die zarten Töne des Todes auf eigenartige Weise schön fand. Sie förderte Grünspan und Patina, liebte altersfleckige Bettwäsche und verschlissenen Chenillestoff. Seit Sara nun selbst Geschmack an solchen Dingen bekommen hatte, konnte sie kerzengerade Tulpen von der Tankstelle und aufgeschüttelte Sofakissen nicht mehr leiden. Alte Gegenstände waren einfach nicht so einheitlich und strukturlos. Sie hatten viel mehr Seele.

Also nein, sie würde nicht sofort die Farbkarte von Farrow & Ball heraussuchen. Sie würde ihre bürgerlichen Instinkte beherrschen, würde dem Haus erlauben, seinen wahren Charakter zu zeigen, und, wenn es sein musste, ein wenig Shabby Chic zulassen.

»Patrick? Caleb?«, rief Sara, während sie an der Socke in ihrer Hand schnüffelte, um sie dann angewidert in den Wäschekorb zu werfen. »Putzt ihr euch bitte die Zähne? Wir hätten schon vor fünf Minuten weggemusst.« Sie bewegten sich mit der Geschwindigkeit tektonischer Platten, dafür aber laut stöhnend. Selbst das Gurgeln und Husten, das jetzt aus dem Badezimmer drang, klang, als würden sie sich immer noch herumstreiten. Caleb, der seinen jüngeren Bruder schon immer gepiesackt hatte, mobbte ihn in letzter Zeit regelrecht. Außerdem hatte seine Begeisterung für die Schule stark nachgelassen. Nicht, dass sie das wirklich überraschte, schließlich hatte er in den letzten vier Wochen vier verschiedene Vertretungslehrer gehabt hatte und war in seiner Mathegruppe auf den letzten Platz gerutscht. Seit Lou jetzt die verlockende Möglichkeit angesprochen hatte, die Kinder zu Hause zu unterrichten, sah Sara absolut keinen Grund mehr, sie länger als unbedingt nötig in diese fragwürdige Schule zu schicken.

Es klingelte an der Tür.

Na, einen Grund gab's vielleicht doch.

»Hi, Gav.«

»Hi.« Er wirkte abgespannt und zerstreut. »Kannst du mir einen Riesengefallen tun?«

»Worum geht's?«

»Kannst du die Jungs in die Schule bringen? Ich habe um halb zehn ein Radiointerview.«

»Klar, kein Problem«, sagte sie und überspielte ihre Enttäuschung mit einem heiteren Lächeln. »Lou hat zu tun?«

»Sie war die ganze Nacht auf, um sich die Aufnahmen anzuschauen. Sie hat sich erst vor einer Stunde hingelegt.«

»Ach so«, sagte Sara. »Fantastisch. Heißt das, wir bekommen den Film bald zu sehen?«

Gav lachte süffisant, worauf Sara lächelte, nicht sicher, was das zu bedeuten hatte.

Verspätet und außer Atem kam sie in der Schule an. Sie schob die Kinder durchs Tor, suchte den Pausenhof nach Zuleys Tagesmutter ab und entdeckte sie schließlich auf einer Bank, wo sie auf ihr Handy starrte, während ihre kleinen Schützlinge am Klettergerüst herumturnten. Als Zuley Mandy sah, beugte sie sich in ihrem Buggy vor und begann, sehnsüchtig mit ihren kleinen Fingern zu wackeln.

»Hallo, Prinzessin«, sagte Mandy in einem babyhaften Ton, den Lou hasste.

»Tut mir leid, dass ich so spät komme«, sagte Sara. »Gav hat kurzfristig einen Termin.«

»Ich weiß«, antwortete Mandy. »Er hat mir eine Nachricht geschickt.«

Sie blickte wieder auf ihr Handy und grinste, bevor sie es wegsteckte.

»Ein Radiointerview«, sagte Sara, entschlossen, Mandy ihre Überlegenheit spüren zu lassen. »Er wollte es verschieben, aber es ist live, also …«

Mit gleichgültiger Miene stand Mandy auf und hängte ihre Tasche an den Buggy. Zuley bäumte sich ungeduldig auf, und Sara fühlte sich beiseitegeschoben.

»Bye, Darling. Viel Spaß«, sagte sie und beugte sich hinunter, um Zuley zu küssen, doch das Kind verzog nur das Gesicht.

»Machen Sie sich nichts draus«, sagte Mandy. »Das tut sie immer.«

Gekränkt zwang sich Sara, bis zum Schultor neben dem Buggy herzulaufen. Kurz bevor sie sich trennten, stoppte Mandy und blickte sie an.

»Haben Sie nicht langsam die Nase voll?«

»Was meinen Sie?«

Mandy lächelte mitleidig.

»Ich kriege wenigstens Geld dafür!«, sagte sie.

Sara überlegte sich immer noch scharfzüngige Antworten, als sie eine halbe Stunde später die Espressokanne füllte.

»Die Nase voll von einer Gemeinde, in der Leute sich gegenseitig helfen, ohne Strichlisten zu führen?«, hätte sie antworten sollen. »Die Nase voll davon, bedeutende Künstler zu unterstützen?«

Sara war so verärgert, dass sie vergaß, ihren Kaffee zu trinken, und so unkonzentriert, dass ihre Notizen zu den Richtlinien für Hausunterricht erst eine halbe Seite umfassten, als die Türklingel eine willkommene Unterbrechung bot.

»Ach, du bist da, gut!«, sagte Lou. »Rieche ich Kaffee?«

Sie lief in Richtung Küche.

»Ich dachte, du holst deinen Schönheitsschlaf nach«, sagte Sara, die ihr fröhlich folgte.

»Ich konnte einfach nicht schlafen«, sagte Lou. »Der Film schwirrt mir im Kopf rum.«

»Kann ich mir vorstellen. Bist du denn zufrieden?«

»Ja, aber im Moment bin ich vor allem damit beschäftigt, die Aufnahmen in die richtige Reihenfolge zu bringen. Doch, ja, ich glaube, er wird ganz gut.«

Sie drückte Sara eine gestreifte Papiertüte in die Hand.

»Ich habe letztens vergessen, dir das zu geben.«

»Was ist das?«

»Nur ein kleines Geschenk aus Belgien. Als Dankeschön.«

Hier war er also, der eindeutige Beweis. Trotz ihres knappen Zeitplans und obwohl sie Egos massieren, eine Crew leiten und einen Film termin- und budgetgerecht unter Dach und Fach bringen musste, hatte sich Lou die Mühe gemacht, ein Geschenk für Sara zu besorgen.

Sie nahm ein Seidenpapierpäckchen aus der Tüte und öffnete es. Zum Vorschein kam eine bronzefarbene Plastikputte.

»Oh …«, sagte Sara. »Wie süß!«

»Das ist das Manneken Pis, die berühmte Brunnenfigur in Brüssel«, sagte Lou. »Nicht, dass ich in Brüssel gewesen wäre. Jedenfalls ist es ein Getränkespender. Du füllst ihn auf, und er pinkelt deinen Drink heraus.«

»Wie witzig!«, sagte Sara. »Ich stelle ihn hierhin, an einen Ehrenplatz.«

Sie platzierte die Figur auf das mittlere Regal der Anrichte, und beide freuten sich eine Weile am subversiven Kitsch des Geschenks.

»Und was machst du gerade?«, fragte Lou nach einer Weile. »Oh Gott, sag nicht, dass ich dich beim Schreiben unterbrochen habe!«

»Nein, ich bin fertig«, sagte Sara stolz.

Lou blickte sie mit tellergroßen Augen an.

»Sara! Das ist ja unglaublich! Mein Gott, und ich dagegen …«

»Ich habe so viel geschafft, als du weg warst. Und was für eine Arbeitsmoral Gav hat! Ich habe mir alle Mühe gegeben, ihn abzulenken, aber er hat mich immer wieder an meinen Schreibtisch zurückgeschickt.«

Lou schien gar nicht zuzuhören. Sie spitzte die Lippen, als würde sie etwas ausrechnen.

»Okay, das könnte klappen«, murmelte sie. »Wenn ich mir dieses Wochenende dein Manuskript anschaue und meine Kommentare schreibe, könntest du es nächste Woche abschicken.«

»Abschicken?«, fragte Sara.

»An die Literaturagenten«, erklärte Lou. »Du brauchst auf jeden Fall einen Agenten, Sara. Ich rede mal mit meinem Freund Ezra. Versuchen wir's zuerst mal bei seinem. Wozu hat man Beziehungen?«

»Ezra?« Sara spitzte die Ohren. »Du kennst Ezra Bell?«

»Ja, er war einer der ersten Sammler, die sich für Gav interessiert haben. Ganz am Anfang, als noch niemand von ihm gehört hatte.«

»Von Gav?«

»Von Ezra. Na ja, von beiden eigentlich. Ihre Karrieren haben sich parallel entwickelt, was ich ganz nett finde.«

Das musste Sara erst einmal verdauen. Ezra Bell war ein großer Name. Carol würde vieles dafür geben, wenn sie einmal den Saum von Ezra Bells Cordjacke berühren dürfte. Gavin andererseits … gefeiert, klar, und von Kennern respektiert, aber er hatte doch sicher nicht den gleichen Status wie der mit dem Pulitzer-Preis ausgezeichnete Chronist Amerikas nach dem elften September? Doch Sara traute ihren eigenen Instinkten nicht mehr so richtig. Lou warf so oft mit Namen um sich, die Sara noch nie gehört hatte, meist mit solcher Ehrfurcht, als handelte es sich um Halbgötter. Im Grunde hatte Sara einen eher beschränkten Horizont gehabt, bevor sie Lou und Gav kennengelernt hatte.

»Nächsten Monat kommt er auf seiner Lesereise vorbei und übernachtet auf unserer Couch«, sagte Lou. »Dann kannst du dir Tipps bei ihm holen.«

»Ja, das sehe ich schon vor mir«, spottete Sara. »Ezra, meinst du, ich soll mit der Vergabe der E-Book-Rechte warten, bis die Vermarktung so richtig ins Rollen gekommen ist, oder soll ich direkt in die Vollen gehen?«

Lou legte den Kopf schräg.

»Du tust es schon wieder«, sagte sie.

»Ich weiß, aber komm ... Ich bin ich, und er ist ...«

»Ezra Bell, der, als wir ihn kennengelernt haben, ein ganz normaler und viel zu bescheidener Mensch mit einem unveröffentlichten Roman in der Schublade war. Kommt dir das bekannt vor?«

Sara musste unversehens lächeln. Sie wusste nicht, ob es an dem wahnsinnig schmeichelnden Vergleich lag oder an der verschleierten Andeutung, dass die Begegnung mit Lou und Gav irgendwie der Auslöser für seinen Erfolg gewesen war. Doch sie konnte Lous Äußerung nicht einfach als überheblich abtun. Damit hätte sie ihre eigene Arbeit abgewertet, an die sie zum ersten Mal wirklich glaubte. Sara hatte sich Lous Rat zu Herzen genommen, hatte die saure Miene ihrer Mutter aus ihren Gedanken verbannt und beim Schreiben ihre Scham überwunden. Hatte in den tiefsten, schmutzigsten Abgründen ihrer Fantasie gewühlt und Szenen von solcher Rohheit, solchem Pathos geschaffen, dass sie beim Schreiben mit den Tränen kämpfen musste. Ihr ursprüngliches Manuskript hatte sie schonungslos seziert und Abschnitte verworfen, die ihr früher unverzichtbar erschienen waren, ihr nun jedoch überladen und prätentiös vorkamen. Der daraus entstandene kompakte Roman war wie etwas, das schon immer in der Luft gelegen und nur darauf gewartet hatte, dass sie es einfing, und zwar nur sie. Wenn sie den Stapel Papier in ihrem grau melierten Kastenordner betrachtete, wollte sie sich kneifen. Es kam ihr vor wie ein kleines Wunder. Der Gedanke, die endgültige Fassung Lous kritischem Blick auszusetzen, war beängstigend genug. Doch die Vorstellung, ihr Manuskript könnte seinen Weg in den Posteingang von Ezra Bells Agenten finden, vielleicht sogar mit einer Empfehlung des großen Autors selbst, reichte, um sie in kalten Schweiß ausbrechen zu lassen.

»Überlass die Sache einfach mir und kümmere dich um dein nächstes Projekt«, beharrte Lou. »Was ist eigentlich dein nächstes Projekt?«

Sara wedelte fröhlich mit ihrem Notizbuch.

»Momentan beschäftige ich mich ausschließlich mit Hausunterricht.«

»Ah!«

»Es ist eigentlich viel unkomplizierter, als wir gedacht haben. Natürlich muss man sich an bestimmte Regeln halten, aber hindern können sie einen nicht. Und es machen auch überraschend viele. Allein in unserem Bezirk sind es über vierhundert Familien, und es werden immer mehr.«

»Ach«, sagte Lou. Sie klang skeptisch. »Okay.«

»Du hast es dir doch nicht anders überlegt, oder?«

»Gott, nein. Und ich würde mich auch wirklich gern an der Planung beteiligen, aber im Moment habe ich alle Hände voll zu tun mit der Post…«

»Mit der Post?« Vor Saras geistigem Auge entstand ein Bild von Lou, wie sie Päckchen sortierte.

»Postproduktion. Die dauert immer viel länger, als man denkt. Also realistisch wäre Neujahr, oder? Neues Jahr, neuer Anfang?«

# 13

Das Adventskonzert in der Cranmer-Road-Schule stellte Saras Durchhaltevermögen auf eine harte Probe. Wie jedes Jahr vergaßen die Kinder ihren Text, sangen schief, bekamen Lachanfälle, zappelten herum, legten aber am Ende eine mitreißende Darbietung von *Winter Wonderland* hin, die selbst das kälteste Herz zum Schmelzen bringen konnte. So schlecht konnte eine Schule gar nicht sein, dass sie Weihnachten verhunzte.

Als sie nach Hause liefen, brach bereits die Dämmerung an, und die städtische Weihnachtsbeleuchtung war gerade angesprungen. Der Heimweg vorbei an Wettbüros, Zeitungskiosks und Reinigungen war zwar von Vororttristesse geprägt, doch war dies die Kulisse eines Abschnitts in Saras Leben, der unwiederbringlich verloren war. Sicher, es war aufregend, kurz vor etwas ganz Neuem zu stehen, vor etwas, das das Leben ihrer Kinder in neue Dimensionen katapultieren konnte. Doch auch wenn sie dabei die ungeheure Kraft ihrer eigenen Kreativität entdeckten, wurde ihr doch plötzlich der Wert eines ganz normalen Lebens nur allzu bewusst, eines Lebens als Ameise, die in ihrer Ameisenkolonie für ein gemeinsames

Ziel arbeitete, ohne sich Gedanken darüber zu machen. Auch das hatte etwas Würdevolles – und vielleicht war es sogar befreiend.

»Also hat der Direktor sich überhaupt nicht verteidigt?«, fragte Neil beim Abendessen, als Sara ihm von ihrer ereignisreichen Woche berichtete.

»Nicht so richtig«, sagte Sara. »Es sah fast so aus, als wäre er froh, sie loszuwerden.«

»Wahrscheinlich hat er die Nase voll von ehrgeizigen Mittelschichteltern«, sagte Neil und lud sich Fischauflauf auf die Gabel.

»Laut Carol hat er fast geheult, als sie und Celia angekündigt haben, das sinkende Schiff zu verlassen.«

»Carol übertreibt«, sagte Neil, zerrte einen Garnelenschwanz zwischen den Zähnen hervor und legte ihn sorgfältig auf seinen Tellerrand. »Was hat er denn genau gesagt?«

»Ach, er meinte, wir wüssten hoffentlich, auf was wir uns da einlassen. Er könne uns versichern, dass die Schule wieder auf dem richtigen Weg sei und sie keine Probleme hätten, die Klassen zu füllen. Und er sei überzeugt, dass sie alle Schüler richtig fördern würden. Aber dann hat Lou ihn ziemlich in Verlegenheit gebracht.«

»Aha?«

»Sie hat ihm Dashs Lesetagebuch gezeigt. Sie lässt ihn nur Klassiker lesen: *Die Schatzinsel*, *Tom Sawyer*, sogar Salinger, den ich eigentlich für ungeeignet …«

Neil drehte seine Gabel hin und her, um anzudeuten, sie solle auf den Punkt kommen.

»Jedenfalls hat Dash alle Seiten des Tagebuchs ausgefüllt, und die Lehrerin hat große Haken neben seine Einträge gesetzt und Smileys druntergemalt. Doch wenn man die Texte tatsächlich liest, stellt man fest, dass er einfach immer wieder dieselbe Rezension abgeschrieben hat. Weil die Lehrerin weiß, dass er ein kluges Bürschchen ist, hat sie sich gar nicht erst die Mühe gemacht, sie zu lesen.«

»Ganz schön clever, der kleine Racker«, sagte Neil. »Und was hat der Direktor dazu gesagt?«

»Dass Dash ein außergewöhnlicher Schüler mit besonderen Anforderungen ist, der die Tauglichkeit von … ach, ich weiß nicht, irgendwelchen Richtlinien auf die Probe stellt. Er hat jede Menge Fachwörter benutzt, aber ich glaube, er wollte einfach sagen, dass sie nicht mit ihm Schritt halten können.«

Neil ließ ein verächtliches Schnauben hören, und Sara war sich nicht sicher, ob es dem Schuldirektor oder Dash galt.

»Hat er irgendetwas über Patrick und Caleb gesagt?«, fiel ihm dann ein.

»Er hat gesagt, sie würden eine große Lücke in der Blockflötengruppe und in der Fußballmannschaft hinterlassen.«

»Müssen wir unbedingt rübergehen?« Caleb fläzte sich im Schlafanzug auf dem Sofa und schaute eine Sendung für Kleinkinder. »Ihr Haus riecht komisch.«

»Das stimmt doch gar nicht«, sagte Sara. »Ihr werdet schon Spaß haben. Außerdem sind es doch deine Freunde.«

»Warum können sie denn nicht zu uns kommen?«

»Für mich ist es einfacher, wenn wir zu ihnen gehen. Da hat Zuley ihr ganzes Spielzeug.«

»Ich hasse Zuley.«

»Caleb!«

»Sie redet nur Unsinn und weint ständig.«

»Ja, weil sie erst drei ist. Komm schon. Sie hat es auch nicht leicht. Sie will doch nur von euch Großen akzeptiert werden. Sei ein bisschen nachsichtig.«

»Warum? Sie ist doch nicht meine Schwester?«

»Du magst Mädchen doch.«

»Nein, gar nicht.«

»Holly aber schon.«

Caleb starrte mit leerem Blick auf den Bildschirm, als ihm plötzlich etwas einzufallen schien.

»Wieso besuchen wir sie eigentlich nie mehr? Etwa weil du Carol nicht mehr leiden kannst?«

Sara antwortete betont heiter: »Ich mag Carol sehr. Und du kannst dich mit Holly treffen, wann immer du willst.«

Sara klingelte, doch es kam niemand an die Tür. Sie verdrehte die Augen und lächelte in sich hinein. Sie stellte sich vor, wie Gavin eifrig im Atelier zugange war und sich mit seinen Kopfhörern von der Außenwelt abgeschottet hatte. Einmal sollte sie raten, was er bei der Arbeit am liebsten hörte. Sie hatte sich gewunden und gequält wie die Prinzessin, die Rumpelstilzchens Namen erraten sollte.

»Pearl Jam?«

»Nein.«

»Kraftwerk?«

»Nein.«

»Steve Reich? Muddy Waters? Patti Smith?«

»Nein, nein und nein.«

Es stellte sich heraus, dass es Magic FM war, ein Radiosender, der Stunde um Stunde nostalgischen Kitsch spielte. Sie konnte es kaum glauben. Doch Gav sagte, die Berieselung würde ihn in glückliche Sphären entführen. Gummibärchen in musikalischer Form – genau das Richtige bei der Arbeit. Die Vorstellung, dass er seine gequälten, existenzialistischen Skulpturen zu den Klängen von Air Supply und Lionel Richie schuf, amüsierte sie. Trotzdem wäre es nett von ihm, sie nicht draußen in der Kälte warten zu lassen, während ihre Jungen fluchend mit den Füßen scharrten. Wo blieben Dash und Arlo? Wenn es so weiterging, würden sie noch den ganzen Morgen hier stehen. Sara klingelte immer wieder, und irgendwann kam Zuley im Schlafanzug angehuscht. Quälende weitere Minuten vergingen, während sie auf Zehenspitzen balancierend versuchte, den Türriegel zu erreichen. Schließlich gelang es ihr mit einem mutigen Sprung.

»Fragt Dash und Arlo, was sie zum Frühstück möchten«, sagte Sara zu ihren Söhnen. Dann lief sie in die Küche und suchte in den Schränken nach Essbarem. In der Spüle ragte ein Stapel fettverschmiertes Geschirr aus kaltem Wasser, und es roch nach Abfluss. Sie brauchte unbedingt einen Kaffee, doch als sie die Espressokanne aufschraubte, fand sie verschimmelten, alten Kaffeesatz vor. Sie klopfte den Einsatz auf der Abtropffläche aus, warf ihn in die Spüle, spritzte eine Kaskade von Spülmittel darauf und drehte das heiße Wasser voll auf.

»Mary Poppins, wie sie leibt und lebt«, hörte sie da eine vertraute Stimme sagen.

»Ach hallo, Gav«, sagte Sara und bemühte sich, das flaue Gefühl in ihrem Magen zu ignorieren. »Sieht aus, als hätte euch die Abwaschfee gestern Abend im Stich gelassen.«

»Ja, meine Güte, was für ein Saustall. Aber lass das doch bitte.«

Sara wollte es mit einem Schulterzucken abtun, da kam Caleb in die Küche gesaust, stoppte schlitternd und verkündete atemlos: »Arlo will Reiscrispies und Dash Garnelen-Wan-Tan!«

»Frühstück«, erklärte Sara, als sie Gavs verdutzten Gesichtsausdruck sah.

»Garnelen-Wan-Tan.« Gav schüttelte beeindruckt den Kopf. »Der unverschämte kleine Drecksack!«

»Bisschen schwierig«, sagte Sara. »Ich scheine nur noch Armeerationen übrig zu haben.« Sie schraubte eine altmodische Dose auf und zeigte ihm, dass zu allem Übel auch noch der Kaffee aus war.

»Großer Gott!« Gav stöhnte, als wäre er völlig unschuldig an der Situation. Sara war hin- und hergerissen zwischen weiblicher Solidarität mit Lou und einem Hauch Schadenfreude, dass ihre Freundin durch ihren beruflichen Ehrgeiz den Haushalt nicht mehr auf die Reihe bekam.

»Also gut.« Gav zuckte mit den Schultern. »Wenn kein Kaffee da ist, haben wir wohl keine Wahl, oder?«

*

Sara konnte sich nicht erinnern, ein üppiges Frühstück je so sehr genossen zu haben. Obwohl sie seit über zehn Jahren gleich um die Ecke von Dimitri's wohnten, hatte sie den Laden noch nie betreten. Neil sagte immer, er könnte schon fühlen, wie seine Arterien verstopfen, wenn er nur an dem Sauglüfter des Lokals vorbeilief. Doch an diesem Morgen waren die Eier frisch, der Speck war angenehm salzig und das gebratene Brot knusprig und fetttriefend zugleich. Sie empfand es als so sündhaft und köstlich wie, nun ja, den Flirt mit dem Mann ihrer besten Freundin beim Frühstück in einem Imbiss mitten in der Woche. Während Zuley einen Champignon über ihren Teller jagte und die Jungen sich beim »Angry Birds«-Spiel zankten, leerte Gavin seinen Kaffee und lächelte Sara über den Rand seines Bechers hinweg an.

»Ich mag Mädels mit gutem Appetit.«

Sara blickte auf die Schlieren von Eigelb und Ketchup auf ihrem Teller, die sie an einen Sonnenuntergang erinnerten, und grinste. Auch wenn Lou gelegentlich eine Selbstgedrehte rauchte und eine Vorliebe für harte Drinks hatte, war sie eine fanatische Verfechterin gesunder Ernährung. Wenn Neil und Lou sie beide jetzt so sehen könnten, würden sie in vereinter Tugendhaftigkeit den Kopf schütteln. Jede zweite Woche setzte Lou ihre Familie einem anderen neumodischen Ernährungstrend aus. Wenn sie nicht gerade mit glutenarmer Kost Arlos Ekzem bekämpfte, versuchte sie, Dash mit Omega 3 zu neuen intellektuellen Höhenflügen zu treiben oder Gavins Kreativität und allgemeine Leistungsfähigkeit *(Zwinker)* mit Kohlgemüse zu beflügeln. Doch Sara hatte den Eindruck, dass Gavin das ständige Getue um das Essen, das seine Frau an den Tag legte, ebenso auf die Nerven ging wie ihre übertriebene Unterwürfigkeit gegenüber Leuten wie Dieter und Korinna. Es gab nicht vieles, in dem sie Lou überlegen war, dessen war sie sich bewusst, aber in einem Punkt vielleicht doch: Sie war nicht neurotisch. Und nun bot sich ihr die Gelegenheit, diesen Vorteil auszunutzen.

»Willst du damit sagen, dass ich ein Vielfraß bin?«, fragte sie mit einem neckischen Funkeln in den Augen.

Gavin zuckte mit den Schultern. »Ich will nur sagen, dass du einen guten Appetit hast.«

»Hmm, vielleicht ein wenig zu gesund«, sagte sie kokett und stupste sich den Finger in den Bauch.

»Ist doch schön«, sagte er und blickte sie direkt an. »Was ist denn falsch daran, von dem zu kosten, was man mag?«

Sie zwang sich, seinen Blick zu erwidern, und schwieg bedeutungsvoll.

»Lou hat eine großartige Figur«, sagte sie schließlich ein wenig vorwurfsvoll.

Gavin blickte sie so ruhig an, als könnte er direkt in ihre hinterhältige, schwarze Seele sehen.

»Ich habe nie etwas anderes behauptet«, sagte er.

# 14

Als Saras Mutter am Freitagabend zur vereinbarten Zeit kam, um auf die Kinder aufzupassen, schaffte sie es wie immer, ihrer Tochter den Wind aus den Segeln zu nehmen.

»Vermutlich ist es ja lobenswert, dass du dir nach vierzehn Jahren Ehe noch Mühe mit deinem Äußeren gibst«, sagte sie und musterte Sara von oben bis unten.

»Fünfzehn«, sagte Sara. »Was ist denn? Gefällt es dir nicht?«

Sie fingerte unsicher an ihrem Cocktailkleid herum. Auch wenn sich ihre Mutter in ihrem konservativen Zweiteiler eigentlich wirklich nicht als Stilexpertin aufspielen sollte. Aber trotzdem spürte Sara bereits ihr Selbstbewusstsein verpuffen.

»Ist alles …«, Saras Mutter beäugte skeptisch Saras Netzstrumpfhose »… in Ordnung zwischen dir und Neil?«

»Was meinst du?«

»Für einen Kinobesuch bist du ziemlich aufgedonnert.«

»Wir gehen nicht einfach ins Kino. Es ist die Filmpremiere einer Freundin«, antwortete Sara. »In Soho.«

»Ohhh«, sagte ihre Mutter und wurde etwas lebhafter. »Aber drück die Schultern durch, wenn jemand Fotos von dir macht. Du hältst dich manchmal schrecklich krumm.«

»Na ja, Premiere ist vielleicht nicht das richtige Wort. Eigentlich ist es eher eine Vorpremiere, keine große Sache. Nur ein Kurzfilm, den eine Freundin von mir gemacht hat.«

Wieder musterte ihre Mutter sie von oben bis unten.

»Anschließend findet noch eine Party statt«, sagte Sara.

»Oje, heißt das, ihr kommt spät nach Hause? Ich habe nämlich morgen früh beim Kinderhilfswerk zu tun.«

Sara, die mit dem Rücken zu ihrer Mutter stand und einen Teebeutel in einen Becher mit heißem Wasser gab, schloss die Augen und zählte lautlos bis fünf.

»Ich weiß nicht, wann wir nach Hause kommen, aber wir müssen uns dort sehen lassen. Die Party ist ein Dankeschön an die Leute, die beim Film mitgeholfen haben.«

Kaum hatte sie die Worte ausgesprochen, bedauerte sie es auch schon.

»Wie habt ihr denn bei dem Film geholfen?«, fragte ihre Mutter, als Sara ihr den Teebecher reichte.

»Ach, wir ... äh ... haben einen kleinen Obolus beigesteuert. Sozusagen als Investition.«

*»Geld?«*, fragte ihre Mutter.

»Nicht viel, eher ein symbolischer Zuschuss. Und falls ein großer Verleih den Film aufnimmt, was sehr wahrscheinlich ist, bekommen wir vielleicht sogar etwas zurück.«

»Ich muss mich schon wundern, dass ihr so mit dem Geld um euch werfen könnt, wo du doch gerade deine Arbeit aufgegeben hast.«

Sara lächelte verkrampft, entschlossen, sich nicht auf einen Streit einzulassen.

»Wir kommen zurecht«, sagte sie.

Es stimmte. Sie kamen sehr gut zurecht. Neil war nun Direktor, und seine Gehaltserhöhung machte den Verlust von Saras schmalem Einkommen mehr als wett. Und wenn sie ihr Hochzinskonto plündern mussten, um Lou die letzten paar Tausend zu leihen, damit sie ihren Film fertigstellen konnte – was sollte es? Dazu waren Freunde doch schließlich da. Außerdem war es genau genommen gar nicht Lous Idee gewesen. Sie hatte im Schneidersitz vor dem Kamin gesessen und manisch an den Teppichfransen gezupft. Ihre Augen funkelten leidenschaftlich, und ihr Blick war konzentrierter, als man nachts um halb zwei nach mehreren Gläsern Wein und einem großen Joint erwartet hätte.

»Aber ich lasse mir davon nicht den Mut nehmen«, hatte sie gesagt, »wir treiben das Geld schon irgendwie auf. Jetzt den Film aufzugeben kommt gar nicht infrage.« Ihr Blick war von Neil zu Sara und zurück gewandert. »Auf gar keinen Fall.«

Sara hatte versucht, Neil wortlos zu signalisieren: »Sollen wir …?«, als er plötzlich verkündet hatte: »Natürlich musst du den Film fertigstellen. Wir können dir finanziell aushelfen, oder, Sara?«

Sara war zwar gerührt von Lous überschwänglicher Reaktion, aber auch leicht verärgert, weil sie sich damit vor allem Neil zuwandte, der doch nur ausgesprochen hatte, was sie selbst gedacht hatte.

»Mein Gott, das hatte ich nun wirklich nicht damit bezweckt«, hatte Lou gesagt, war auf den Knien zu Neil gerutscht und hatte mit beiden Händen seine Hand umklammert wie eine mittelalterliche Leibeigene, »aber vielen Dank!« Wenn er einen Ring am Finger hätte, würde sie ihn küssen, dachte Sara. Mit einiger Verzögerung hatte sich Lou schließlich Sara zugewandt, um sie zu umarmen. Sara hatte versucht, den Augenblick zu genießen, sich als teure Freundin und Kunstmäzenin zu fühlen, statt im Kopf ihre Finanzen zu überschlagen, doch es gelang ihr nicht.

»Wie viel fehlt denn?«, hatte sie sich schließlich fragen hören.

Doch das alles war Schnee von gestern. Sie waren jetzt beteiligt. Sara hatte irgendwann ihre Bedenken beiseitegeschoben und sich eingeredet, dass das Geld, das sie für das Studium ihrer Söhne zurückgelegt hatten, bald wieder auf dem Konto sein würde. Außerdem lief seitdem in ihrem Kopf hin und wieder ihr eigener Film ab: eine Montage aus Weichzeichnerszenen, in denen sie auf Filmfestivals an wartenden Schlangen vorbei zum Eingang geführt wurde. Sie stand mit europäischen Intellektuellen am roten Teppich und senkte bescheiden den Blick, wenn bei der Dankesrede zu einem renommierten Filmpreis ihr

Name fiel. Mit ein wenig Glück würde der heutige Abend nur der Beginn sein.

Zuerst aber musste sie sich mit weiterer Kritik herumschlagen.

»Stimmt es, was Caleb mir da gerade erzählt hat?«, fragte ihre Mutter, als sie aus dem Wohnzimmer zurückkam und ein Geschirrtuch in die Hand nahm.

»Das ist nicht nötig, Mum«, sagte Sara. »Wir lassen das Geschirr einfach abtropfen. Was hat Caleb denn erzählt?«

»Dass ihr die Jungen von der Schule genommen habt.«

»Jaaa …«

»Und dass du sie selbst unterrichtest.«

»Nicht ich allein. Mit Lou zusammen.«

»Und ist diese Lou Lehrerin?«

»Nein, sie ist die Freundin, deren Film wir uns heute ansehen. Ihre Jungs sind die besten Freunde von Caleb und Patrick, und sie hat die Schule genauso satt wie wir. Sie hat großartige Ideen, wirklich einfallsreich. Sobald sie mit ihrem Projekt fertig ist, fangen wir richtig an …«

»Ihr habt noch nicht damit begonnen? Aber die Schule hat doch schon vor sechs Wochen wieder angefangen.«

»Fünf. Ich warte ja nur, bis Lous Film fertig ist.«

»Ich dachte, heute Abend ist die Premiere.«

»Es ist nur der Rohschnitt, Mum«, sagte Sara betont geduldig. »Der Film ist so gut wie fertig. Bis auf ein paar Kleinigkeiten, die sie noch ändern will, bevor er rauskommt.«

Saras Mutter presste die Kiefer zusammen.

»Was machen meine Enkel dann den ganz Tag?«, fragte sie. »Wahrscheinlich im Schlafanzug vor der Glotze sitzen, oder?«

»Nein, Fernsehen ist verboten. Sie lesen Bücher, gehen ins Museum und erfinden mit ihren Freunden von nebenan Theaterstücke.«

»Theaterstücke« war vielleicht übertrieben. Eigentlich hatten sie nur mit lautstarken Kriegsspielen das Haus verwüstet, wenngleich sie dabei viel Fantasie bewiesen hatten.

»Meinst du nicht, es wäre gut, sie wieder in die Schule zu schicken, bis ihr alles richtig organisiert habt?«

»Wir haben alles organisiert, Mum, und die Schule ist eine Katastrophe. Du scheinst überhaupt keine Vorstellung vom armseligen Zustand unseres Bildungssystems zu haben. Die Jungs waren dort völlig unterfordert und frustriert.«

Ihre Mutter antwortete nicht sofort. Dann schließlich setzte sie ihre schärfste Waffe ein.

»Und was hält Carol davon?«

Sara holte tief Luft.

»Carol hat Holly schon vor längerer Zeit aus der Schule genommen«, antwortete Sara ruhig und spürte die Erleichterung ihrer Mutter. Ein vernünftiger Mensch hatte ihre Entscheidung also gutgeheißen. Ein klar denkender Mensch.

»Aha …«

»Sie schicken sie jetzt auf eine Privatschule.«

Ihre Mutter zog vielsagend eine Augenbraue hoch.

»Nein, Mum. Das passt nicht zu uns. Außerdem können wir es uns gar nicht leisten.«

»Ich könnte euch hel…«

»Nein, Mum.«

»Und was ist mit dir und deinem Beruf?«

Da war es, das letzte Argument, das ihr blieb.

»Was soll damit sein?«

»Du warst so froh, als Patrick in die Schule kam. Es ist mein Ernst, Liebling, meinst du wirklich, du bist für ein Leben als Hausfrau gemacht?«

»Ich bin keine Hausfrau, Mum. Ich kombiniere den Hausunterricht meiner Kinder, der mich sicher bereichern und kreativ beflügeln wird, mit der Arbeit an meinem Roman. Meine Freundin Lou glaubt übrigens, dass er große Chancen auf Veröffentlichung hat.«

Ihre Mutter setzte wieder ihre Miene auf. Die Miene, die Sara in frühester Jugend zu fürchten gelernt hatte. Die Miene, die zu sagen schien: »Du benimmst dich einfach lächerlich, unverantwortlich und egoistisch, doch ich behalte meine Meinung für mich, weil Mütter das so machen.«

Es war die Miene, die sie aufgesetzt hatte, als Sara nach dem Studium mit zwei männlichen Freunden auf Reisen gehen wollte, obwohl sie mit keinem von beiden eine Beziehung hatte. Oder als Sara sich geweigert hatte, für ihre Cousine Brautjungfer zu spielen, weil sie die Ehe zu diesem Zeitpunkt als Komplott des Patriarchats angesehen hatte (eine Aussage, die ihr Stiefvater drei Jahre später anlässlich ihrer eigenen Hochzeit mit Neil zur allgemeinen

Belustigung in seiner Rede zitiert hatte). Die Miene, die sie gemacht hatte, als Sara während ihrer nicht erkannten postnatalen Depression zu einer Freundin geflohen war und Neil mit dem von Koliken geschüttelten Caleb für ein verlängertes Wochenende allein gelassen hatte. Diese Miene ließ nicht mit sich reden, ließ keine Erwiderung zu. Nichts konnte sie in ihrer resignierten, selbstverleugnenden Voraussicht besänftigen. Deshalb wies Sara schlicht darauf hin, dass sie den Zug erwischen mussten, und bat um Vertagung der Diskussion.

Als sie Neil vor dem Burger King in der Bahnhofshalle von Charing Cross erspähte, wünschte Sara, sie hätte ihn überredet, nach Hause zu kommen, um sich umzuziehen, statt direkt von der Vorstandssitzung zur Filmvorführung zu gehen.

»Was denn?«, fragte er defensiv, als sie näher kam.

»Ich frage mich nur, ob du dich in dem Anzug wohlfühlen wirst«, antwortete Sara.

»Mach dir keine Sorgen«, sagte Neil. »Außerdem ist es ein besonderer Anlass. Du hast dich doch auch in Schale geworfen.«

»›In Schale geworfen‹ und ›in Schale geworfen‹ sind zweierlei«, erwiderte Sara.

Er schaute sie verwirrt an.

»Wir gehen anschließend in Gavs Club«, erinnerte sie ihn, hakte sich bei ihm ein und manövrierte ihn Richtung Ausgang.

»Da werden lauter Leute in …« Sie verstummte, denn

sie hatte keine Ahnung, wie die Gäste gekleidet sein würden. Aber jedenfalls nicht so wie Neil. Doch den beschäftigte noch immer der erste Teil ihrer Aussage.

»Gavin ist Mitglied in einem Club?«, fragte er. »Für wen hält er sich? Jeeves?«

»Jeeves war in keinem Club. Jeeves war der Butler.«

»Trotzdem, ein Club!«

»Gott, Neil, das ist sicher keine Versammlung von Männern mit Steppjacken und Zigarren. Das sind Kunst- und Medienleute.«

»Ich weiß, dass es solche privaten Clubs gibt. Ich kannte nur bisher niemanden persönlich, der Mitglied in einem ist.«

»Jetzt wohl.«

Doch nachdem sie die paar Hundert Meter nach Soho getrottet waren, war sie sich gar nicht mehr so sicher, ob sie das richtige Outfit gewählt hatte. Lou hatte sie vorgewarnt, dass es keine große Sache sein würde, doch nach ihrer Erfahrung mit der Einweihungsparty traute sie solchen Aussagen nicht unbedingt. Deshalb war sie ein wenig enttäuscht, als sie sich in einem Outfit, das zur Not in Cannes durchgegangen wäre, vor einem unscheinbaren Bürogebäude in einer schmuddeligen Seitenstraße wiederfand. Ein diskretes Schild bezeugte, dass dies die Hauptgeschäftsstelle von Niche Productions war, doch nichts wies darauf hin, dass hier an diesem Abend ein Film-Preview stattfinden sollte. Neil rüttelte an der Tür und fand sie verschlossen. Sie drückten auf den Knopf der

Gegensprechanlage, doch ohne Erfolg, und dachten schon, sie hätten sich in der Adresse geirrt, als ein Taxi anhielt und ein weiteres Paar ausspuckte: er mit knöchellanger Hose und Hosenträgern, sie in ein Cape gehüllt.

»Es muss hier sein«, flüsterte Sara, als die beiden vorbeirauschten, klingelten und sofort eingelassen wurden. Glücklicherweise war Neil so geistesgegenwärtig, den Fuß in die Tür zu schieben, bevor sie wieder zufiel. Mit diskretem Abstand folgten sie dem Paar die Treppe hinauf.

Das Innere des Gebäudes war eleganter, als Sara erwartet hatte: Im Flur dicker Teppichboden und Bodenstrahler, an den Wänden gerahmte Plakate, unter anderem von Kunstfilmen, von denen sie gehört, die anzuschauen sie jedoch nie die Zeit gefunden hatte. Eine junge Frau mit einem Klemmbrett hakte die Namen der Gäste ab und geleitete sie mit einem unterwürfigen Lächeln zum Vorführraum. Sara zupfte Neil am Ärmel und beschleunigte ihren Schritt.

»Hi«, sagte sie atemlos zu der Frau, »Sara Wells und Neil Chancellor. Wir sind wegen *Cuckoo* hier.«

Die Frau blickte eine Weile auf der Liste auf und ab, und Sara spürte schon, wie ihre Hände klamm wurden. »Tut mir sehr leid«, sagte die Frau schließlich, »aber ich kann Sie nicht finden.«

Sara bekam kein Wort heraus.

»Darf ich mal?« Neil schritt charmant strahlend vor, und die Lakaiin hielt ihm widerwillig ihr Klemmbrett hin.

Er schüttelte den Kopf und lachte.

»Typisch Lou«, sagte er gutmütig. »Sie hat eine schreckliche Klaue.« Er zeigte auf die Liste. »Da sind wir, Sara und Neil. Da, sehen Sie?«

Die Frau runzelte skeptisch die Stirn, doch ließ sie hinein.

»Waren wir das wirklich?«, fragte Sara leise. Neil zuckte mit den Schultern, doch sie hatten keine Zeit mehr, darüber zu diskutieren. Durch die Verzögerung hatten sie kostbare Minuten verloren. Die Lichter waren bereits heruntergedimmt, und ehrfürchtiges Schweigen hatte sich breitgemacht. Während sie sich ihren Weg durch einen Hindernisparcours aus gekreuzten Beinen und gefährlich platzierten Handtaschen bahnten, um die letzten beiden leeren Sitze zu erreichen, spürte Sara, wie sie mit der Strumpfhose an einem spitzen Schuh hängen blieb und sie lautlos vom Knie bis zum Oberschenkel aufriss. Stehen bleiben und den Schaden inspizieren konnte sie nicht, da sie jetzt bereits ein Konzert aus ungehaltenen Seufzern und Schnalzlauten verursachten. Als der Vorhang die kleine Leinwand entblößte und schimmernd das Logo der Produktionsfirma erschien, ließ Sara schnell den Blick über das Publikum schweifen. Abgesehen von einem Paar, das ihr irgendwie bekannt vorkam, sah sie nur völlig Fremde – und schon ihre Silhouetten fand sie einschüchternd. Vor lauter Dreadlocks und Trilbys, Bandanas und Beehives hatte sie Mühe, die Leinwand zu sehen, und als sie den Kopf auf Neils Schulter legte, um bessere Sicht zu haben, drückte er als Erwiderung liebevoll ihr Bein.

»Ich liebe dich«, flüsterte er, den Blick erwartungsvoll auf die Leinwand gerichtet.

»Schhhh«, machte Sara.

Sara konnte sich nicht mehr so richtig erinnern, welche Erwartungen sie eigentlich an den Film gehabt hatte. Sie wusste nur, dass er ihnen nicht entsprach, aber nicht, warum. Dass es keine Handlung gab, überraschte sie nicht, doch sie war sich nicht sicher, ob die Verwirrung, die sie empfand, von Lou beabsichtigt war oder ob Sara einfach der kritische Scharfsinn fehlte. Der Film schien auf verschiedenen Ebenen zu funktionieren. Die Titelfigur Cuckoo wurde von einer spindeldürren Schauspielerin verkörpert, deren Akzent irgendwo zwischen Leeds und Leipzig angesiedelt war. Nach den traumartigen Sequenzen von Selbstverletzung, zwanghaftem Essen und exhibitionistischer Selbstbefriedigung zu urteilen passte der Name Cuckoo zu der Figur, schließlich bedeutete er nicht nur Kuckuck, sondern auch »verrückt«. Während sie in einigen Szenen ein Mensch war und mehr oder weniger glaubhafte Dialoge darbot, war sie in anderen eine verstörte, aber gutmütige Elfe, die ihre Ängste durch Ausdruckstanz darstellte. Dies war nicht die einzige Unklarheit. Ein anderer Aspekt der Geschichte – nein, das war das falsche Wort, »Inszenierung« traf es besser – war das Thema Vereinnahmung. Die Hauptfigur war nicht einfach Cuckoo, der Kuckuck. Sie war der Kuckuck im Nest. Falls Sara richtig verstanden hatte (und das war keinesfalls sicher), war Cuckoo des Ergebnis einer inzestuösen

Beziehung zwischen ihrem Vater und einer seiner anderen Töchter. Cuckoos unerklärte Heimkehr ins Nest führte in der Familie zu Eifersucht und Ängsten und schien insbesondere Cuckoos Mutter/Schwester zu belasten, die aus unerfindlichem Grund von einem Mann in Frauenkleidern gespielt wurde. Nach reichlich Geheule, Inzest zwischen den Schwestern und einer surrealen Szene mit Maden, die aus einem Waschbecken krochen, wurde Cuckoo von den anderen drei Mitgliedern ihrer gestörten Familie vom Balkon im ersten Stock geworfen. Und während die Kamera von einer schwindelerregenden Vogelperspektive zu einer Detailaufnahme des Bluts heranzoomte, das aus dem Mund der Toten sickerte, begann der Abspann.

Nach einem Moment der Stille brach das Publikum in Applaus aus. Sara klatschte, bis ihr die Hände schmerzten. Sie blickte verstohlen Neil an und erwartete einen verwirrten Gesichtsausdruck, doch auch er klatschte, lächelte und nickte.

Als das Licht anging, blickte Sara sich um und sah menschliches Leben in all seinen Spielarten, von dürren Modelfrauen in schlampigem Paisley bis zu ergrauten Intellektuellen in Donkeyjacken. Sara sah mit Erleichterung, dass ihr eigener Retro-Chic nicht ganz fehl am Platz war. Die Laufmasche verlieh ihrem Outfit vielleicht sogar das gewisse Extra. Auch Neils Anzug war einigermaßen akzeptabel, da er die Krawatte abgenommen hatte, doch ihn trennten Welten von den anderen Männern in flott geschnittenem Fensterkaro und traditionellem Tweed.

»Wie fandst du's?«, fragte Neil leise.

»Ach ja, ganz gut«, antwortete sie. »Und du?«

»Der Film ist fantastisch«, sagte er, und wieder suchte sie in seinem Gesicht nach Anzeichen von Ironie. War dies derselbe Mann, der bei *Der Soldat James Ryan* geheult hatte?

»Glaubst du, er wird Erfolg haben?«, fragte sie.

»Ich weiß nicht, ob mir das überhaupt noch wichtig ist«, antwortete Neil. »Ich bin einfach nur unheimlich stolz, dass ich etwas dazu beitragen konnte.«

Sara spitzte die Lippen. Sie kam sich vor wie in einer Szene aus *Invasion der Körperfresser*. Jemand hatte ihren bodenständigen, mäßig intellektuellen Mann verschwinden lassen und durch einen vergeistigten Kunstfilmkenner ersetzt. Doch sie hatte keine Gelegenheit weiterzubohren, da eine Frau zwei Mikrofone und eine Wasserkaraffe auf einem Tisch vor der Leinwand arrangierte und Lou sich ihren Weg nach vorn bahnte, häufig aufgehalten von Luftküssen und Händeschütteln.

»Also«, sagte die Frau, als sie auf einem der ledernen Drehstühle Platz nahm. »Ich freue mich, Sie alle zum Preview von *Cuckoo* begrüßen zu dürfen. Meinen Gast muss ich Ihnen natürlich nicht vorstellen, denn die meisten von Ihnen waren in irgendeiner Weise an dem Film beteiligt oder sind zumindest Unterstützer, Bewunderer oder Freunde der Regisseurin.« Neil drückte Saras Hand.

»Ich bitte um einen herzlichen Applaus für Lou Cunningham.«

Jubelrufe und anhaltendes Klatschen. Lou, in ihrem lose sitzenden Leinenkleid und den japanischen Sandalen aufgemacht wie ein Blaustrumpf, lehnte sich übers Mikrofon und murmelte heiser: »Danke schön.«

»Ich gratuliere Ihnen zu diesem eindrucksvollen Film«, sagte die Frau lächelnd, »und möchte unser Gespräch mit der Frage beginnen, wo Cuckoo ihren Ursprung hat. Was war der Same, aus dem die Figur gesprossen ist? Was war Ihre Inspiration?«

»Ach Gott.« Lou verzog das Gesicht, und ihr Atem dröhnte ins Mikrofon. »Diese Frage mag ich überhaupt nicht.«

»Nun, wenn Sie lieber nicht antworten wollen …«

»Doch, doch, ist in Ordnung«, antwortete Lou. »Ich bin nur …« Sie drückte die Hände auf die Brust und schien einen Moment lang zu bewegt, um zu sprechen. »In Cuckoo steckt so viel von mir selbst.« Darauf entstand eine Pause, die leicht hätte peinlich werden können. Doch dann sammelte Lou sich, blickte gezwungen heiter auf und blinzelte in den Scheinwerfer. »Und trotzdem, als ich das Drehbuch geschrieben habe und sie all diese Qualen durchleben ließ, hätte ich fast innerlich gelacht, weil es sich so … *richtig* anfühlte. Denn ein Kuckuck gehört im Grunde nirgendwohin. Er ist ein Eindringling, eine Bedrohung der natürlichen Ordnung, und es ist nur richtig, dass er verbannt, verstoßen wird. Cuckoo ist ein sehr verletzliches, gestörtes kleines Geschöpf. Doch letztendlich ist sie auch eine ziemliche Nervensäge … « Sie wandte sich an das Publikum und erntete herzliches Lachen. »… oder etwa nicht?«

»Darauf wollte ich Sie auch ansprechen«, sagte die andere Frau. »Der Film steckt voller Humor.«

»Ja.« Lou nickte, lächelte und nahm einen Schluck Wasser. »Ich bin froh, dass Sie das erkannt haben.«

Sara blickte Neil an. Hatte er es erkannt? Sie jedenfalls nicht. Und auch sonst hatte sich niemand vor Lachen geschüttelt, aber vielleicht war es nicht diese Art von Humor.

»Ich finde, man kann das Publikum nicht mit so was erschlagen – mit Wut und Schmerz und Demütigung –, ohne einzugestehen, dass wir einen Totentanz aufführen, der manchmal auch schrecklich komisch sein kann.« Lou zuckte mit den Schultern. »Es ist doch einfach absurd, dass wir geboren werden, um dann ein kurzes, häufig elendes, scheinbar sinnloses Leben zu leben. Und dann sterben wir.«

»Aha.« Die Interviewerin stürzte sich auf diesen Punkt. »Gehe ich also richtig in der Annahme, dass die Maden dafür stehen? Für das Elend? Die Flüchtigkeit des Lebens?«

»Ich möchte eigentlich nicht über die Maden sprechen«, sagte Lou einfach.

»Oh, okay.«

»Tut mir leid, aber ich finde, es ist nicht meine Aufgabe als Filmemacherin, dem Film Sinn einzuhauchen, alles zu erklären. Das müssen Sie selbst tun. Sie sehen darin … was Sie sehen.«

»Sicher, das verstehe ich natürlich«, sagte die andere. »Es wäre, als würde man Buñuel bitten, die Augapfelszene aus *Ein andalusischer Hund* zu erklären.«

»Na ja, ich würde mich selbst nicht unbedingt mit Buñuel vergleichen«, sagte Lou, nur um mit einem strahlenden Lächeln hinzuzufügen: »Doch wenn Sie darauf bestehen …«

Lou war einfach klasse, ging scheinbar mühelos von Selbstironie zu einem Selbstvertrauen über, das an Arroganz grenzte. Sara ließ sich von ihren Worten überzeugen. *Cuckoo* war nicht unzusammenhängend, sondern kompromisslos; das Spiel der Darsteller nicht amateurhaft, sondern unverfälscht; die verwackelte Kamera war kein Missgeschick, sondern ein bewusstes Mittel, um die wankende Moral der Figuren darzustellen. Doch je mehr Lous Wert als Künstlerin in Saras Augen wuchs, desto weniger Vertrauen hatte sie in ihr eigenes Talent. Bis sie schließlich nur noch mit Schrecken daran dachte, dass sie Lou gebeten hatte, Ezra Bell ihr Manuskript zu zeigen. Und was die Sache noch schlimmer machte: Eines der zentralen Themen in ihrem Buch war Inzest. Natürlich würde jeder glauben, dass sie die Idee von Lou geklaut hatte. Sie schauderte bei dem Gedanken. Verglichen mit dem selbstbewussten, subtilen Charakterstück, das sie soeben gesehen hatte, erschien ihr selbst ihr eigener Erzählstil schematisch und überladen. Lous Film war ein Kunstwerk, Saras Roman nur ein trivialer Reißer.

Die Diskussion ging noch eine Weile weiter, bevor das Publikum einbezogen wurde. Sara traute sich nicht mehr, die Fragen zu stellen, die sie eigentlich ansprechen wollte. All diese Leute waren viel klüger und kannten Lou besser als sie. Sie hatten Ahnung vom Film. Alles, worauf ihre innige Freundschaft mit Lou beruhte, schien nun fragwürdig und ohne Substanz, denn ein bedeutender Aspekt von Lous Charakter war ihr verborgen geblieben. Sie wusste zwar, dass Lous Lieblingsbuch *Hundert Jahre Einsamkeit* war, wusste, dass *Like the Deserts Miss the Rain* sie garantiert auf die Tanzfläche locken würde, und sogar, dass Lou es im Bett gern etwas rauer hatte. Doch kannte sie etwa Lous Meinung zum Unbewussten im filmischen Diskurs? Nein. Diese Leute hingegen waren mit Lous Werk vertraut. Die Zuneigung, die sie für sie empfanden, war deutlich spürbar, und die Art und Weise, wie sie die Leute anredete und mit Insiderwitzen neckte, zeigte, dass sie diese erwiderte. Die Leute befragten Lou zu ihrer Entscheidung für Analog-Ton, zu den Einschränkungen der Handkamera und der Überflüssigkeit der Auteur-Theorie in der Post-Dogma-Ära, während Sara angewidert von sich selbst in den Abgrund ihrer eigenen Unwissenheit starrte. Was das Thema Film anging, waren sie und Neil im Vergleich zu den anderen hier die reinsten Neandertaler. Deshalb ergriff sie auch leichte Panik, als Neil plötzlich die Hand hochstreckte. Sie warf ihm einen wachsamen »Was zum Henker soll das?«-Blick zu, doch er lächelte nur selbstgefällig und hielt weiter den Arm in die Luft. Die Interviewerin hatte schon zwei Fragen vorher gesagt, dass sie nicht mehr viel Zeit hatten, und die Leute begannen, unruhig zu werden. Also warum musste das verdammte Weib dann immer noch den Zuschauerraum nach erhobenen Armen absuchen? Neil reckte sich und streckte die Hand noch höher, wie ein Grundschüler.

»Ja, da drüben«, sagte die Frau, »der Mann mit dem offenen Hemdkragen.«

# 15

Eigentlich war die After-Party ganz in Ordnung, aber nach einer Stunde war Saras Laune trotzdem auf dem Tiefpunkt. Lou hatte ihr bei ihrer Ankunft einen parfümierten Kuss gegeben und schien erfreut, als Sara ihr erzählte, dass sie *Cuckoo* unglaublich bewegend fand. Doch dann war ein Mann mit Kinnbart zu ihnen gestoßen, dessen gute Meinung Lou wichtiger zu sein schien als Saras, sodass sie davonschlenderte, weil sie sich überflüssig vorkam. Während Neil sich zur Bar durchkämpfte, beobachtete Sara von den Toiletten aus die Szenerie. Die Einrichtung war eine Persiflage auf traditionelle »Gentlemen's Clubs«: wurmstichige Holzdielen, Knopfpolstersessel und Leselampen standen in scharfem Kontrast zu schonungslos modernen Kunstwerken und Musik, die so laut war, dass die Mitglieder eines traditionellen Clubs reihenweise durchgedreht wären. Es waren jede Menge Leute da. Sie konnten unmöglich alle bei der Filmvorführung gewesen sein, doch da jeder auf ähnlich auffällig-unkonventionelle Weise gekleidet war, war es unmöglich, Lous Gäste von den regulären Clubmitgliedern zu unterscheiden. Das machte es auch nicht leichter, sich unter die Leute zu mischen. Deshalb beschloss sie, nur auf Leute zuzugehen, die sie schon einmal gesehen hatte. Als eine Frau auf sie zugesteuert kam, die sie von der Einweihungsparty her kannte, setzte sie ein Lächeln auf, das jedoch sofort erstarb, als die andere schnurstracks an ihr vorbeilief und in der Damentoilette verschwand. Neil brachte ihr einen Drink und ließ sie dann stehen, um Lou mit einem Glas Champagner zu gratulieren. Saras Schuhe scheuerten, und sie hatte es satt, in der Abluft der Klos zu stehen. Deshalb bahnte sie sich ihren Weg durch die Menge zum Hinterzimmer, wo sie sich anmutig auf einem ledernen Chesterfield-Sofa niederließ, auf dem bereits eine alte Frau mit Eulenbrille und magentafarbenem Lippenstift saß. Sara fühlte, wie sich vor lauter Hitze auf ihrer Oberlippe Schweißtropfen bildeten. Sie streifte einen Schuh ab und rieb sich verstohlen den Fuß.

»Hat Ihnen die Premiere gefallen?«, fragte die Frau mit rauer amerikanischer Stimme.

»Sie meinen *Cuckoo*?«, fragte Sara überrascht. »Oh ja. Ich fand den Film einfach *fantastisch*.«

Die Frau spitzte ihre Magentalippen, nickte weise und schloss die Augen. Sara erwartete, dass sie eine geschliffene Kritik von sich geben würde, doch nach einer Weile begriff sie, dass die Frau eingenickt war. Sara fühlte sich wie gestrandet. Sie brauchte unbedingt einen neuen Drink, doch ihr graute davor, sich zur Bar durchzukämpfen. Sie hatte sich schon fast damit abgefunden, nüchtern zu bleiben, als sie durch einen Wald von Beinen ein vertrautes Paar abgewetzter Wildlederschuhe erspähte.

»Hey, wen haben wir denn da?«, sagte sie und tippte Gav auf die Schulter. Nur zögernd wandte er sich von einer hübschen Rothaarigen, mit der er geplaudert hatte, zu Sara.

»Oh, hallo«, sagte er. »Rohmy, das ist Sara.«

Die Rote ließ Gavs Revers los, das sie im Scherz gepackt hatte, um ihn von ihrem Standpunkt zu überzeugen, und begrüßte Sara mit unwilligem Lächeln.

»Hey, vielleicht weiß Sara es.«

Falls Gavin sich von Sara gestört fühlte, ließ er es sich nicht anmerken. »Vielleicht kannst du unseren kleinen Streit beilegen.«

»Ich werd's versuchen«, sagte Sara.

»Du kennst doch Johnny Thunders?«

Das wäre der Moment gewesen, zuzugeben, dass sie noch nie von dem Herrn gehört hatte und deshalb nicht die richtige Adresse war.

»Was ist mit ihm?«

»Wie ist er gestorben?«, fragte Gav. »Rohmy meint …«

»Nein, sag es ihr nicht!«, unterbrach ihn Rohmy und wandte sich erwartungsvoll an Sara, die den Mund öffnete und wieder schloss.

»Gott, das weiß ich eigentlich«, sagte sie schließlich. »Macht es euch nicht auch verrückt, wenn ihr etwas wisst, aber nicht draufkommt …?« Sie verzog das Gesicht, als würde sie konzentriert nachdenken. »War's nicht ein Autounfall? Nein, ein Flugzeugabsturz. Eins von beidem. Äh, nein, 'tschuldigung … Johnny …?

»Thunders«, half ihr Rohmy grinsend.

»Ach nein, in dem Fall …«

»Was dachten Sie denn, von wem wir sprechen?«

Offensichtlich genoss sie die Situation.

»Ja, nein, ich weiß, wen ihr meint. Ich habe nur …« Sara schüttelte den Kopf. »Nein, es ist weg.«

»Okaaaay«, sagte Rohmy und blickte Gavin mit bedeutungsvollem Blick an.

»Ist sie nicht süß?« Gavin zog Sara in die Arme. »Sie dachte, sie wüsste es, aber sie weiß es nicht.«

Sara lächelte verlegen und ließ sich umarmen. Ob Rohmy sie für süß hielt oder nicht, fand sie allerdings nicht mehr heraus, denn ein Paar, Steve und Alexis, gesellte sich zu ihnen, um das Rätsel aufzulösen. Thunders war Gitarrist bei den New York Dolls gewesen und an einer Überdosis Heroin gestorben, *natürlich*. Anschließend diskutierten sie das Ableben von Kultfiguren im Allgemeinen und die Frage, ob Drogen einen vorwiegend positiven oder negativen Einfluss auf die Rockmusik hatten – ein Thema, zu dem Sara lieber schwieg. Es dauerte nicht lange, bis sie an den Rand der Gruppe gedrängt wurde, wo ihr ein Kerl mit üppiger Gesichtsbehaarung erzählte, wie er einst mit Tim Buckley eine Bong geraucht hatte. Sie war noch nie so froh gewesen, Neil zu sehen, der mit ihr schimpfte, weil sie einfach verschwunden war, und ihr ein Glas Schampus in die Hand drückte.

»Toller Laden, oder?«, sagte er. »Daran könnte ich mich gewöhnen.«

»Besser nicht. In fünf Minuten müssen wir weg. Ich habe Mum versprochen, dass wir nicht zu spät nach Hause kommen.«

»Hey, Gav«, rief Neil und ignorierte, was Sara gesagt hatte, »ich finde das altmodische Flair hier einfach klasse.«

Er machte mit dem Glas eine ausladende Bewegung.

»Ja, cool, was?«, stimmte Gavin zu.

»Darf man fragen, wie die pekuniäre Belastung durch die Mitgliedschaft aussieht?«, fragte Neil mit nachgeäfftem Oberschichtakzent.

Sara verzog das Gesicht.

»Es kostet gar nicht so viel«, antwortete Gav. »Zweitausend im Jahr, wenn ich mich recht erinnere. Aber du musst Geduld haben, denn die Warteliste ist ziemlich lang.«

»Kein Problem, alter Knabe.«

»Meine Güte, Neil«, zischte Sara und zerrte ihn zur Seite, »mach dich doch nicht lächerlich.«

»Was hast du denn?«

»Merkst du nicht, dass er nur höflich ist? Du kannst hier nicht Mitglied werden. Es ist ein Club für Kunstschaffende.«

»So streng werden sie schon nicht sein.« Neil wirkte gekränkt.

»Ich glaube wohl. Schau dich doch mal um.«

»Tu ich ja.«

»Also, wenn du es nicht siehst …«

»Was denn?«

»Den Unterschied.«

»Was für einen Unterschied?«

»Zwischen denen und uns.«

»Ich sehe keinen Unterschied. Ich habe heute Abend ein paar nette Leute kennengelernt. Du würdest staunen, wie viele meine Frage vorhin toll fanden.«

»Das ist ja schön, aber eine Frage ist kein künstlerisches Oeuvre.«

»Und was ist mit dir? Du bist doch Schriftstellerin.«

Auch Neils Glauben an ihr Schreibtalent konnte ihr nicht das Gefühl nehmen, eine Aufschneiderin zu sein. Im Gegenteil.

»Bin ich nicht, Neil. Ich bin nur eine unveröffentlichte Möchtegern-Autorin.«

»Aber Lou arbeitet daran, das zu ändern.«

»Ja, klar.«

»Nein, ehrlich«, sagte Neil. »Sie steht da hinten und preist dich an.«

»Wirklich? Mit wem redet sie denn?«

»Mit irgendeinem amerikanischen Nerd. Habe den Namen vergessen.« Er schnippte mit den Fingern, als würde er nachdenken. »Eric? Esau?«

»Doch nicht etwa Ezra Bell?« Sara packte ihn am Arm. »Ist der hier?«

»Schon möglich.« Neil grinste.

»Oh Gott!« Sie blickte hinüber zu Lou, und das Herz ging ihr auf. Was für eine Frau! Sofort lösten sich Saras Bedenken in Luft auf, und sie spürte, wie sie innerlich wuchs. Wie gern wäre sie jetzt zu Rohmy hinübergeschlendert und hätte gefragt, ob sie schon einmal von Ezra Bell gehört hatte. *Dem* Ezra Bell, der demnächst ihren Debütroman empfehlen würde. Dann würde ihr das selbstzufriedene Grinsen schon vergehen. Sara wandte sich wieder Neil zu.

»Hast du mit ihm gesprochen? Was hat er denn gesagt? Hast du ihm von meinem Buch erzählt?«

»Wir haben uns über Sport unterhalten.«

»Verdammt noch mal, Neil!«

»Reg dich ab. Du hast noch genug Zeit, ihm Honig ums Maul zu schmieren. Er wohnt bei Gav und Lou.«

»Gott, mir ist schlecht. Ezra Bell.«

Neil schaute auf die Uhr.

»Ich sag es ungern, aber uns bleiben nur noch siebzehn Minuten, um nach Charing Cross zu kommen, wenn du den letzten Zug erwischen willst.«

Sara packte Neils Handgelenk und starrte auf seine Uhr, als könnte sie die Zeiger mit reiner Willenskraft dazu bringen, sich rückwärtszudrehen.

»Wir sind doch gerade erst gekommen«, jammerte sie.

»Deine Mutter, deine Entscheidung«, sagte Neil.

Sie dachte an ihre Mutter. An ihren Gesichtsausdruck.

»Oh Gott«, sagte sie, »aber wir können nicht einfach abhauen. Wir müssen erklären, warum.« Sie eilte hinüber zu Gavin und unterbrach ihn mitten in einem Scherz.

»Sorry, Gav, aber wir müssen los. Ich wollte mich nur für den tollen Abend bedanken.«

»Waaas? Ich dürft nicht gehen! Ich verbiete es.«

»Ich weiß, es ist ärgerlich«, sagte sie hastig. »Aber meine Mutter passt auf die Jungs auf, und samstagmorgens arbeitet sie ehrenamtlich beim Kinderhilfswerk, also …«

*

Hinter den Wohnblocks war bereits fahles Dämmerlicht zu sehen, als das Taxi ruckelnd zum Stehen kam. Die Sterne verschwanden nach und nach.

»Bye, danke für den fantastischen Abend.«

»Bye.«

»Bye, Ezra, war toll …«

Ihr Abschied wurde vom Motorengeräusch des Wagens übertönt, der wendete und davonfuhr.

»Der Fahrer war ein bisschen grantig«, sagte Sara zu Neil, als die zuknallende Haustür von Lou und Gav schließlich das fröhliche Geplänkel unterbrach. »Hast du ihm kein Trinkgeld gegeben?«

»Ich hatte kaum genug für die Fahrt«, sagte Neil. »Ich habe nach der Arbeit hundert Pfund abgehoben. Keine Ahnung, wo die geblieben sind.«

»Sie geben es dir schon zurück.«

»Jaja, da mache ich mir keine Sorgen.«

»Ein toller Abend.« Sie schüttelte begeistert den Kopf, als ihr Blick auf den Golf ihrer Mutter fiel, der, mit Weihnachtsduftbaum versehen und ordentlich geparkt, anklagend vor ihrem Haus stand. »Aber dass es so spät geworden ist …«

Neil schloss die Tür auf, und sie stolperten in den Flur.

»Hallo?«, sagte er halb flüsternd.

»Sie wird oben sein«, sagte Sara.

»Das Licht ist noch an.« Neil wies mit dem Kinn Richtung Wohnzimmertür, die einen Spaltbreit offen stand.

»Mum?« Sara steckte den Kopf durch die Tür. Ihre Mutter saß im Mantel auf dem Sofarand, die Handtasche griffbereit, als würde sie auf einen Bus warten.

»Wieso bist du noch auf? Es ist schon nach drei.«

Sara gab sich solche Mühe, ihren Schwips zu verbergen, dass ihre Stimme abgehackt und unaufrichtig klang. Ihre Mutter sah auf die Uhr.

»Es ist Viertel vor vier, um genau zu sein«, sagte sie. »Patrick hatte einen Albtraum, und ich habe eine Stunde lang an seinem Bett gesessen. Aber seitdem ist alles in Ordnung. Von Caleb habe ich keinen Pieps gehört.« Sie stand auf. »Ich mache mich jetzt besser auf den Weg. Wenigstens wird es auf den Straßen ruhig sein.«

»Ach, Mum. Es tut mir so leid. Ich habe doch extra im Gästezimmer das Bett für dich gemacht. Ich bin gar nicht auf den Gedanken gekommen, dass du …«

»Ich habe aber gesagt, dass ich morgen früh …«

»Das Kinderhilfswerk. Ich weiß. Ich wollte ja schon die ganze Zeit gehen, aber schließlich haben wir beschlossen, mit unseren Freunden ein Taxi zu nehmen, und dann hat es sich länger hingezogen …«

»Sind das zufällig die Freunde, mit denen du eine Schule gründen willst?« Ihre Mutter zog vielsagend eine Augenbraue hoch. Sara war sich bewusst, dass Neil, der neben ihr stand, ziemlich Schlagseite hatte.

»Wir gründen keine *Schule*«, stammelte er. »Wir wollen nur unschere eigenen Kinder unterrichten. Lou ist Filmregisseurin und Gavin Bildhauer, deschalb wird es schicher eine schehr bereichernde Erfahrung werden.«

Saras Mutter wägte diese Behauptung schweigend ab.

»Gut. Ich mache mich besser auf den Weg«, sagte sie schließlich, streifte Saras Wange mit den Lippen und bedachte Neil mit einem knappen Abschiedsgruß.

»Fuck!«, murmelte Sara, als sich die Haustür leise schloss.

Sara und Neil lagen wie zwei Leichen nebeneinander im Bett, während graues Licht an den Rändern der Vorhänge hineinsickerte und das Raunen und Klappern der erwachenden Nachbarschaft es immer schwieriger machte, Schlaf zu finden.

»Ezra ist nett, findest du nicht?«, sagte Sara zur Decke.

Neil antwortete nicht, und sie fragte sich, ob er doch eingeschlafen war.

»Er ist in Ordnung«, sagte er schließlich. »Aber im Taxi hat er sich ein bisschen danebenbenommen.«

»Ach, wir hatten alle was getrunken. Ich glaube, Lou hat es nichts ausgemacht.«

»Nur weil er ein berühmter Schriftsteller ist, hat er noch lange kein Recht …«

»Ich frage mich, was er von meinem Buch hält.«

»Da du jung, weiblich und attraktiv bist, wird es ihm bestimmt gefallen.«

»Vielen herzlichen Dank auch.« Sara stützte sich auf einen Ellbogen. »Jetzt werde ich ein schlechtes Gefühl haben, selbst wenn es ihm gefällt.«

Dann schwiegen sie wieder. Draußen wurde eine Autotür zugeworfen. Der Motor sprang stotternd an.

»Warum ist sein Urteil überhaupt so wichtig?«, fragte Neil viel aggressiver, als Ezras schlechtes Benehmen im Taxi rechtfertigte.

»Nun ja, er ist ein fantastischer Autor«, sagte Sara. »Du hast doch selbst gesagt, dass *Appalachia* eins der besten Bücher ist, die du letztes Jahr gelesen hast.«

»Es war ganz okay«, räumte Neil widerwillig ein. »Aber kein Vergleich zu Franzen.« Er drehte ihr den Rücken zu und zog die Bettdecke hoch bis ans Ohr. Sara lag bewegungslos da, ihre Augen sandig vor Erschöpfung. Ihr gingen zu viele Gedanken durch den Kopf, um noch schlafen zu können.

# 16

»Ist dir eigentlich der Riss überm Treppenabsatz aufgefallen?«, fragte Neil und stellte ein Tablett mit Tee neben dem Bett ab.

»Klar. Was ist damit?«, fragte Sara verschlafen.

»Was meinst du, wie lange der schon da ist?«

»Keine Ahnung«, antwortete sie. »Ist das bei alten Häusern nicht normal? Carol hat einen im Wohnzimmer. Hat irgendwas mit den Trägerbalken zu tun.«

Neil brummelte etwas von Bewegungen im Unterbau, doch Sara hörte nicht zu.

Nun, wo er sie geweckt hatte, wollte sie über *Cuckoo* sprechen. Sie fragte, ob Neil den Film, nachdem er drüber geschlafen hatte, immer noch für ein Meisterwerk hielt. Das hatte er nämlich Lou im Taxi erzählt. Doch er hatte offenbar keine Lust, sich für seine Übertreibung zu rechtfertigen, und murmelte nur, es sei ein eindrucksvolles Debüt. Sara runzelte die Stirn.

»Warst du traurig, als sie umgebracht wurde? Ich nämlich nicht«, sagte Sara und blickte Neil über den Rand ihrer Teetasse hinweg an.

»Ob ich traurig war?« Neil spitzte die Lippen und

starrte eine kleine Ewigkeit ins Leere.

»Also, wenn du so lange darüber nachdenken musst, dann sicher nicht.«

»Ich weiß nicht, ob es wirklich darum ging. Ihr Tod schien unvermeidlich.«

Das kam Sara wie ein Ausweichmanöver vor.

»Und was ist mit dem Humor?«

»Was für ein Humor?«

»Lou hat gesagt, es sei lustig. Zum Teil jedenfalls. Aber ich habe dich nicht lachen sehen.«

»Ich habe gelacht.«

»Nein, hast du nicht.«

»Ich habe innerlich gelacht.«

Sara trank schweigend ihren Tee.

Im Nachhinein wäre es besser gewesen, bei ihrem ursprünglichen Plan zu bleiben und sich im Café zu treffen. Denn als Sara am nächsten Morgen mit einem überquellenden Ordner voll Lehrmaterial unterm Arm über die Türschwelle des Nachbarhauses trat, wusste sie, dass es ein Fehler war.

»Meine Güte! Was ist das alles?«, fragte Lou.

»Ach, nur Zeug, das ich aus dem Internet runtergeladen habe«, sagte Sara. »Ich habe vielleicht ein wenig übertrieben, aber ich dachte, wenn der Drucker schon mal läuft …«

Sara ließ den Ordner auf den Küchentisch fallen, und Lou zog aufs Geratewohl ein Blatt heraus.

»Bastle deinen eigenen Montessori-Spindelkasten«, las sie laut.

»Ach ja, für den Rechenunterricht. Die Kästen bekommt man im Schreibwarenladen, und als Stäbe kann man einfach …« Sie verstummte, als sie Lous Gesicht sah. »Wir müssen das nicht tun. Es ist nur für alle Fälle. Vielleicht war ich tatsächlich ein kopfloses Huhn«, sagte sie und flatterte mit den Armen.

Ezra betrat die Küche in einem eng anliegenden Slip, eine Zigarette im zerknautschten Gesicht. Sara hörte auf, mit den Armen zu flattern, und beobachtete, wie er zur Spüle trottete, den Wasserkocher füllte und seine Kippe im Biomüllcontainer ausdrückte. Mit seinem behaarten, vorstehenden Brustkorb und dem staksigen Gang sah er aus wie ein Hund, der gelernt hatte, auf den Hinterbeinen zu laufen.

»Hi Ezra«, sagte sie.

»Ach, hi.«

»Ezra ist ein wenig angeschlagen, nicht wahr, Süßer?«, sagte Lou. »Jemand hatte letzte Nacht noch die glorreiche Idee, den Single Malt zu knacken.«

»Ach, kein Problem«, sagte Sara. »In einer Minute bist du uns los, Ezra. Wir gehen auf einen Kaffee zu Rumbles.«

»Doch nicht in diesen Laden an der U-Bahn?«, knurrte Ezra. »Was die da servieren, hat mit Kaffee überhaupt nichts zu tun – die reinste Pferdepisse. Ich kann euch hier einen viel besseren machen«, bot er an.

»Das ist wirklich lieb von dir, Ezra«, sagte Lou. »Siehst du, Sara? Wir können es auch hier machen.«

Sara hatte ihre Zweifel. Sie hatte die Jungen zu Hause gelassen, obwohl Neil einen Vortrag für eine Tagung über

Kinderarmut verfassen musste, weil sie sich um die noch dringendere Angelegenheit der Schulbildung ihrer Kinder kümmern wollte. Meinte Lou wirklich, sie könnten sich ernsthaft unterhalten, während oben ihre Sprösslinge herumsprangen?

»Versuchen wir's«, sagte Sara und zuckte zusammen, als ein besonders heftiger Rums den Putz von der Decke rieseln ließ. Kurz darauf saßen sie alle drei um den Küchentisch, und Sara bemühte sich, nicht jedes Mal das Gesicht zu verziehen, wenn sie einen Schluck von Ezras widerlichem Gebräu nahm. Er und Lou klatschten über einen amerikanischen Künstler, von dem sie noch nie gehört hatte.

»Also …«, begann sie verzweifelt, als eine kurze Gesprächspause entstand, »ich habe mich lange im Internet umgeschaut und glaube, ich habe einen Grundlehrplan zusammen.« Sie wandte sich an Ezra. »Ich weiß nicht, ob Lou es erwähnt hat: Wir wollen unsere Kinder die nächste Zeit zu Hause unterrichten.«

»Was? Warum zum Teufel?«

»Weil der Unterricht in ihrer Schule zu wünschen übrig lässt«, sagte sie und richtete sich auf. »Die Lehrer lassen sie nur auswendig lernen, aber richtiges Lernen – Bildung, die sich am Kind orientiert – bleibt auf der Strecke.«

Ezra starrte sie an, und sie fragte sich, ob er ihr Manuskript schon gelesen hatte und ob er überhaupt wusste, wer sie war. Sie suchte moralische Unterstützung bei Lou, doch die blätterte in Saras Ordner und schien gar nicht zuzuhören.

»Also, so wird also in Zukunft euer Leben aussehen? Fünf Tage die Woche?«, fragte Ezra und wies mit dem Kopf nach oben, wo die Kinder einen Heidenkrach veranstalteten.

»Ich fürchte, ja.« Sara lachte glockenhell. »Aber der Grund, warum ich hier bin und warum ich das alles runtergeladen habe«, sie wies mit dem Kinn auf den dicken Ordner, »ist, dass wir eine Struktur brauchen, damit es eben nicht so zugeht. Jedenfalls nicht ständig.«

»Aha.« Ezra zündete sich eine neue Zigarette an.

»Das ist sehr eindrucksvoll, Sara.« Lou schaute von dem Ordner auf. »Du musst tagelang recherchiert haben.«

»Ach, eigentlich nicht. Es gibt ein paar ausgezeichnete Hausunterricht-Blogs. Wenn man erst einmal die Spinner und religiösen Fanatiker aussortiert hat, bleiben noch genug normale Leute übrig, die so wie wir ihren Kindern ein fürsorgliches und kreatives Lernumfeld bieten wollen. Und Netzwerken wird großgeschrieben. Keiner hat was dagegen, wenn man Unterrichtspläne oder Arbeitsblätter kopiert.«

»Hmm«, machte Lou.

»Aber das ist nur die praktische Seite. Was ich faszinierend finde, ist die pädagogische Theorie. Ich muss zugeben, dass ich davon so gut wie keine Ahnung hatte.«

Lou wirkte gelangweilt.

»Jedenfalls steht in diesen Unterlagen alles drin, was du wissen musst. Lies es dir durch, wenn du Zeit hast.«

»Danke«, sagte Lou. »Was ist mit dir, Ezra? Möchtest du Teil des Lehrkörpers werden?«

Ezra schaute sie entgeistert an.

»Du könntest einen Schreib-Workshop mit ihnen veranstalten«, schlug sie vor. »Viele Leute finden es sehr anregend, mit Kindern zu arbeiten. Es beflügelt ihre eigene Kreativität.«

»Ach wirklich?«

»Auf jeden Fall.« Lou nickte. »Ich habe schon ein paar hervorragende Leute für unsere Sache gewinnen können.«

»Wen denn?«, fragte Sara überrascht. Sie wusste nicht, ob sie sauer sein sollte, weil sie nicht gefragt worden war, oder dankbar, weil Lou Initiative zeigte.

»Erinnerst du dich an Ismael, der auf unserer Party Gitarre gespielt hat?«, fragte Lou. »Er möchte gern Gitarrenunterricht geben, wenn wir ihm dafür mit seinem Englisch helfen.«

»Fantastisch!«

»Und dann ist da noch meine Freundin Beth, die Puppenspielerin.«

»Doch nicht etwa Beth Hennessy von den ›Kleinen Wichten‹?«, hauchte Sara. Carol hatte wochenlang damit geprahlt, dass sie für die Aufführung von *Ein Freund wie Stig* Plätze in der ersten Reihe ergattern konnte. Schade, dass sie nicht mehr so eng waren, sonst hätte sie selbst mit dem Namen Beth Hennessy angeben können. Sara betrachtete den dicken grauen Ordner, der den Stapel an wertvollem pädagogischen Material, das sie gesammelt hatte, kaum halten konnte. Ezra pflückte einen Tabakfaden von seiner Zunge, grinste und schüttelte den Kopf.

»Ich glaube, ihr seid von allen guten Geistern verlassen«, sagte er.

»Aber wieso denn?«, fragte Sara.

»Es gibt Leute, deren Job es ist, euch jeden Tag acht Stunden lang die Kinder vom Hals zu halten. Und darauf wollt ihr verzichten? Das ist doch verrückt.«

»Ezra!«, sagte Lou. »Mach dich nicht lustig über uns.«

»Es ist mein Ernst.«

»Nun, eigentlich nicht verwunderlich«, sagte Sara. »Du hast ja keine Kinder. Aber sicher stimmst du doch zu, dass ein Lernmodell, bei dem das Kind im Mittelpunkt steht, besser ist als reines Pauken in einer Atmosphäre, in der man sich lediglich auf den kleinsten gemeinsamen Nenner geeinigt hat?«

Ezra zuckte mit den Schultern.

»Bei Kindern läuft doch nichts nach Plan«, sagte er. »Wenn ein Kind schreiben will, dann schreibt es. Wenn es malen will, dann malt es. Meint ihr, Herman Melville hat an Workshops teilgenommen? Oder Picasso?«

»Du meinst also, man ist als Schriftsteller geboren und es lässt sich nicht lernen?«, fragte Sara nachdenklich.

Der große Autor zuckte wieder mit den Schultern.

»Frag mich nicht«, antwortete er. »Ich weiß nur, wenn du versuchst, aus deinem Kind einen Schriftsteller oder Maler zu machen, dann wird es Klempner oder Hausmeister, nur um dich zu ärgern.«

»Ha!«, sagte Sara fröhlich. »Genau wie Gavin, nur umgekehrt.«

»Wie meinst du das?« Ezra wirkte plötzlich interessiert.

»Ach, äh …« Sara warf Lou einen verlegenen Blick zu. »Hat er nicht gesagt, seine Mutter wollte, dass er ein Handwerk lernt? Und dass seine Familie seine Kunst nicht kapiert, weil sie …«

Lou verzog das Gesicht, als ihr Handy blinkend einen Anruf anzeigte.

»Entschuldigt mich einen Moment.« Sie schnappte sich das Handy, warf Sara einen entnervten Blick zu und eilte aus der Küche.

Ezra lächelte unergründlich und schnippte sein Feuerzeug auf dem Tisch hin und her.

Sie schwiegen sich an.

Schließlich nahm Sara allen Mut zusammen: »Du hattest wahrscheinlich noch keine Gelegenheit, meinen Roman zu lesen, oder?«

»Wann ist er herausgekommen?«

»Ach, er ist noch nicht veröffentlicht. ›Manuskript‹ hätte ich sagen sollen. Lou wollte dich fragen, ob du mal einen Blick reinwirfst.«

»Das hat sie sich wohl für später aufgespart.«

»Hmm.«

»Worum geht's denn in dem Buch?«

»Worum es geht?« Sara war ein wenig verlegen. »Ach du meine Güte. Es ist eine Art Entwicklungsroman. Die Handlung dreht sich um ein junges Mädchen in einer sehr ungesunden Beziehung zu ihrem Vater. Sie lernt einen Jungen aus ärmlichen Verhältnissen kennen und fängt etwas mit ihm an, und der Vater wird sauer, und es wird alles ziemlich heftig, und dann …«

Ezras Blick war zu der Zeitung hinübergewandert, die auf dem Rand des Tischs lag.

»Das Manuskript ist nicht sehr lang. Also wenn du Zeit hättest und mir ein paar Tipps geben könntest ...«

»Klar.«

»Danke. Dein Buch hat mir übrigens sehr gut gefallen.«

Er lächelte nachsichtig.

»Meins ist natürlich bei Weitem nicht so anspruchsvoll. Ich fand es toll, wie du die Familie als Symbol für die Nation eingesetzt hast.« Das hatte sie in einer Rezension gelesen.

»Habe ich das?«

»Nun ja, das hat ... Ich wollte natürlich nichts hineininterpretieren. Aber ich fand das Buch einfach erstaunlich. Bewegend und liebevoll.«

»Danke«, sagte Ezra ernst. Lous Rückkehr ersparte Sara weitere Peinlichkeiten. Der Anruf war offenbar so aufregend gewesen, dass ihr Groll über Saras Indiskretion verflogen war.

»Tut mir leid«, sagte sie vor Freude und Erregung glühend. »Das war Cory Hamer von Niche. Sie hat mir doch tatsächlich einen Platz in der Jury des Filmfestivals von Ann Arbor gesichert.«

»Oh, das ist ja wunderbar!« Sara stand auf und umarmte ihre Freundin ungelenk. »Kannst du das von zu Hause aus machen?«

»Himmel, nein! Ich muss da hin.« Lou warf Ezra einen ungläubigen Blick zu. »Man kann doch als Jurymitglied nicht aus der Ferne ein Urteil abgeben, oder?«

»Also … wann ist es denn?«, fragte Sara steif.

»Vom achten März bis zum zwanzigsten … Oh Mist!« Lou schaute sie entgeistert an.

»Lou, wir haben es schon zweimal verschoben.«

»Ja, ich weiß. Aber hör zu …« Lou führte einen Freudentanz auf wie ein kleines Mädchen. »Ich übernehme den Unterricht komplett, bis ich fliege, damit du Zeit für …«, sie machte eine vage Handbewegung, »… deinen Kram hast. Und wenn du dann die Stellung halten könntest, bis ich wieder zurück bin …« Sie strich hektisch über das Display ihres Handys. »Ja, die Termine passen großartig. Ich habe eine geniale Idee für eine Exkursion.«

# 17

Der Frühling war im Südwesten Englands eingezogen, und die Blätter der Birken schimmerten wie das Lametta an einem Cheerleaderpuschel. Während der Volvo sich zwischen meterdicken Hecken durch die gewundenen Landstraßen zwängte, spürte Sara die Nähe der sich öffnenden Knospen, der wachsenden Wurzeln und der Weidenkätzchen, die ihre Pollen in den Wind schleuderten. Sie merkte, wie ihr Herzschlag schneller wurde und wie es ihr mit einem Mal besser ging.

»Das Wetter sieht aber nicht sehr vielversprechend aus«, sagte Neil und spähte unter der Sonnenblende hindurch zu den regenschwangeren Wolken hinauf.

»Wir haben ja nicht vor, die Eiger-Nordwand zu besteigen«, bemerkte Sara.

»Trotzdem kein Spaß, wenn es schüttet.«

»Wir haben doch Carols Zelt, Neil«, sagte sie. »Das ist wahrscheinlich wasserdichter als unser Haus.«

Sich das Zelt auszuleihen war ein wenig unangenehm gewesen. Sara hätte lieber eins gekauft, doch die Festivalkarten waren teuer genug gewesen, und ihr Sparkonto schrumpfte zusehends. Und dass Carol so nett gewesen war, hatte die Sache auch nicht einfacher gemacht.

»Schon gut«, hatte sie gesagt, als Sara eine lahme Ausrede aufgetischt hatte, warum sie sich in letzter Zeit so selten gesehen hatten. »Wir haben alle viel zu tun. Ich mache mir einen Nespresso, möchtest du auch einen?«

Sie hatte Sara eine Viertelstunde freundliches Geplauder zugestanden und dann kaum mit der Wimper gezuckt, als Sara auf nicht sehr subtile Weise das Thema Camping anschnitt.

»Ein Festival?«, hatte sie mit leichter Herablassung gesagt. »Okay, wenn du so was magst.« Doch dann hatte sie Sara ganz von selbst das Zelt samt hochmoderner Ausstattung angeboten. Sara hatte völlig vergessen, dass Carol bei aller Affektiertheit und trotz ihres schrecklichen Konkurrenzdenkens im Grunde ein netter Mensch war.

Neil konnte ihr mit seinem Unken über das Wetter nichts vormachen. Er freute sich wahrscheinlich noch mehr als sie auf dieses Wochenende. Erstaunlich, wie die richtigen Bands einen Mann in Hochstimmung versetzen konnten – in diesem Fall eine vorhersehbare Mischung aus schrulligen Hipstern, ergrauten Bluesmännern und Punk-Opas. Für Sara selbst hielt die Veranstaltung andere Attraktionen bereit, nicht zuletzt die Chance, ungestört achtundvierzig Stunden mit Gavin und Lou verbringen zu können. Meistens hatten sie so wenig Zeit zusammen – einen Abend hier, einen Nachmittag dort, und immer war da dieses Gefühl, dass andere Leute, dass dringlichere Angelegenheiten auf sie warteten. Doch jetzt hatten sie ein ganzes Wochenende für sich.

»Können wir selbst unser Essen jagen, Mum? Wie bei *Abenteuer Survival*?«, piepste Patrick auf der Rückbank. Sara spürte einen Anflug von schlechtem Gewissen. Vielleicht hatte sie das mit der Selbstversorgung doch ein wenig übertrieben geschildert.

»Jagen? Ich weiß nicht«, antwortete sie, »aber auf jeden Fall selbst zubereiten. Ich habe Würstchen mitgebracht.«

»Würstchen sind langweilig. Können wir nicht ein Kaninchen fangen und häuten?«

»Als wenn du ein Kaninchen totmachen könntest«, sagte Caleb. »Du hast doch sogar geheult, als das Meerschweinchen gestorben ist.«

Dann brach hinten eine Rauferei aus.

»Niemand macht irgendwas tot«, sagte Neil.

»Aber es wird Bogenschießen angeboten«, sagte Sara fröhlich. »Hier, seht mal.« Sie reichte den Flyer nach hinten.

»Lush, zwei-tau-send-vier-zehn«, las Patrick stockend. »Medlar's Farm, Devon, feat-ur-ing Crawdaddy, The Jeremiahs, They Might be Giants. Das ist doch langweilig.«

»Lies weiter«, drängte Sara ihn. »Du machst das sehr gut. Schau mal, was bei *Kids Lush* steht.«

»... Geschichten erzählen«, fuhr er fort, »Tauziehen ... Was zum ...? Zirkus-Workshop, Songs schreiben.«

»Na also, Caleb.« Sara drehte sich um und warf ihm einen aufmunternden Bick zu. »Wolltest du nicht mit Dash eine Band gründen?«

Caleb starrte mürrisch aus dem Fenster.

Regentropfen klatschten auf die Windschutzscheibe, und Neil stellte die Scheibenwischer an. Ein paar Sekunden lang schauten alle zu, wie sie sinnlos hin- und herwischten, bis er sie wieder abstellte.

»Heeey«, sagte er nach einer Weile und blickte in den Rückspiegel. »Was für ein Zufall!«

Sara drehte sich um.

»Gibt's ja nicht!«, sagte sie. Der Humber war direkt hinter ihnen. Lous nackte Füße ruhten auf dem Armaturenbrett, und Gav trug einen albernen Cowboyhut. Dafür, dass sie London während der Stoßzeit über die M4 verlassen hatten, wirkten sie unerhört entspannt.

»Wie haben sie das nur geschafft?«, fragte Sara.

Patrick hatte mittlerweile seinen Sicherheitsgurt abgestreift und sich umgedreht, um Fratzen zu schneiden und den anderen den Stinkefinger zu zeigen. Lou lachte und zeigte ihm ebenfalls den Finger.

»Sie müssen extrem gut durchgekommen sein«, sagte Neil. »Allerdings hat der Wagen auch ganz schön Power.« Und wie um es zu bestätigen, scherte Gavin nach rechts aus, als die Straße weiter wurde, und kam herangeschossen, sodass die beiden Fahrzeuge für einen kurzen, haarsträubenden Moment nebeneinander herrasten. Lou senkte ihr Fenster und rief etwas, das Sara nicht verstehen konnte. Dann drückte Gavin aufs Gas, und unter Winken und lautem Hupen sausten sie davon.

»Du musst sie einholen, Dad«, bettelte Patrick und hopste aufgeregt auf seinem Sitz herum.

»Ja, überhol sie«, sagte Caleb verärgert.

Und einen verrückten Augenblick lang wünschte sich auch Sara, Neil würde alle Pferdestärken entfesseln und Gavin zeigen, was in ihm steckte. Doch Neil fuhr beständig die zugelassene Geschwindigkeit und wies darauf hin, dass Landstraßen nicht für Autorennen da waren und er gern heil ankommen wollte.

Für ein so kleines Festival hatte Lush ein beachtliches Verkehrschaos verursacht. Sie fuhren von der A35 ab, die sie den Mercedes und Audis überließen, die mit Rennbooten zur »Cornischen Riviera« unterwegs waren, und schlossen sich der langsamen Schlange von VW-Bussen, Morris Minors, Citroëns und Saabs an, deren Klapprigkeit ebenso stolz zur Schau gestellt wurde wie die auf ihnen prangenden Regenbogen-Mandalas und bewusstseinsbildenden Aufkleber.

»Ich habe jetzt schon ein gutes Gefühl bei dieser Sache«, sagte Neil grinsend, als ihnen ein Mann mit Dreadlocks, Ohrläppchentunneln und Warnweste Neonbänder um die Handgelenke band und Neil fröhlich in einen Parkplatz einwies. »Ich weiß gar nicht, warum wir so was noch nie gemacht haben.«

Sie luden ihr Gepäck aus dem Auto und schlossen sich

einem stetigen Strom von Neuankömmlingen in zerrissenen Jeans, Flipflops, Wollmützen und Schlapphüten an. Während sie ihre Kühlboxen und Ikea-Taschen zum Hauptplatz zerrten, mischte sich die neue Truppe mit den Alteingesessenen, die, da sie bereits ganze vierundzwanzig Stunden früher eingetroffen waren, alle Fesseln der Konformität abgeschüttelt hatten und in Balletträckchen mit Doc-Martens-Stiefeln, Onesies und Schlumpfkostümen vom WC-Häuschen zum Falafelstand und weiter zum Zelt der Heilkunst schlenderten. Ab und zu jagte ein Soundcheck auf der Hauptbühne eine ohrenbetäubende Rückkopplung durchs Tal.

Mithilfe einer freundlichen niederländischen Familie fanden sie ihren Zeltplatz, äußerst günstig zwischen den Toiletten und dem großen Kinderzelt gelegen. Es fehlte auch nicht an guten Ratschlägen zum Errichten des auffällig teuren Zelts. Eine junge Frau, die sich Twink nannte, sah sie kämpfen und kam herübergehüpft, um zu helfen, während ihre Partnerin auf dem Trittbrett ihres Campingbusses sitzen blieb, um ihr Baby zu stillen. Mit eindrucksvollem Geschick baute sie die Teleskopstangen zusammen, erklärte, wo alles hingehörte, und kam zwanzig Minuten später noch einmal mit Verstärkung zurück. Als das Zelt endlich stand, wirkte es deplatziert wie ein Butler bei einer Grillparty. Trotzdem schien es niemanden zu stören, auch wenn hier die normalen Regeln der Gesellschaft auf den Kopf gestellt waren: Was handgemacht und wackelig aussah, war elegantem Luxus vorzuziehen.

Jetzt blieb nur noch, zur Feier des Tages ein Bier aufzumachen und auf Lou und Gavin zu warten.

»Ich hoffe, es ist nichts passiert«, sagte Neil, »so wie Gav gefahren ist …«

»Nein, es wird schon alles in Ordnung sein«, sagte Sara, »so wie immer.«

Neil nickte und nahm einen Schluck aus seiner Flasche. Er wirkte jetzt schon jünger und sorgloser. Die Bartstoppeln standen ihm gut. Seine Haare waren dem frisch geschorenen Managerlook entwachsen und lockten sich jungenhaft. Es störte Sara nicht einmal, dass er sein schreckliches Hawaiihemd trug – peinliche Daddyrocker gab es auf dem Festival genug –, er hatte also ausnahmsweise das richtige Outfit gewählt. Sie lehnte sich zu ihm hinüber, um ihn auf die Lippen zu küssen, worauf Patrick und Caleb Würgelaute von sich gaben.

»Warum schaut ihr euch nicht ein bisschen um, Jungs?«, fragte Neil. »Hier«, er zog einen Zehner aus der Tasche und gab ihn Caleb, »holt euch einen Linsenburger oder so was.« Sie zogen über die Wiese davon, Patrick hüpfend, während sein Bruder widerwillig hinterherschlurfte.

»Hast du Lust, Carols Luftmatratze einem Belastungstest auszusetzen?« Neil wies mit dem Kopf zur offenen Zeltklappe.

»Was, jetzt?« Sara wusste nicht, ob sie erfreut oder entsetzt sein sollte, doch beschloss, dass ein wenig Spontaneität nicht schaden konnte, und folgte ihm hinein.

Das Wippen der Luftmatratze nervte, und außerdem roch sie penetrant nach Gummi. Sara wünschte, sie hätte ein zweites Bier getrunken. Auch wenn es in ihrem improvisierten Liebesnest schummrig war, so war doch helllichter Tag, und sie konnte die anderen Familien draußen hören: Daisy wurde für den Inhalt ihres Töpfchen gelobt; Elijah weigerte sich, die Vollkornnudeln zu essen … Sara hob die Arme und ließ Neil ihr T-Shirt abstreifen. Er bemühte sich um einen sinnlichen Blick, während er ihren BH öffnete und auf die Matratze legte.

»Was für Möpse«, sagte er, umschloss eine ihrer Brüste und schaute ihr in die Augen. Es war irgendwie eigenartig. Sie beugte sich vor, um ihn zu küssen, doch er senkte den Kopf und leckte mit langen, nassen Zungenbewegungen ihre Brust. Sie sog scharf die Luft ein, eher aus Überraschung als vor Lust. Er hielt kurz inne, dann ging er ohne aufzublicken zur anderen Brust über, als hätte er zwei Kugeln Eis vor sich. Bald leckte er sie über und über mit großer Sorgfalt und offensichtlichem Genuss. Sie schloss die Augen und versuchte, sich der Empfindung hinzugeben. Es fühlte sich ziemlich sexy an, in Jeans und Wanderstiefeln oben ohne zu sein. Doch Neil war noch völlig bekleidet, vielleicht sollte sie dem Lauf der Dinge etwas nachhelfen. Sie schickte sich an, sein Hemd aufknöpfen, doch er schob sanft ihre Hand beiseite und widmete sich weiterhin, nicht ungestüm, aber beharrlich, ihren Brüsten. Langsam begann sich Sara zu entspannen. Er leckte und leckte kreisförmig und in einem großen Bogen um ihre Brustwarze herum. Es fühlte sich gut an, sehr sogar, aber dass er ihre Brustwarze nicht in den Mund nahm, machte sie verrückt, und sie begriff, dass er ihr dieses Lustgefühl mit Absicht versagte. Als sie stöhnte, unterbrach er sich, blickte ihr ins Gesicht und grinste, weil er wusste, wonach es sie verlangte. Ihre Brustwarze war nun steif, eine glorreiche Pagode aus Nervenendungen, größer, als sie sie je gesehen hatte. Sie schob sie seinem Mund entgegen, doch er wich aus, verweigerte sich absichtlich. Nun war es ein Spiel. Er wurde langsamer, wenn sie wollte, dass er schneller machte, zog sich zurück, wenn sie wollte, dass er ranging, und immer wieder beobachtete er ihren Gesichtsausdruck, um sich zu vergewissern, dass sein Sadismus die gewünschte Wirkung erzielte. Vergessen war seine orgastische Gleichstellungspolitik, an ihre Stelle war dieser pubertär-perverse Leckmarathon mit offenem Ende getreten, der sie beide in Fahrt zu bringen schien. Als er schließlich in sie eindrang, war sie so ekstatisch, dass er ihr eine Hand vor den Mund halten musste, um ihr flehendes Wimmern zu dämpfen, dessen sie sich kaum bewusst war. Sie hatte schon von Frauen gehört, die nur durch die Stimulation ihrer Brüste gekommen waren, doch sie hatte es für unmöglich gehalten. Und wenn seine Eichel ihre Klitoris beim Eindringen nicht so heftig angestoßen hätte, hätte sie den Höhepunkt vielleicht tatsächlich nicht erreicht; doch es war vollbracht.

»Also so was«, sagte sie anschließend.

»Ja so was.«

Er zog ein zusammengeknülltes Papiertaschentuch aus seiner Jeanstasche und reichte es ihr.

»Danke«, sagte sie und schob es sich zwischen die

Beine. Sie wollte Carol ihre Luftmatratze nicht mit unappetitlichen Flecken zurückgeben.

»Alle Achtung«, sagte sie, reckte sich zufrieden und verschränkte die Hände über dem Kopf.

»Ich weiß«, stimmte er zu und holte eine Klopapierrolle aus dem Rucksack, der in der Nähe stand.

»Ich hätte dich schon früher mit auf ein Festival schleppen sollen.«

»Jawohl.« Was geschehen war, schien ihm nun fast ein wenig peinlich.

Er kroch aus dem Schlafbereich und ließ die Klappe hinter sich zufallen.

»Ich gehe pinkeln«, sagte er. Sie hörte, wie er seinen Gürtel zuschnallte und die Schuhe anzog. Sie kannte diese Schuhe. Der linke Schnürsenkel war gerissen und reichte nicht bis ganz oben. Sie lauschte, wie er sich – *schlurf-schlapp, schlurf-schlapp* – entfernte.

Sara lag in postkoitaler Erschlaffung auf der Luftmatratze, den Kopf seitlich auf das viel zu stark zurückfedernde Kissen gelegt. Sie zupfte an einem gummierten Faden am Rand der Matratze und lauschte den Unterhaltungen draußen: Erwachsene und Kinder, die sich gegenseitig neckten, sich Vorhaltungen machten, miteinander verhandelten.

Alle glücklichen Familien waren gleich, hatte jemand einmal gesagt, und folglich langweilig. Doch ihre nicht, nicht an diesem Wochenende. Wie gut es doch tat, ihre Komfortzone zu verlassen, dem Alltagstrott zu entfliehen. Es in einem Zelt besorgt zu bekommen, am helllichten Tag – was sagte man dazu? Dafür und für so vieles mehr hatten sie Gavin und Lou zu danken. Sie erinnerte sich, wie klein sie sich auf ihrer Einweihungsparty vorgekommen war, nur eine Randfigur. Das war jetzt anders. Es war in Ordnung, dass der Humber auf der Landstraße an ihnen vorbeigerauscht war. Es war in Ordnung, dass Lou und Gav immer noch nicht aufgetaucht waren und sich auch nicht gemeldet hatten. Es war sogar in Ordnung (so gerade), dass Lou ihr in den letzten Wochen die Kinder aufgehalst und nach Belgien abgehauen war. Es war in Ordnung, weil Lou Saras Schreibtalent bewunderte und Gavin sie einfach verstand. Und weil sie beide Neil in ihr Herz geschlossen hatten. Weil sie alle vier am Wochenende bis zwei Uhr nachts zusammen herumalbern konnten und am nächsten Tag trotzdem voller Elan waren. An diesem Mainachmittag, während der Samen ihres Manns an der Innenseite ihrer Schenkel trocknete und der Geruch von Cannabis durch die Luft zog, hatte sie zum ersten Mal das Gefühl, dass ihre Freundschaft den Punkt erreicht hatte, den sie sich gewünscht hatte.

# 18

Sara hörte im Traum eine Kinderstimme.

»Da ist es, Mummy. Das blaue.«

Sie befand sich in einer Schulumkleide. Eine Mutter und ein Kind suchten auf der anderen Seite der Kleiderstangen ein Halstuch. Sie konnte nur ihre Beine sehen. Sie wollte der Mutter sagen, dass sie sich irrten. Das Halstuch gehörte nicht dem kleinen Mädchen, es gehörte ihr. Doch als sie den Mund aufmachte, brachte sie keinen Ton heraus. Schließlich wurde sie vom hilflosen Krächzen ihrer eigenen Stimme wach und begriff, dass das Mädchen im Traum Zuley war. Jetzt erkannte sie auch Zuleys Stimme. Es war ihr *Zelt*, das blau war. Sara kroch aus dem Schlafbereich.

»Meine Fresse! Das ist kein Zelt, das ist ein Palast!«, brüllte Gav.

Sara hatte erst ein Bein in ihrer Jeans, als der äußere Reißverschluss geöffnet wurde. Sie hielt sich einen Arm vor die Brüste und erstarrte, doch es war Lou, die durch die Öffnung spähte.

»Ups, Entschuldigung!« Sara spürte, wie Lous Blick über ihren nackten Oberkörper wanderte, bevor sie ihr wieder in die Augen schaute.

»Schon gut«, sagte Sara. »Ich habe ein Nickerchen gehalten. Muss an der Landluft liegen.«

»Da habe ich aber was anderes gehört«, sagte Lou grinsend. Sie trug zinnoberroten Lippenstift und ein Kopftuch, ein Look, der nur bei Lou wirklich funktionierte.

»Lass dir Zeit«, sagte sie. »Neil hilft uns gerade mit dem Zelt. Wir stehen ganz hinten, in der Nähe des Telefonmasts. Komm doch auf ein Bier rüber, wenn du fertig bist.«

Sara hob ihren BH auf, wo Neil ihn hingeworfen hatte, und zog ihn wieder an. Zuerst dachte sie, es hätte sich trockenes Laub vom Zeltboden darin verfangen, denn sobald sie ihn zuhakte, scheuerte er an ihren bereits überreizten Brüsten. Doch dann merkte sie, dass ihre Jeans sich auch eng und steif anfühlte, wie frisch gewaschen, obwohl sie es nicht war. Sie wandte und streckte sich, doch sie wurde das Gefühl auf der Haut nicht los. Eigentlich empfand sie dabei ein leicht masochistisches Vergnügen. Sie hätte es auf die Hormone geschoben, aber nach Neils eigentümlichem Vorspiel zu urteilen war auch er irgendeinem atmosphärischen Zauber erlegen – einer nahe verlaufenden Kraftlinie vielleicht oder einer bestimmten Konstellation der Sterne. Bei dem Gedanken daran lächelte sie in sich hinein, stellte ihren Schminkspiegel auf eine ausziehbare Klappe an Carols Campingkocher und setzte sich mit ihrem Beautytäschchen davor. Während sie mit dem Mittelfinger ein wenig Gloss auf ihren Lippen verteilte, betrachtete sie nachdenklich ihr Spiegelbild. Das Zwielicht des Zelts schmeichelte ihr.

Verschwunden war die spießige Vorstadtfrau, die sich der Welt nur mit einer schützenden Schicht Laura-Mercier-Schminke präsentierte. Ihren Platz hatte eine Nymphe eingenommen, die durch den Geist der Wälder von innen erleuchtet war. Sie wollte noch Wimperntusche auftragen, doch eigentlich gefiel ihr, was sie sah, also steckte sie den Applikator wieder weg und schloss die Schminktasche. Man konnte auch zu viel des Guten tun.

Es dauerte eine Weile, bis sie Gavin und Lou fand. Sie war davon ausgegangen, dass die beiden Familien Stellplätze dicht beieinanderhaben würden, und hatte Mühe, ihren Missmut darüber zu unterdrücken, dass die späte Ankunft ihrer Freunde zu dieser nicht gerade idealen Situation geführt hatte. Anfangs hatte sie sich gefreut, dass sie und Neil einen zentralen Platz erwischt hatten – nicht weit von der Hauptbühne und den Toiletten. Doch nun fand sie Gavs und Lous Stellplatz auf einer Anhöhe mit Panoramablick, weitab von Festivaltrubel und Essensgerüchen, in vieler Hinsicht attraktiver. Es gab mehr Schatten – hier und da standen Eichen auf dem sanften Hügel – und das Gras war noch üppig grün und mit Klee durchsetzt, nicht zertreten und matschig wie weiter unten. Sie blieb einen Moment stehen und beschirmte die Augen mit der Hand, um das Tal zu überblicken. Ein leichter Abenddunst ließ den Himmel milchig erscheinen und tauchte die zusammengewürfelte Zeltkolonie in ein unheilvoll violettes Licht. Wimpel flatterten im Wind, Rauchwolken trieben dahin, und Laternen flackerten.

Irgendwo stimmte eine keltische Folkband ihre Instrumente. Es war, als hätte sich ein Elbenstamm aus Mittelerde mit einer Vorliebe für Gourmet-Burger und Luftmatratzen nach Devon aufgemacht, um diesen idyllischen Flecken für sich zu beanspruchen.

Gavs und Lous Zelt wirkte so extravagant und unpraktisch, dass sie es problemlos aus der Ferne identifiziert hätte, auch wenn sie sich nicht mit Neil, umgeben von leeren Bierflaschen, auf der Decke davorgefläzt hätten.

»Hey«, sagte sie. »Die Partyzentrale.«

»Hi.« Lou brachte ein träges Lächeln zustande. Neil rückte ein Stück, um auf der Decke Platz für sie zu machen. Nur Gav rappelte sich hoch, um sie mit einer innigen Umarmung zu begrüßen. Als sie seinen Geruch von Bier, Tabak und Schweiß einsog, hatte sie das Gefühl, jemand hätte ihre inneren Organe gepackt und über eine Klippe geworfen. Sie ließ sich im Schneidersitz nieder. Neil reichte ihr ein Bier.

»Wo sind denn die Kinder?«, fragte sie.

»Die Jungs haben Zuley mit zu den Trampolins genommen«, antwortete Lou.

»Ach, wie nett«, sagte Sara und suchte besorgt den Horizont ab.

»Keine Angst.« Lou tätschelte ihr die Hand. »Dieses Festival ist wie ein großes Kibbuz. Ihnen kann überhaupt nichts passieren. Ist dir übrigens nicht heiß?« Sie beäugte Saras Outfit.

»Es war Regen angekündigt«, antwortete Sara defensiv

und musterte Lou aus dem Augenwinkel: ihr geblümtes Secondhandkleid, die schlanken Fesseln, die türkisen Fußnägel. Alle hatten sich der Festivalstimmung entsprechend gekleidet, Gavin mit seinem ironischen Stetson, sogar Neil mit seinem albernen Hemd. Nur sie – in Jeans, T-Shirt und festem Schuhwerk, das Gesicht frei von Schminke – sah aus wie eine Rekrutin in einem feministischen Bootcamp.

Sara nahm einen Schluck Bier und schaute sich um. Rechts von ihnen stand ein unauffälliges Igluzelt, rechts ein Tipi, aus dem in schnellem Rhythmus dumpfe Klopfgeräusche, begleitet von immer höherschrillenden Schreien, erklangen.

»Ich glaube, Pocahontas nebenan hat großen Spaß«, sagte Gavin scherzhaft und wies mit dem Kopf zum Nachbarzelt.

»Oh Gott«, sagte Lou und verdrehte die Augen. »Hoffentlich treiben sie es nicht die ganze Nacht.«

»Du meinst, sie könnten euch in den Schatten stellen?« Neil grinste.

»Äh, hallo?«, sagte Lou in gespielter Empörung. »Du hast es gerade nötig.«

Sara spürte, wie ihr die Röte kribbelnd ins Gesicht stieg.

»Manche von uns können sich zurückhalten, nicht wahr, Gav?«, sagte Lou mit gespielter Entrüstung.

»Was bleibt uns anderes übrig, wo die Kinder direkt nebenan schlafen?«, sagte Gav. »Andererseits bin ich jemand, der gern still und leise zuschlägt«, fügte er hinzu und ließ zwei Finger auf Lous Kleidersaum zulaufen. Lou schlug ihm auf die Finger wie einem Schuljungen, und Sara wandte den Blick ab, das Gesicht knallrot vor Neid und Erregung.

»Also«, sagte sie nach einer angemessenen Pause, »hat jemand Lust, sich nachher die Jeremiahs anzusehen?«

»Ach Gott«, sagte Gavin stirnrunzelnd, »ich schätze, wir sollten …«

»Sie sind doch ziemlich gut«, sagte Neil.

»Findet Caleb jedenfalls«, sagte Sara. Er war ein Riesenfan. Und sie waren die einzige Gruppe beim Lush-Festival, die ihn überhaupt interessierte. Wenn sie sich nicht einmal aufraffen konnte, sich mit Caleb die Jeremiahs anzuschauen, konnte sie sich auch gleich eingestehen, dass sie nicht wegen der Kinder hergekommen waren.

»Ja, Dash findet sie auch gut«, sagte Gavin und griff nach seinem Dope. »Aber Leute, wir sind erwachsen.«

»Sie sind großartige Musiker«, sagte Neil defensiv. Er hatte gerade erst ihr zweites Album runtergeladen.

»Ja, sicher«, stimmte Gav zu, »aber sie spielen eine Art Folk light, findest du nicht? Wenn man gern Folk hört, dann doch lieber richtigen: Jeff Buckley, Tim Hardin oder auch Flatt and Scruggs.«

»Sind die nicht alle tot?«, fragte Neil.

»Ja, stimmt auch wieder«, lachte Gav. »Aber wenn wir uns die Band anschauen, müssen wir notgedrungen auch Backstage gehen …« Er setzte eine weltverdrossene Miene auf.

»Kennst du die Band etwa persönlich?« Sara spitzte die Ohren.

»Ihren Manager«, sagte Lou. »Hat in Soho über uns gewohnt. Netter Kerl, war aber damals ein ziemlicher Nichtsnutz und Verschwender.«

»Jetzt wahrscheinlich erst recht«, sagte Gav. »Bei all dem Schotter. Wusstet ihr, dass ihr erstes Album Platin gekriegt hat?«

Sara beobachtete, wie Gavin mit nikotinfleckigen Fingern einen großen Brocken Haschisch auf einem Häufchen Tabak zerkrümelte und das Ganze geschickt auf dem Blättchen verteilte.

»Mir ist es einerlei«, log sie und fühlte sich wie ein Judas. Caleb würde alles tun, um die Band zu treffen. Unglücklich pulte sie am Etikett ihrer Bierflasche.

»Wir können es uns ja noch überlegen«, sagte Neil und stand auf. »Ich werfe schon mal den Grill an. Habt ihr an die Kohle gedacht?«

Lou verzog das Gesicht und verdrehte die Augen. »Die liegt noch im Kofferraum«, sagte sie.

»Hier, mein Großer«, sagte Gavin und warf Neil seine Autoschlüssel zu. Neil fing sie lässig auf und wollte davonschlurfen.

»Gav!«, rief Lou empört und lachte.

»Was denn?« Gav schien verdutzt.

Lou warf ihm einen verärgerten Blick zu und rappelte sich hoch.

»Warte, Neil«, sagte sie. »Ich komme mit.«

Auch wenn Sara sich vielleicht darüber geärgert hatte,

wie Gavin mit ihrem Mann umsprang, wurde das mehr als wettgemacht durch ihren kurzen Augenblick allein mit ihm.

»Faulpelz!«, sagte sie, als Neil und Lou weg waren, eher bewundernd als vorwurfsvoll.

Geschickt stopfte er einen Filter in das Ende des Joints, strich liebevoll mit den Fingern darüber und reichte ihn Sara.

»Der haut mich um«, warnte sie ihn und steckte den Joint zwischen die Lippen.

»Man lebt nur einmal«, sagte er und hielt ein Streichholz an die Tüte. Sie zog zaghaft daran. Es war noch zu früh am Abend, und die Dinge versprachen interessant zu werden, deshalb wollte sie sich nicht völlig wegknallen. So wandte sie den Kopf ab und tat nur so, als würde sie noch einen Zug nehmen, nickte genießerisch und reichte den Joint zurück. Gavin schienen solche Bedenken fremd zu sein, er verkürzte den Joint mit einem geübten Zug auf die Hälfte. Dann schloss er die Augen, ließ den Kopf zurückfallen, und als Sara schon dachte, er habe ihn vollends absorbiert, stieß er den Rauch in einer gewaltigen Wolke aus. Eine Weile saßen sie schweigend da, und Gavin rauchte, während Sara das Festivalprogramm studierte. Auf seinen Wunsch hin zählte sie alle Gruppen auf, auf die sie sich freute, worauf er leicht abfällige Bemerkungen über jede einzelne machte, bis sie ihm den Flyer reichte und wissen wollte, ob auch nur eine einzige Band darunter cool genug für ihn war. Er studierte die Liste und schüttelte den Kopf. Sie lachte genervt, riss ein Büschel

Gras aus und bewarf ihn damit. Doch er duckte sich, und es rieselte ihm in den Nacken.

»Oh Scheiße!«, sagte sie und versuchte, es wegzuwischen, schob es aber immer tiefer in sein Hemd. Sie ging auf die Knie, um in seinem Hemd danach zu fischen, bis sie verlegen lachend die Hand zurückzog, als sie merkte, dass ihre Aktion ein wenig aufdringlich war.

»'tschuldigung«, sagte sie.

»Du musst dich nicht entschuldigen«, antwortete er. Ihre Hand war feucht von seinem Schweiß. Sie setzte sich wieder, und eine Redepause entstand.

Die angezogenen Knie mit den Armen umschlossen, beugte Gavin sich wie ein neugieriger Pfadfinder vor und betrachtete sie.

»Du bist schon komisch, Sara«, sagte er. Sein Blick war glasig, doch er wirkte ernst.

»Ach ja?«, sagte sie argwöhnisch. Er erklärte nicht, was er damit meinte, sondern starrte sie weiter in einer ebenso schmeichelhaften wie befremdlichen Weise an. Um etwas zu tun zu haben, hielt sie sich die Bierflasche senkrecht mit der Öffnung nach unten in den Mund, um sie vollends zu leeren. Sie war sich bewusst, dass er ihr dabei zusah und es seine Wirkung nicht verfehlte.

»Ich habe dich inzwischen wirklich gern.« Seine Stimme war ruhig und ein wenig heiser.

»So?«, sagte sie.

»Nein, versteh mich nicht falsch. Ich habe dich immer gemocht.« Er schlug ihr tadelnd aufs Knie. »Ich habe dich anfangs nur nicht richtig gesehen.«

»Soll ich mich jetzt darüber freuen, dass ich nicht mehr unsichtbar bin?«, fragte sie barsch.

Doch sie freute sich tatsächlich. Tatsächlich war sie hin und weg. Konnte ein Künstler einem ein größeres Kompliment machen?

»Hier.« Er griff hinter sich, um ein Bier aus der Kühlbox zu holen, und hielt es ihr hin. Als sie es nehmen wollte, zog er es lachend zurück. Wieder hielt er es ihr hin, sie griff danach, er zog es zurück. Genervt, müde und amüsiert zugleich machte sie einen Schmollmund und stürzte sich nach vorn. Als er die Flasche wieder wegriss, fiel Sara kichernd auf die Decke, wo sie liegen blieb, zappelnd wie ein Käfer auf dem Rücken, während Gavs Gesicht die Sonne verdeckte.

»Wir können euch beide wohl keine zwei Minuten allein lassen, was?« Lous Stimme klang eher amüsiert als verärgert. Lou setzte sich so schnell wieder auf, dass sie Sterne sah, und strich sich verlegen durchs Haar. Dann versuchte sie, einen Schluck aus der Flasche zu nehmen, die noch verschlossen war.

»Warum habt ihr so lange gebraucht?«, fragte Gavin ohne eine Spur von Verlegenheit oder schlechtem Gewissen. »Wir kommen um vor Hunger.«

»Wir konnten das Auto nicht finden.« Neil stolperte mit einem Sack Grillkohle auf ihn zu. Gav schüttelte in amüsierter Verzweiflung den Kopf.

Die nächsten zwanzig Minuten waren von fieberhafter Aktivität erfüllt. Die Männer, beide mit freiem Oberkörper (in Gavs Fall schöner anzusehen als bei Neil, dachte Sara bei sich), hockten sich abwechselnd vor den Grill, um auf die Kohle zu blasen, ein Streichholz nach dem anderen darauf zu werfen und leise zu fluchen, wenn die Windrichtung wechselte. Die beiden Frauen liefen geschäftig umeinander herum, legten Würstchen auf den Grill, schnitten Brötchen auf, öffneten Krautsalatschalen und tauschten dabei mehr »danke«, »bitte« und »könnte ich mal …« aus als während all der Monate, die sie sich bereits kannten. Sara war sich nicht sicher, wer von ihnen beiden für diese verlegene Höflichkeit verantwortlich war, doch je mehr sie sich bemühte, ihren gewohnt lässigen Umgangston wiederzufinden, desto hohler klang es.

Als die Kinder zurückkamen, wurde die Situation noch angespannter. Sara entdeckte sie, wie sie den Hang hinaufsprangen. Sie wirkten ausgelassen und unbeschwert, wie Kinder eben sein sollten. Ihre eigenen hatten schon seit einiger Zeit nicht mehr so ausgesehen, fiel ihr auf. Patrick war der Erste. Als er näher kam, bemerkte Sara, wie seine Miene von kindlicher Sorglosigkeit zu Unverständnis und dann Empörung wechselte. Zu spät fiel ihr ein, dass sie versprochen hatte, er dürfe selbst mitgrillen, und sie sah, wie Lou das letzte angekohlte Würstchen auf das Warmhaltegitter umbettete. Die Kinder schwärmten nun atemlos, aufgeregt und ausgehungert um sie herum.

»Hier, Patrick, du warst als Erster da.« Lou hielt ihm einen Hotdog hin, doch er ignorierte sie und blickte stattdessen Sara vorwurfsvoll an.

»Was wird das hier?«, sagte er. »Was soll das?«

»Ich weiß, Schatz, aber wenn wir die Jeremiahs sehen wollen …«

»Die Jeremiahs sind mir völlig egal.« Patricks Unterlippe zitterte nun gefährlich. Sara konnte sehen, wie er versuchte, sich vor den größeren Jungen zusammenzureißen.

»Du nimmst das jetzt besser, Patrick«, sagte Lou und tappte mit dem Fuß, »wenn du heute Abend überhaupt etwas zu essen willst.«

»Nein, will ich nicht!«, rief Patrick, schob sich an ihr vorbei und stürmte davon.

»Na so was!«, sagte Lou in gespielter Entrüstung. »Da ist wohl jemand heute mit dem linken Fuß zuerst aufgestanden.«

»Er wollte seine Würstchen selbst grillen«, erklärte Sara. »Ich hatte es ihm versprochen.«

»In unserem Haus kommt man mit ›ich will‹ nicht sehr weit«, sagte Lou und reichte Dash den Hotdog.

Sara starrte sie ungläubig an. Was für eine Ironie! Der verhätschelte kleine Prinz, der immer alles bekam, was er sich nur wünschte, verschlang Patricks Abendessen, während seine Mutter Bescheidenheit predigte?

»Lass ihm einfach eine für später übrig«, brummelte Sara.

»Okay, wenn du das für richtig hältst«, sagte Lou. »Ich finde, sein Ego ein wenig einzudämmen könnte nicht schaden.«

Wieder starrte Sara sie fassungslos an. Dass Lou es

wagte, von Ego zu sprechen – die Frau, die sie alle wochenlang eingespannt hatte, während sie an ihrem prätentiösen Film rumgebastelt hatte; die Frau, die nach Ann Arbor abgerauscht war, um sich bei einem Haufen anderer Narzissten einzuschleimen – in der Hoffnung, dass sie sich revanchierten, bis sie alle bei ihrer mit Regierungsgeldern und Stipendien finanzierten Selbstbeweihräucherung in den Hintern der anderen verschwanden. Diese Ungerechtigkeit war mehr, als Sara ertragen konnte. Sie drehte sich auf dem Absatz um und lief davon, bevor sie dem unwiderstehlichen Impuls nachgab, Lous Gesicht auf den Grill zu drücken und festzuhalten, bis es brutzelte.

# 19

Patrick stand ein paar Meter entfernt, die Hände auf dem Kopf verschränkt, und wühlte mit der Fußspitze den Boden auf. Er hatte Sara den Rücken zugewandt, doch sie konnte sehen, dass er mit den Tränen kämpfte.

»Pat?«, rief sie zögernd. Er zuckte zusammen, als er ihre Stimme hörte, und rannte davon, und jeder seiner federnden Schritte brachte ihn der Menschenmenge näher, in der er jeden Moment verschwinden konnte. Sara folgte ihm auf Abstand, doch ließ ihn nie aus den Augen. Schließlich wurde er langsamer, bis er mit gespielt machohafter Gleichgültigkeit, die fast so herzerweichend war wie sein vorheriger Trotzanfall, an einem Stand stehen blieb und einen Leuchtstab betrachtete.

»Möchtest du einen?«, fragte Sara und schob sich zu ihm durch.

Er blickte sie mürrisch an und schüttelte den Kopf.

»Ein Pfund pro Stück«, sagte der Jugendliche am Stand. »Oder sechs für einen Fünfer.«

»Wir könnten den anderen auch welche mitbringen. So sehen sie ein bisschen langweilig aus, aber wenn man sie knickt …«

»Ich weiß, wie ein Leuchtstab funktioniert«, murmelte Patrick. »Wir hatten am Tag der Vielfalt auch welche.«

»Stimmt«, sagte Sara.

Kurz wurde sie zurückversetzt an den Sommernachmittag, als die Klänge einer Steelband und der Duft von Curry den Schulhof erfüllten, als Pearly Kings Falafel austeilten und Somalis in traditioneller Kleidung Cream Tea servierten. Sara war für die Tombola verantwortlich gewesen, die allein vierundsechzig Pfund dreißig für die Partnerschule der Cranmer Road in Malawi zusammengebracht hatte. Es kam ihr vor, als wäre es eine Ewigkeit her.

Sara nahm einen Stab, knickte ihn und staunte, als er fluoreszierend zu leuchten begann.

»Unglaublich«, sagte sie und formte sich daraus einen Haarschmuck.

»Ich frage mich, wie das funktioniert. Erinnere mich daran, dass ich zu Hause im Internet nachsehe. Vielleicht könnten wir ja selbst Leuchtstäbe herstellen. Das wäre ein tolles Wissenschaftsprojekt.«

»Dazu habe ich keine Lust«, sagte Patrick.

»Dann musst du's auch nicht«, antwortete Sara versöhnlich. »Wenn man zu Hause lernt, kann man Sachen machen, die einen interessieren. Die Spaß machen. Das ist das Tolle daran.«

»Mit ihr macht es sicher keinen Spaß.«

»Jetzt hör mal, Pat.« Sara ging vor ihm in die Hocke. »Lou wollte nicht gemein zu dir sein. Sie wusste nicht, was ich dir versprochen hatte.« Sie musste gegen die Galle ankämpfen, die ihr bei der Erinnerung an Lous Scheinheiligkeit hochkam, und atmete tief durch.

»Du kannst unheimlich viel von ihr lernen. Sie hat so viele Ideen. Wusstest du, dass sie eine Freundin hat, die Handpuppen herstellt? Die sind wirklich cool. Und sie will sie fragen, ob sie einen Workshop mit uns macht.«

»Ich bin doch kein Baby«, sagte Patrick.

»Ich weiß, Liebling«, sagte Sara. »Aber wir machen auch andere Sachen. Erwachsene Sachen. Und zwar viel erwachsener als das, was ihr in der Cranmer-Road-Schule gemacht habt, weil wir uns nicht um andere, weniger … motivierte Leute kümmern müssen.«

Patrick sah sie verwirrt an.

»Überleg doch mal«, fuhr Sara fort. »Wie viele Kinder wart ihr in deiner Klasse? Dreißig?«

»Einunddreißig, weil zwischendurch der Junge dazugekommen ist, der kein Englisch kann.«

»Eben«, sagte Sara. »Genau das meine ich. Ms. Nicholls muss einunddreißig Schüler unterrichten, und für mindestens einen ist Englisch nur eine Zweitsprache.«

»Er kann überhaupt kein Englisch.«

»Das ist in *Ordnung*«, sagte Sara, »vollkommen in Ordnung. Ich meine nur, Ms. Nicholls muss ganz allein einunddreißig Schüler unterrichten.«

»Na ja, jetzt sind es nur noch dreißig, weil ich weg bin.«

»Also gut, dreißig. Und mindestens einer hat mit der englischen Sprache zu kämpfen.«

»Er kämpft nicht. Er spricht kein Wort.«

»Nein. Okay, das ist natürlich nicht einfach für Ms. Nicholls. Aber du …«, sagte sie mit einem so strahlenden Lächeln, dass er mit einem misstrauischen Blick reagierte. »Du warst ein hervorragender Schüler. Also überleg mal, wenn du in einer Klasse mit dreißig anderen Kindern so viel gelernt hast, alle mit ihren verschiedenen … Problemen: Wie viel mehr kannst du dann erst in einer Klasse mit nur vier Schülern lernen?«

»Das ist doch keine richtige Klasse.«

»Doch, aber es ist eine kleine Klasse. Und ihr habt zwei Lehrerinnen für vier Schüler. Das ist …?«

»Die Hälfte von einer für jeden.«

»Ja, sehr gut.« Sie wühlte ihm liebevoll durchs Haar. »Oder zwei zu eins, als Verhältnis ausgedrückt.«

Als sie einmal um den ganzen Festivalplatz gelaufen waren und wieder den Hügel hinaufstiegen, schien Patricks Ärger verflogen zu sein, und er verputzte mit Appetit einen Burrito. Als sie in Sichtweite des Zelts von Lou und Gav waren, rannte er los, um Leuchtstäbe an die anderen Kinder zu verteilen.

Lou hockte vor einem Wasserhahn und wusch Geschirr ab.

»Hi«, sagte Sara nur.

Lou wippte auf den Fersen nach hinten, schaute blinzelnd hoch und lächelte so entwaffnend wie jemand, der sich nicht bewusst ist, jemanden gekränkt zu haben.

»Du bist zurück!«

»Das hätte ich doch machen können«, sagte Sara und wies mit dem Kinn auf die Spülschüssel.

»Ach, das ist doch keine Mühe. Ich dachte nur, wenn wir uns die Jeremiahs anschauen wollen …«

»Wir gehen also hin?«

»Die Jungs wollen sie offenbar unbedingt sehen.«

Sara rang sich ein Lächeln ab. Es war nett von Lou, zu spülen, sagte sie sich. Es war nett von ihr, sich der Kinder wegen den Auftritt anzusehen. Ja, es war nett.

»Okay. Ich würde mich aber gern noch umziehen.«

»Das brauchst du nicht.« Lou hakte sich bei ihr ein. »Du siehst wunderbar aus, so wie du bist.«

Die anderen liefen bereits in einer langen Reihe den Hang hinunter, Zuley auf Gavins Schultern, die Jungen fröhlich plappernd und mit Leuchtstäben geschmückt – wie eine psychedelische Trapp-Familie auf dem Weg zur Schweizer Grenze.

Als sie die Bühne erreichten, drängten sich dort die Massen, doch die Stimmung war entspannt. Glücklicherweise, denn Lou und Gavin schoben sich rücksichtslos nach vorn. Sara nahm die Jungen bei den Händen, senkte den Kopf und hängte sich an ihre Ferse. Sie war überrascht, wie bereitwillig die Leute zur Seite wichen, wenn man nur selbstbewusst genug auftrat. Als sie sich schließlich bis nach vorn gekämpft hatten, ging die Sonne bereits unter. Die vier Erwachsenen ließen eine Flasche Tequila kreisen und plauderten. Die anderen Zuschauer waren größtenteils jung, aber in Saras Augen waren sie vor allem hip. Schlanke Teenager in abgeschnittenen Jeans teilten sich Joints mit ihren Peter-Pan-gleichen Eltern, von denen die meisten ebenso viele Tätowierungen und Piercings aufzuweisen hatten wie ihre Kinder. Wenn das die Fans der Jeremiahs waren, verstand Sara nicht, warum Gavin die Nase gerümpft hatte.

Schließlich stürmte unter Begeisterungsrufen die Band auf die Bühne, ein Haufen verlotterter Geeks mit Westen und Halstüchern, üppiger Haarpracht und jugendlichem Flaum am Kinn. Als sie die ersten Akkorde ihres großen Hits spielten, sang Sara mit. Sie freute sich, den Text auswendig zu können, und lächelte liebevoll Caleb und Dash an, die im Takt die Fäuste in die Luft stießen. Beim zweiten Lied ging sie noch ein bisschen mehr mit und klopfte sich in synkopischem Rhythmus auf die Schenkel. Neil war im siebten Himmel, bewegte den Kopf auf und ab, flatterte mit den Augenlidern und wirkte wie ein Baby an der Brust. Auch wenn sie fand, dass er leicht schwachsinnig aussah, konnte sie nicht umhin, ihn um seine ungehemmte Freude zu beneiden. Auch Gavin schien sich einigermaßen zu amüsieren, doch möglicherweise wippte er auch nur Zuley zuliebe ab und zu mit, die immer noch auf seinen Schultern thronte. Lou wirkte jedenfalls alles andere als begeistert. Zwei- oder dreimal stellte sie sich auf die Zehenspitzen, formte die Hände zu einem Trichter und brüllte Gav etwas ins Ohr, worauf der mit schiefem Lächeln und Nicken reagierte.

Ein letzter stampfender Refrain, ein paar Noten von den Blechbläsern, und der Auftritt war vorbei. Jubelnd und grölend löste sich die Menge schließlich mit einem kollektiven Seufzer der Zufriedenheit auf.

»Also, was wollt ihr jetzt tun, Leute?« Gav hob die protestierende Zuley von seinen Schultern und rieb sich den Nacken. »Wenn wir uns beeilen, kriegen wir noch Billy Bragg im Spiegelzelt zu sehen …«

»Ich dachte, wir gehen Backstage«, sagte Sara.

»Oh Gott, muss das sein?« Gav verzog das Gesicht.

»Ich glaube, es ist besser, Gav. Ich bin mir ziemlich sicher, dass Will mich gesehen hat«, sagte Lou.

»Wer ist Will?«, fragte Sara.

»Der Keyboarder«, sagte Lou mitleidig lächelnd.

Als sie die Absperrung zum Künstlerdorf hinter sich gelassen hatten, war Sara gar nicht mehr so sicher, ob sie überhaupt herwollte. Auch wenn der geheiligte Ort, an den man sie führte, nur ein übergroßer Baucontainer mit der Aufschrift CATERING war, schien der Einlass an sich ein solches Prestige mit sich zu bringen, dass Sara sich unwürdig fühlte. Lou und Gavin wirkten wie immer lässig-glamourös. Sogar Neil mit seinen Bartstoppeln und den Chucks war einigermaßen akzeptabel. Doch Sara trug immer noch die Jeans und das T-Shirt, die sie schon den ganzen Tag angehabt hatte. Sie hatte Schweißflecken unter den Achseln, ihr Gesicht fühlte sich schmierig an, und ihr Haar war vor Hitze ganz schlaff. Das Einzige, was an ihrem Outfit in Ordnung war, war das Backstage-Armband.

Der Raum selbst war schlicht, nur für die Grundbedürfnisse der Band eingerichtet. Auf einem Tisch standen Getränkeflaschen und Snacks bereit. Auf ramponierten Sesseln saßen zwei gelangweilte Freundinnen von Bandmitgliedern. Die Musiker selbst liefen mit nacktem Oberkörper herum und tranken Bier. Sie wirkten erschöpft, aber heiter. Gavin und Lou gingen von einem zum anderen und begrüßten sie mit Fauststößen, Schulterklopfen und Luftküssen. Sie stellten Dash und Caleb als große Fans vor, und die Bandmitglieder posierten bereitwillig für Selfies. Neil plauderte mit dem Tontechniker, und Sara blieb eine Weile daneben stehen, bis sie sich gelangweilt einen Drink holte. Partyatmosphäre kam auf, es wurde lauter, und weitere Gäste trafen ein. Sara sah zu, wie der Raum sich mit Menschen füllte, die offenbar einen legitimen Grund hatten, dort zu sein, und fühlte sich noch mehr wie eine Hochstaplerin. Am anderen Ende des Raums unterhielten sich Lou und Gavin mit einem gut aussehenden Mann um die fünfzig, der trotz schlaffer Lider und Bauchansatz immer noch Rock 'n' Roll ausstrahlte. Das musste Mick sein, der Bandmanager. Gav hatte ihm kumpelhaft einen Arm um die Schulter gelegt und erzählte ihm irgendeine langwierige Geschichte, doch Mick hatte nur Augen für Lou. Weder das schlafende Kleinkind auf ihrem Arm noch die Nähe ihres Ehemanns konnten ihn nur eine Sekunde lang von ihrem Ausschnitt ablenken, den er mit den Blicken verschlang. Lou machte das offenbar überhaupt nichts aus. Im Gegenteil, es sah aus, als würde sie es genießen. Sara hätte fast Mitleid mit Gav empfunden, wenn sie nicht gewusst hätte, dass er selbst häufig solchen Versuchungen ausgesetzt war.

In der Nähe ertönten aufgeregte Stimmen. Dash und Caleb zankten sich am Kicker. Ihr Streit wurde so aggressiv, dass einige Gäste missbilligende Blicke in ihre Richtung warfen. Als Sara dazwischengehen wollte, kam Lou ihr zuvor.

»Ist wohl Zeit, dass sie nach Hause gehen«, rief sie ihr über den Lärm hinweg zu. »Wir kommen nach, sobald wir uns verabschiedet haben. Die Jungs können einfach mit euch gehen.« Sie drückte Sara die schlafende Zuley in die Arme. »Würde es euch etwas ausmachen, sie auch zu nehmen? Ich wusste, es war zu viel des Guten, die Kinder mitzubringen.«

»Bin ich jetzt das Kindermädchen oder was?« Sara stolperte über den Campingplatz, während Zuleys Kopf mit jedem Schritt gegen ihre Schulter stieß.

»Du weckst sie noch auf«, sagte Neil, der neben ihr herhastete. »Lass mich sie nehmen.«

»Ich hatte überhaupt nicht gesagt, dass ich gehen will«, fuhr Sara fort. »Sie ist einfach davon ausgegangen.«

»Sara, die Jungs können dich hören«, mahnte Neil sie.

»Ist mir scheißegal«, sagte sie. »Die hat vielleicht Nerven!«

Zuley hob wimmernd den Kopf, und Sara blickte schuldbewusst zu ihr hinunter.

»Armes kleines Ding, du gehörst schon seit Stunden ins Bett«, sagte Sara. »Da drin war es nicht gerade kinderfreundlich, oder? Der ganze Rauch. Und wer ist auf die tolle Idee gekommen, den Jungs Red Bull zu geben, verdammt noch mal?«

»Sie haben es sich selbst genommen«, sagte Neil. »Gut, dass sie nicht auf die Idee gekommen sind, sich beim Jack Daniel's zu bedienen. Aber ich verstehe nicht, warum du allen anderen die Schuld gibst. Du hast Gav doch gedrängt, weil du unbedingt die Band kennenlernen wolltest.«

»Ja, ich dachte, schnell ein Autogramm holen und dann weg«, zischte Sara, »und keine stundenlangen Liebesbekundungen. Hast du gesehen, wie dieser Typ Lou angegiert hat? Ich wusste gar nicht, wo ich hingucken sollte. Und das ist auch so was … Zuerst sind sie die uncoolste Band der Welt, und sie sich ansehen zu müssen ist total lästig, und dann heißt es: ›Will, ihr wart so fantastisch‹ und ›Mick, wir haben uns ja ewig nicht gesehen‹. Also wie denn jetzt? Verstehst du, was ich meine?«

Als sie ihr Zelt erreichten, zog Neil den Reißverschluss auf, und Sara kroch hinein, um Zuley auf Carols Luftmatratze zu legen. Ihre Windel war fast völlig durchnässt, doch daran ließ sich jetzt nichts ändern. Im Vorzelt versuchte Neil, die Jungen zur Ruhe zu bringen. Es hörte sich an, als würde gerade die Wirkung des Red Bull einsetzen.

# 20

»Hallo? Klopf, klopf. Möchte jemand Kaffee?«

Als Sara die Augen öffnete, schien ihr grelles Licht entgegen. Sie hatte hämmernde Kopfschmerzen und versuchte, sich zu bewegen, doch Patrick, der schlafend auf ihr lag, hinderte sie daran, und sein warmer, nach Heu duftender Atem blies ihr ins Gesicht. Sie rutschte ganz vorsichtig unter ihm hervor, damit er nicht auf das Knäuel tief schlafender Kinder um sie herum fiel.

»Ich komme«, grummelte sie und kämpfte sich zwischen den Kindern hindurch. Dann öffnete sie die Zeltklappe und kroch hinaus.

»Morgen!« Lou hielt Sara ein Papptablett hin, und sie nahm widerwillig einen der drei Kaffeebecher.

»Autsch!«, sagte Lou. »Du siehst so aus, wie ich mich fühle.«

Sara blickte hinunter auf ihre schlabberige Nachtwäsche und dann auf Lou, die in ihren ausgefransten Shorts und Blundstone-Stiefeln, das Haar zu zwei hübschen kleinen Zöpfen geflochten, reine Lebensfreude ausstrahlte. Sara konnte sich nicht zu einer Antwort durchringen.

»Tolle Party gestern«, sagte Lou.

Sara verzog das Gesicht.

»Wann seid ihr denn gegangen?«

»Ach, nicht lange nach euch«, sagte Lou. »Wir wollten noch die Kinder abholen, aber in eurem Zelt war es so still, dass wir lieber nicht stören wollten. Ihr müsst sie in Rekordzeit ins Bett geschafft haben.«

»Äh, eher nicht.«

Lou bewies genug Anstand, um ein wenig schuldig dreinzublicken, und eine peinliche Redepause entstand.

»Der Kaffee ist gut«, murmelte Sara.

»Ja, nicht wahr? Stammt aus Guatemala. Ich habe auch ein paar leckere Sachen fürs Frühstück. Kommt zu uns hoch, wenn ihr euren Kater überwunden habt. Wir machen euch was zu essen.«

»Geht das nicht hier unten?«, fragte Sara. »Dann müssen wir die Kinder nicht den Hang hochzerren.«

»Es ist ein bisschen sehr … öffentlich hier, findest du nicht?«, wandte Lou ein. »Und wir haben zum Frühstück einen Gast, der ein wenig mehr Privatsphäre sicher zu schätzen weiß.« Sie lächelte mysteriös.

Sara wusste, sie sollte fragen, wer der Gast war.

»Großartig«, sagte sie. »Meinetwegen.«

Doch als Sara und Neil später zum Zelt ihrer Freunde hochschlenderten, hatte sich ihre Laune schon leicht verbessert. Sie freute sich darauf, Gav zu sehen, und wenn sie ehrlich war, war sie auch neugierig auf den mysteriösen Gast. Denn für wen könnte auf einem Festival mit zehntausend relaxten Kiffern *Privatsphäre* ein ernsthaftes Problem sein?

Oben offenbarte sich ihnen des Rätsels Lösung auf einem Campingstuhl, in Kakishorts und T-Shirt mit der Aufschrift »Occupy Wall Street«.

»Ezra!«

Er warf ihnen einen argwöhnischen Blick zu, und Lou beugte sich zu ihm hinunter und flüsterte ihm etwas ins Ohr.

»Sara! Neil!«

»Was machst du denn hier?«, fragte Sara und eilte auf ihn zu, um ihn zaghaft auf beide Wangen zu küssen.

»Ich bin auf der Flucht«, antwortete er.

Lou zeigte mit dem Daumen auf ihn.

»Er ist vom Literaturfestival in Budleigh Salterton abgehauen«, sagte sie kichernd. »Sie fahnden nach ihm.«

Sara und Neil ließen sich neben Lou und Gav auf der karierten Decke nieder, genossen das unbestreitbar leckere Frühstück aus Spiegeleiern und Chorizo und hörten zu, was Ezra erzählte.

»Das muss man den englischen Bräuten lassen«, sagte er, während Eigelb von seinen Mundwinkeln rann, »sie lesen verdammt gern.«

»Sie lesen *dich* gern«, sagte Lou mit gekünsteltem Lächeln.

»Sie lesen jeden«, antwortete Ezra. »Unglückliche Memoirenschreiber, Fernsehköche, entmachtete Diktatoren, sogar Deepak Chopra, verdammt.«

»Hört sich ziemlich herablassend an«, sagte Neil.

»Vielleicht wenn du Deepak Chopra magst …«

Neil verschränkte unnachgiebig die Arme.

»Jaja, ich verstehe, was du meinst«, gestand Ezra ein, steckte sich einen letzten Brocken Brot in den Mund und sprach mit vollem Mund weiter: »Ich übertreibe natürlich um der dramatischen Wirkung willen. Aber wenn man dich bei einer Signierstunde festhalten würde und vor dir würde eine Schlange von Tussis stehen – es sind immer neunzig Prozent Frauen – von hier bis …« Er machte eine fragende Handbewegung.

»… Hay-on-Wye«, half Gav ihm.

»Ja … Dann wärst du auch ziemlich abgespannt.«

»Ich dachte, du magst Frauen«, sagte Lou vorwurfsvoll.

»Manche Frauen, ja«, entgegnete er mit frechem Grinsen.

»Also was liest du denn im Moment, Ezra?«, erlaubte sich Sara zu fragen.

»Im Moment, *Sara*, entdecke ich gerade das Werk eurer Doris Lessing.«

»Ach, ich hätte nicht gedacht, dass die nach deinem Geschmack ist.«

»Habe ich einen Geschmack?«

»Ich meine, war sie nicht eine große Feministin?«

»Im Gegenteil, sie ist herrlich frei von politischer Korrektheit. Sie tritt allen auf die Füße, durch die Bank, so wie es sich für einen ernsthaften Künstler gehört.« Er blickte sie an und hob bedeutungsvoll eine Augenbraue.

Vor Freude und Unglauben wurde sie rot. Hieß das etwa …? Er hielt ihren Blick fest und lächelte wissend und provozierend. Ja, er hatte ihren Roman gelesen. Sie musste sich bemühen, die Fassung zu wahren, so überrascht und geschmeichelt fühlte sie sich. Mehr noch, sie war bereit. Der Vorwurf der politischen Korrektheit war der, den sie am meisten fürchtete, doch hatte sie seine Kritik schon in vielen imaginären Gesprächen mit ihm entkräftet. Das war ihre zweitliebste Fantasie.

»Oh, natürlich«, sagte sie, und ein Adrenalinstoß brachte ihre Wangen zum Glühen. »Ich finde es auch richtig, Leuten auf die Füße zu treten. Aber ich glaube nicht, dass man dazu negative Klischees bestärken muss.«

»Das glaubst du nicht?« Ezra blickte sie zweifelnd an.

»Nein. Okay, der Drogendealer in meinem Buch ist schwarz. Bestenfalls könnte man das als Klischee auslegen und schlimmstenfalls als Rassismus. Aber davon lasse ich mich nicht beirren, denn es passt nun mal einfach zum Handlungsort.«

Ezra runzelte die Stirn und zündete sich eine Zigarette an.

»Aber das ist nicht der Grund, warum ich dieser moralisch zweifelhaften Figur eine Hintergrundgeschichte gegeben habe, die seine vielen positiven Eigenschaften aufzeigt. Dieser Gegensatz ist unbedingt notwendig, um zu erklären, warum er so von Nora fasziniert ist, die keine gewöhnliche Masochistin ist. Es wäre einfach gewesen, einen Schlägertyp aus ihm zu machen, aber dass ich ihm Tiefe verliehen habe, ist kein politisch korrekter Reflex, sondern literarische Qualität.«

Sie setzte sich auf und war ziemlich stolz auf sich. Ezra zog an seiner Zigarette, stieß den Rauch aus und schüttelte den Kopf.

»Darauf weiß ich nichts zu erwidern«, sagte er.

»Heißt das, du gibst mir recht?«, fragte Sara ein wenig misstrauisch. Er hätte sich wenigstens auf ein Streitgespräch einlassen können.

»Würde ich vielleicht, wenn ich nur die geringste Ahnung hätte, wovon du redest.«

Sara starrte ihn an und fühlte wieder ihre Wangen heiß werden, diesmal vor Demütigung. Dort saß er auf seinem Campingstuhl: ein Halbgott der Literatur, Zigarette zwischen den knorrigen Fingern, Beine ordentlich gekreuzt, einen Ausdruck freundlicher Verwirrung im Gesicht. Warum zum Teufel hatte sie sich eingebildet, er würde ihr Manuskript lesen? Offensichtlich hatte er nie einen Blick darauf geworfen und konnte sich auch nicht daran erinnern, dass man ihn darum gebeten hatte. Und wahrscheinlich hatte er auch nur eine vage Erinnerung daran, ihr schon einmal begegnet zu sein.

»Ach, ich hatte angenommen, du hättest etwas gelesen, was ich geschrieben habe. Das ist alles. Ich habe mich halt geirrt.«

Sie warf Lou einen verletzten Blick zu.

»Würde mir jemand bitte mal sagen, worum es geht?«

»Saras Roman, Ezra. Ich habe ihn dir geschickt.« Lou sah ihn mit weit aufgerissenen Augen an. »Er ist großartig. Wirklich vielversprechend. Vielleicht ist er in deinem Spam-Ordner gelandet. Er heißt *Nachhut*.«

»*Obhut*«, brummelte Sara.

»*Obhut*, ja. Vielleicht war der Anhang zu groß.«

*

Nachmittags schauten die Männer sich eine Bluegrassband an, während Sara und Lou mit den Kindern zu einem Zirkus-Workshop gingen.

»Das erinnert mich an früher«, sagte Lou, als sie in der Schlange standen und ihnen der typische Zirkuszeltgeruch von Segeltuch und Sägemehl entgegenströmte.

»Du Glückliche«, sagte Sara. »Wir waren nie im Zirkus. Meine Mutter fand das zu gewöhnlich.«

»Ach, wir haben auch nie einen besucht«, sagte Lou. »Aber ich war selbst mal beim Zirkus.«

Natürlich, dachte Sara, wie sollte es anders sein.

»Habe ich dir etwa nie von ›Fünf Faden Tief‹ erzählt?« Lou schien erstaunt über ihr Versäumnis. »Es war vermutlich kein richtiger Zirkus, eher so ein Bewegungstheater, auch wenn man das früher nicht so genannt hat. Aber wir haben in einem Zelt wie diesem geübt. Der Gründer war Jerzy Novak, ein unglaublich begabter Pole. Er ist mit Beth verheiratet, du weißt schon, die von den ›Kleinen Wichten‹, die mit uns …«

»Puppen basteln will«, beendete Sara den Satz und nickte. Sie hatte gerade an das Puppenbauen und den Gitarrenunterricht und all die anderen Aktivitäten gedacht, die sie und Lou Tag für Tag planen und beaufsichtigen mussten, wenn ihr Heimunterricht erst einmal lief.

»Jetzt ist er Alkoholiker. So traurig«, sagte Lou. »Aber damals war er einfach unglaublich. Was der Mann alles mit seinem Körper anstellen konnte … Ich war ein bisschen verliebt in ihn. Das hat meine Eltern fast wahnsinnig gemacht. Ich habe damals zwar die Schule vermasselt, aber auf den Händen laufen kann ich immer noch. Schau mal!«

Plötzlich starrte Sara auf Lous Fußsohlen. Ihre Freundin balancierte auf Händen an der Schlange verdutzt aussehender Familien vorbei, das Kleid war ihr übers Gesicht gefallen, und nur schwarze Leggings bedeckten ihre Scham. Als sie mit einem behänden Rückwärtssalto wieder auf die Füße kam, brachen die Leute in Gelächter und Applaus aus.

Nachdem die Kinder angemeldet waren, nahmen alle auf Bänken Platz, und zwei Trainer mit fantasievollen Piercings, Hepzibah und Dave, erklärten den Kids, welches Verhalten an einem Ort wie diesem cool und uncool war, damit niemandem etwas geschah. Als sie dann auflisteten, zwischen welchen Aktivitäten man auswählen konnte, nahm die Aufregung deutlich zu. Für jede Disziplin wie Bodenakrobatik, Stelzenlaufen oder Einradfahren gab es eine Matte als Treffpunkt. Dash und Caleb entschieden sich fürs Jonglieren, doch die kleineren Jungen rannten mal hier- und mal dorthin, weil sie sich nicht entscheiden konnten, und mit jeder vergeudeten Sekunde wurde die Auswahl geringer.

»Bodenakrobatik!«, brüllte Patrick und packte Arlo beim Ärmel, doch bevor sie sich die letzten beiden Plätze sichern konnten, fing Lou sie ab, beugte sich mit gefalteten Händen zu ihnen hinunter und redete auf sie ein. Sara konnte wegen des Lärms nicht hören, was sie sagte, doch

Lou wies immer wieder mit dem Kopf auf eine andere Matte, die ausgesprochen unbeliebt zu sein schien. Patrick warf Sara einen flehenden Blick zu. Gerade wollte sie schon aufstehen, um einzugreifen, als sie sah, dass die letzten Plätze für Bodenakrobatik bereits vergeben und auch alle anderen Matten voll waren. Also setzte sie sich mit resigniertem Schulterzucken wieder hin.

»Pantomime!«, sagte Lou, als sie mit zufriedener Miene zurück an ihren Platz kam. »Ich war schon immer der Ansicht, dass das was für Arlo ist. Es kann ihm bei seinen Problemen helfen.«

Sara wollte gerade sagen, dass es nicht unbedingt etwas für Patrick war, als er schon mit vorgeschobener Unterlippe zur Bank gestampft kam. Als sie den Arm um ihn legen wollte, schüttelte er ihn ab.

»Ach komm, Pat«, sagte sie beschwichtigend. »Mr. Bean fandest du doch früher ganz toll.«

»Ja, als ich fünf war!«

»Das wird total super.« Lou schien Patricks Enttäuschung kaum wahrgenommen zu haben. Sie tänzelte begeistert hin und her und stupste Sara an.

»Der Typ, der den Workshop leitet, ist beim *Théâtre de Complicité*! Was für einer Ehre. Patrick?« Sie stand auf und streckte ihre Hand aus. »Es ist noch nicht zu spät, es dir zu überlegen.«

Er schaute sie mit steinerner Miene an. Lou zuckte mit den Schultern und setzte sich wieder, wobei sie Sara einen so mitleidigen Blick zuwarf, als wäre ihr Sohn ein Krimineller.

Von der Bank aus schauten sie zu, wie die verschiedenen Gruppen übten, während das Lachen und Johlen der Kinder vom Zeltdach widerhallte. Sara war froh über den Tumult, denn sie hatte keine Lust zu reden, und Patrick offensichtlich auch nicht. Sie war fast so wütend auf sich selbst wie auf Lou. Und sie konnte nichts mehr tun, um den drohenden Hausunterricht noch aufzuhalten. Es würde geschehen. Und die Welt schaute zu. *Carol* schaute zu. Doch Sara musste sich besser für die Belange ihrer Kinder einsetzen als hier.

Nach einer Weile bemerkte sie, wie Lou unruhig hin und her rutschte. Sie griff unter die Bank, hielt ihr Ohr horchend nach unten, als würde sie von dort ein Geräusch hören, das sie neugierig machte. Sara reagierte nicht. Sie würde ihr albernes Heischen um Aufmerksamkeit einfach ignorieren. Diese Frau merkte nicht einmal, was sie tat, sie war wie ein Kind. Doch Lou machte weiter. Sie kniete nun im Gras, späte zwischen Patricks Füßen hindurch und streckte die Hand aus.

»Was ist denn los?«, fragte Sara schließlich.

»Schhh!« Lou legte lächelnd einen Finger auf die Lippen. Unfreiwillig neugierig beobachtete Sara, wie Lou Daumen und Zeigefinger aneinanderrieb, als wollte sie ein kleines Tier anlocken. Sara legte die Hände schützend um ihre Knie und rückte ein wenig ab, für den Fall, dass es sich um eine Ratte handelte. Lou schien vorsichtig, aber ohne Angst. Sie gab seltsame Balzlaute von sich. Auch Patrick hatte es nun bemerkt, und obwohl er zuerst Gleichgültigkeit vortäuschte, siegte schließlich seine Neugier.

»Was ist da?«, fragte er Sara lautlos. Sie zuckte mit den Schultern, und beide schauten wieder zu. Plötzlich schreckte Lou zurück. Was es auch war, es setzte sich in Bewegung. Patrick quietschte, und Lou bedeutete ihm, ruhig zu sein. Sie kroch etwa einen Meter über den Boden und streckte die Hand aus, als hätte sie Futter darin. Sie hielt den Atem an, beugte sich vor, spannte jede Sehne an und schien kurz davor, das Vertrauen des Wesens zu gewinnen. Dann packte sie plötzlich zu und stand mit einer ungelenken Drehbewegung und einem triumphalen Blick auf. Sara starrte sie verwirrt an. Lous seltsame Haltung, ihre verzückte Miene und die Streichelbewegungen der rechten Hand hätten vermuten lassen, dass sie ein recht großes Tier in den Armen hielt – ein Kaninchen etwa. Darum musste Sara zweimal hinschauen, um ganz sicher zu sein, aber nein, sie hatte sich nicht geirrt: Da war einfach nichts. Sie spürte ein verlegenes Kribbeln im Nacken und glühte vor Scham. Sie ist tatsächlich verrückt, dachte Sara. Doch dann fiel ihr Blick auf Patrick, der seinen Groll vergessen hatte, mit großen Augen lächelte und auf Lous stumme Aufforderung hin näher kam, um das Phantomwesen zu streicheln.

# 21

Lou hatte recht gehabt: Das Festival war eine Art Exkursion gewesen. Wie viel die Kinder dabei gelernt hatten, war nebensächlich, aber für Sara war es eine sehr lehrreiche Erfahrung gewesen. Die wichtigste Lektion war vielleicht, dass Hass und Liebe untrennbar miteinander verwoben waren. Auch wenn Lous selbstverliebtes Verhalten Sara oft genug den Atem verschlagen hatte, hatte sie das immer wieder mit ihrem Charme wettgemacht. Jede schockierende Kaltschnäuzigkeit glich sie durch ihre Großzügigkeit wieder aus. Jedes harte Wort machte sie durch liebevolles Handeln wieder gut. Mitzuerleben, wie Patrick durch Lous ungewöhnliche Performance die Möglichkeiten der Pantomime verstand, hatte Sara tief bewegt. Es erinnerte sie wieder daran, warum sie sich so um Lous Freundschaft bemüht hatte. Und doch spürte sie nur noch Hass.

Die Rückreise hatte alles noch schlimmer gemacht. Sie hatten vereinbart, dass Arlo bei Sara und Neil mitfuhr, damit im Humber Platz für Ezra war. Für Sara kein Problem, bis sich Arlo anderthalb Stunden nach ihrer Abfahrt projektilartig über den ganzen Rücksitz erbrach.

»Hätte Ezra nicht mit dem Zug fahren können? Er ist ja nicht gerade knapp bei Kasse«, zischte Sara Neil an, während sie Küchenpapier nach hinten reichte.

»Das konnte ich ja wohl nicht sagen, oder?«, verteidigte sich Neil. »Er stand direkt daneben. Wir hatten einen Sitz frei, sie einen zu wenig. Wenn ich gewusst hätte, dass Arlo losreihern würde, klar. Aber ich bin doch kein Hellseher.«

»Ist es nicht komisch?«, sagte Sara bitter und öffnete das Fenster, um frische Luft hereinzulassen. »Immer kriegen wir die Kinder aufgehalst. Oh Gott, es geht schon wieder los!«

»Verdammte Scheiße!«, sagte Caleb. »Du musst anhalten, Dad, hier ist alles voller Kotze.«

»Ja, Caleb. Aber benutz nicht solche Wörter. Ich suche ja nach einer Stelle, wo wir anhalten können. Aber wir sind auf der Autobahn.«

Sara blickte besorgt nach hinten. Patrick saß ungewöhnlich still da und war auch ganz blass geworden.

»Die Abfahrt nach Staines kommt gleich«, sagte Neil nervös.

»Oh Gott«, sagte Sara. »Ist das dein Ernst?«

»Natürlich macht es mir nichts aus«, sagte Saras Mutter. »Kommt alle rein. Nur … wie heißt er? Arlo? Wenn du einen Moment im Windfang warten könntest, Arlo, mein Schatz, bis ich dir frische Kleidung gebracht habe? Oje, dir geht es wirklich nicht gut, was?«

Saras Mutter war in Krisen schon immer aufgelebt. Sie lief nun geschäftig hin und her, stellte die Dusche an, holte saubere Kleidung und gab Saras Stiefvater Anweisungen zur Dampfreinigung des Autos. Doch für Arlo war diese überschäumende Fürsorglichkeit einfach zu viel. Er war spartanische Verhältnisse mit harten Fußböden und liebevoller Strenge gewohnt, bei denen seine Bedürfnisse stets hinter denen anderer zurückstanden. Nach diesem Wochenende, an dem auch noch die letzten fragilen Grenzen, die er gewohnt war, gefallen waren und er unregelmäßig geschlafen und gegessen, mit Rockstars rumgehangen hatte, auf einer imaginären Rolltreppe gefahren war und sich in einem fremden Auto erbrochen hatte, waren der weiche Wiltonteppich und die parfümierte Matrone, die ihn verhätschelte, mehr, als er aushalten konnte. Er zog sich in eine Ecke des Sofas zurück und schluchzte leise.

»Armer kleiner Junge, er will zu seiner Mummy, nicht wahr, Schatz?« Saras Mutter tätschelte ihm die Schulter und zog ein Taschentuch aus ihrem Ärmel.

»Er wird schon wieder, Mum«, sagte Sara. »Wir fahren los, sobald das Auto trocken ist.«

Aber nun, da Saras Mutter ihm den Gedanken eingepflanzt hatte, ließ Arlo ihn nicht wieder los.

»Ich wiiill zu meiner Muh-ahaha-ummy«, schluchzte er so herzerweichend, dass sie beschlossen, Lou anzurufen.

»Ich setze schon mal Teewasser auf«, sagte Saras Mutter.

»Nicht nötig«, sagte Sara schnell. »Sie kommen sowieso nicht rein.«

Richard reckte das Handgelenk aus seinem Köperhemdsärmel, um auf die Uhr zu schauen.

»Können sie ruhig, Sara. In London ist um diese Zeit doch kein Vorankommen.«

Und damit schwand Saras letzte Hoffnung, den Zusammenstoß zweier feindlicher Planeten zu vermeiden, und sie machte sich auf die bevorstehende Katastrophe gefasst.

Als der Humber vorfuhr, wirkte er neben all den BMW und Audis wie von einem anderen Stern. Die Türen öffneten sich, und der Geruch von Leder strömte ihnen entgegen, zusammen mit dem typischen Duft des Sheedy-Cunningham-Klans – eine Mischung aus dem anheimelnd feuchten Dunst ihres Hauses, Lous unverwechselbarem Parfüm und einer nicht näher zu bestimmenden Substanz, Pheromone vielleicht.

*

»Schnell eine Tasse Tee, und dann machen wir uns auf«, murmelte Sara Lou entschuldigend zu und führte die Gruppe die gepflasterte Doppelauffahrt entlang. »Sie wollen nur gastfreundlich sein.«

Doch Lou zeigte keine Eile.

»Was für ein wunderschönes Haus, Mrs. Wells«, sagte sie und drehte ihren Charme voll auf. »Ich kann Ihnen gar nicht genug für Ihre Hilfe mit Arlo danken.«

»Eigentlich Mrs. *Wentworth*-Wells, Louise. Ich war so altmodisch, dass ich bei unserer Hochzeit Richards Namen angenommen habe. Aber natürlich wollte ich Saras verstorbenem Vater gegenüber nicht respektlos erscheinen, also habe ich jetzt einen Doppelnamen. Um ehrlich zu sein, bei anderen Leuten finde ich es prätentiös, aber so ist es eben. Sie können mich Audrey nennen.«

»Hallo, Audrey«, sagte Gavin mit gewinnendem Lächeln.

»Und Sie sind die Nachbarn, nicht wahr?«, sagte Saras Mutter und taxierte sie mit geübtem Blick. Sara hoffte nur, sie würde nicht draufkommen, doch Gavin und Lou hätten nicht mehr wie Künstler aussehen können, wenn sie es versucht hätten. Um den Schaden zu begrenzen, musste Sara alles tun, um das Thema Hausunterricht zu vermeiden, denn die Kluft zwischen den Ansichten ihrer Mutter und denen ihrer Freunde war nicht zu überbrücken. Das einzig Gute am bisherigen Verlauf der Dinge war Ezras Entscheidung, im Wagen zu bleiben.

Alle zogen im Windfang die Schuhe aus, wie es die Höflichkeit gebot, und gingen ins Haus.

»Hey Kleiner, fühlst du dich besser?« Gavin hob den frisch geduschten Arlo auf seinen Schoß, und der Junge vergrub sein Gesicht am Hals des Vaters.

»Sara war genauso«, sagte ihre Mutter liebevoll, während sie Teetassen verteilte. »Weißt du noch, Darling? Du bist immer reisekrank geworden, wenn wir mit dem Auto in Urlaub gefahren sind.«

»Ich kann mich an genau ein Mal erinnern«, sagte Sara.

»Aber nein, es ist sehr oft passiert. Zum Beispiel als wir zu Gails Hochzeit gefahren sind. Wir saßen erst zwanzig Minuten im Auto, als du …«

»Danke, Mum.«

»Das Wichtige ist, dass man vorbereitet ist. Ich hatte immer ein paar Plastiktüten im Handschuhfach …«

»Wir hatten auch Plastiktüten.«

»Und du hättest den Sitz mit Zeitungen auslegen müssen, wenn du wusstest, dass ihm beim Autofahren schlecht wird.«

»Ach, normalerweise wird ihm nicht schlecht«, sagte Lou, und Sara blickte sie ungläubig an.

»Aber wahrscheinlich ist er einfach an unsere alte Karre gewöhnt. Neue Autos wie eures riechen so synthetisch, das kann ziemlich unangenehm sein. Und außerdem sind richtige Autos so hermetisch abgedichtet, nicht wahr? Nicht wie unsere Rostlaube. Bei uns wehen selbst bei geschlossenen Fenstern richtige Sturmböen durch.«

Alle lächelten amüsiert über ihr entzückend sonderbares Gefährt mit all seinen Macken, die sich (wer hätte das gedacht?) als versteckte Vorzüge entpuppten.

»Also ja, es könnte am Auto gelegen haben«, fuhr sie fort, »aber ich glaube, es war eher die fortgeschrittene Uhrzeit.«

Sara packte das Sofakissen auf ihrem Schoß, doch bevor sie entscheiden konnte, ob sie es auf Lou schleudern oder hineinbeißen sollte, erschien Ezras Gesicht im Türrahmen.

»Sorry, Leute«, sagte er, »kann mir jemand sagen, wo der Pott ist?«

Als Saras Mutter begriffen hatte, dass Ezra allem Anschein zum Trotz kein Stadtstreicher aus der Bronx war, der durch ein Wurmloch in ihre Westlondoner Vorstadtidylle gefallen war, sondern ein bedeutender Schriftsteller – und ihr zudem einfiel, dass sie ganz sicher ein Radiointerview mit ihm gehört hatte –, wusste Sara, dass sie niemals wegkommen würden.

»Aber es macht doch ü-ber-haupt keine Umstände«, beharrte sie. »Ich habe selbst gemachte Lasagne in der Kühltruhe, und, Sara, es dauert noch mindestens eine Stunde, bis ihr das Auto wieder benutzen könnt. Das Vernünftigste wäre, wenn ihr alle über Nacht bleiben würdet.«

»Ach nein, Mum, wir müssen nach Hause«, sagte Sara hastig. »Wir essen was und fahren dann los.«

Es war schon erstaunlich, wie ihre Mutter instinktiv Strategien des Kalten Kriegs anwandte, um aus einer schnellen Tasse Tee ein Abendessen werden zu lassen. Noch überraschender war, dass offenbar alle, einschließlich Ezra, dafür zu haben waren.

Sara versuchte, ihre Mutter dazu zu überreden, das Essen in der Küche zu servieren, doch das kam für sie nicht infrage. Stattdessen aßen sie in ihrem mausoleumartigen Esszimmer an einem Rosenholztisch samt Platzsets, Essig- und Ölständer und Waterford-Kristall.

»Ezra, kann ich Sie mit ein wenig Lasagne locken?«, fragte Saras Mutter in lässigem Ton, der jedoch nicht ganz verbergen konnte, wie sehr sie den exotischen Klang des Namens genoss.

Wäre Sara nicht so angespannt gewesen, hätte sie vielleicht die Komik darin gesehen, wie ihre Mutter um diesen Giganten der Literaturszene herumscharwenzelte, eine Frau, die ebenso unbezähmbar war wie Ezra selbst. »Ich hoffe, Sie sind kein Vegetarier.«

»Nein, Ma'am«, sagte Ezra, der dankbar zusah, wie sie ihm eine großzügige Portion servierte. Es schien ihm hier zu gefallen, und Sara wurde klar, dass diese für ihn ein Einblick in eine Welt war, die er sonst nie kennengelernt hätte. Genau wie sie es aus rein anthropologischer Sicht faszinierend gefunden hätte, mit einem Haufen gottesfürchtiger Texaner *grits* mit *red-eye gravy* zu essen. Wahrscheinlich machte er sich im Kopf Notizen.

Auch Gavin schien interessiert an der simplen Ästhetik dieser Normalbürger. Als Sara sah, wie sein kritischer Blick über die Kunst an den Esszimmerwänden glitt, zuckte sie innerlich zusammen. Schwierig zu sagen, was beklagenswerter war – die langweiligen, an eine Hotellobby erinnernden Impressionistendrucke ihrer Mutter oder Richards vulgäres Jack-Vettriano-Original, das einen Ehrenplatz über dem Gaskamin mit Dekokohle einnahm. Sie schaute Gav mit einem Blick an, der amüsierte Weltgewandtheit ausdrücken und vermitteln sollte, dass sie dies alles auch unmöglich fand, aber man es ertragen musste, weil es nun einmal die Familie war.

»Ich höre, Sie sind Filmregisseurin, Louise«, sagte Saras Mutter, entfaltete mit einer schwungvollen Bewegung eine Serviette und setzte sich endlich.

»Autorin und Regisseurin«, sagte Lou.

»Das ist sicher interessant.«

»Ja.« Lou schien ungewöhnlich zurückhaltend.

»Und wann dürfen wir uns Ihr jüngstes Werk anschauen?«

»Der Film wird sicher nicht im Staines Odeon gezeigt, Mum«, bemerkte Sara matt.

»Ach, du kennst mich doch, Sara«, sagte ihre Mutter. »Wenn es um Kultur geht, werde ich völlig meschugge und nehme auch den weiten Weg in die Stadt auf mich.«

Dass ihre Mutter plötzlich jiddische Wörter verwendete, war fast so surreal wie die Vorstellung, dass sie ins West End pilgern würde, um sich einen avantgardistischen Kurzfilm anzuschauen. Sara grinste in sich hinein.

»Nun, es wird noch eine Weile dauern, bis der Film in Großbritannien rauskommt«, sagte Lou vage und wandte sich Zuley zu. Sara spürte ein leichtes Unbehagen. Lou hatte *Cuckoo* während des ganzen Festivals nicht erwähnt. Auch wenn sie eine Geheimniskrämerin war, hätte sie ihren Investoren doch wohl mitgeteilt, wenn sie den erhofften Deal mit einem Verleih gelandet hätte.

Caleb und Dash saßen am anderen Ende des Tischs bei Saras Stiefvater, mit dem sie sich gut zu verstehen schienen.

»Dann erzählt mal, wen ihr bei dem Popkonzert gesehen habt«, sagte Richard.

»Es war ein Musikfestival«, antwortete Caleb freundlich. »Wir haben verschiedene Gruppen gesehen.«

»Aber welche hat euch am besten gefallen? Ich muss mich auf dem Laufenden halten, morgen kommen meine Enkel zu Besuch.«

»Die Jeremiahs«, antwortete Caleb.

»Ja, die Jeremiahs waren voll fett«, sagte Dash.

»Oje.« Richard, der dabei war, sich sorgfältig einen Happen Lasagne auf die Gabel zu schieben, hielt inne. »Aber doch nicht so fett, dass sie es nicht auf die Bühne geschafft hätten, oder?«

Dash und Caleb blickten sich ungläubig grinsend an.

»Ja«, sagte Dash ganz ernst, »sie wurden auf die Bühne gehievt. Die Jeremiahs sind so was von professionell. Wollten ihre Fans nicht enttäuschen.«

Caleb lachte schnaubend, und Sara warf ihm einen bösen Blick zu.

»Und wie war die Verpflegung?«, fragte Richard verunsichert.

»Die war auch voll fett«, sagte Caleb, ohne eine Miene zu verziehen.

»Vielleicht ist das dem kleinen Burschen nicht bekommen«, sagte Richard und wies mit dem Kinn auf Arlo, der missmutig seine Lasagne auf dem Teller hin und her schob.

»Ja, kann gut sein. Vollfett bekommt nicht jedem«, sagte Dash ernst.

Das war zu viel für Caleb, der von seinem Stuhl rutschte und sich hilflos lachend den Bauch hielt – oder, wie Sara vermutete, die Heiterkeit nur spielte, um Dash zu schmeicheln. Es war wahrscheinlich weniger Dashs Durchtriebenheit oder der üble Scherz, den er sich erlaubte, sondern vor allem die Speichelleckerei ihres Sohns, die einen empfindlichen Nerv bei ihr traf.

»Dashiell!«, zischte sie, als der Junge den Mund öffnete, um die Sache weiterzutreiben. Er begegnete ihrem Blick, unschuldig wie ein Chorknabe. Unterhaltungen und Besteckklappern verstummten plötzlich. Sara war sich bewusst, dass Lou sie anschaute. Sie hielt Dashs Blick noch einen Moment fest und gab dann auf.

»Würdest du mir bitte das Brot reichen?«

Er reichte es mit übertriebener Höflichkeit über den Tisch. Nach einer kurzen Pause wandte man sich wieder dem Essen und den Gesprächen zu. Neil unterhielt sich mit Richard über Golf, Lou stapelte schmutziges Geschirr auf, und die Jungen nahmen sich Schalen mit Trifle.

»Ich bin so froh, dass ich das Buch gelesen hatte, bevor ich den Film gesehen habe«, sagte Saras Mutter. Erstaunlicherweise schienen sie und Ezra sich in der Zwischenzeit angefreundet zu haben. »Um welches Buch geht's denn, Mum?«, fragte Sara mit ungutem Gefühl.

»*Gute Geister*. Ezra und ich unterhalten uns über amerikanische Literatur. An sich war der Film nicht schlecht, aber man stellt sich die Figuren immer ein wenig anders vor, als sie auf der Leinwand dargestellt werden. Es muss ziemlich frustrierend sein, wenn man sie selbst geschaffen hat. Ist von Ihnen auch schon mal ein Buch verfilmt worden, Ezra?«

»Nein, Ma'am«, antwortete er. »Ich schreibe wohl nicht die richtigen Bücher.«

»Also ernsthaft, Ezra«, warf Gavin ein, »hat wirklich noch niemand eine Filmoption für *Appalachia* gekauft? Das überrascht mich aber. Was die Coen-Brüder wohl aus dem Stoff machen würden?«

»Nein.« Ezra schüttelte bedauernd seinen angegrauten

Kopf. »Mein Agent war mit den Leuten von Francis Ford Coppola in Verhandlung, aber es ist nichts draus geworden. Wenn der Regisseur des besten Films aller Zeiten sagt, dein Buch ist unverfilmbar, dann bist du so ziemlich gefickt.« Saras Blick schoss ängstlich zu ihrer Mutter, doch die gestattete Ezra anscheinend alles.

*»Der Pate zwei!«*, brüllte Richard über den Tisch.

Alle blickten ihn an.

»Er hat vergessen, seine Medizin zu nehmen«, sagte Saras Mutter leise.

»Bingo!«, brüllte Ezra zurück und zeigte mit seinem Messer auf Richard. »Auf jeden Fall der zweite Teil. Viel differenzierter als der erste und aufrichtiger als der dritte. Dieser Mann versteht was von Film.«

Die Trifle-Schalen wurden leer geschabt und aufeinandergestapelt. Dann kam der »Kaffee«, eine so fade Brühe, dass der oft geschmähte Cappuccino von Rumbles dagegen göttlich erschien. Bald, sagte Sara sich, bald würde sie dieser Hölle entkommen, und sie könnten alle nach Hause fahren.

Nachdem sie Ezras ruhmreiche Karriere durchgenudelt hatte, fühlte sich Saras Mutter dazu angespornt, sich Gavin zuzuwenden. Sein Name kam ihr bekannt vor, beharrte sie, obwohl sie nicht ganz auf dem neusten Stand sei, was moderne Kunst anging. Waren es vielleicht seine Werke, die sie kürzlich in der Zeitschrift *Country Living* gesehen hatte? Hatten sie den Hof eines Anwesens in der Provence geziert? Gavin hielt es für unwahrscheinlich.

»Macht ja nichts.« Saras Mutter beugte sich über den Tisch und tätschelte ihm das Handgelenk, als wäre ihre mangelnde Vertrautheit mit seinem Werk nicht auf ihre Ignoranz, sondern auf seine Unbekanntheit zurückzuführen. »Erklären Sie mir doch einfach, was Sie machen.« Sara wurde vor Scham ganz klein, aber Gavin schien es überhaupt nichts auszumachen.

»Es handelt sich vermutlich um eine Art Bildhauerei«, sagte er, »insofern, als meine Arbeiten dreidimensional und figurativ sind. Doch ich mag diese Bezeichnung nicht, weil sie mich in eine Tradition stellt, in der ich mich nicht zu Hause fühle: monolithisch, wortwörtlich in Stein gehauen. Aber für mich bedeutet Kunst, herumzuspielen – wie ein Kind. Je weniger man sich vornimmt, ›große Kunst‹ zu machen, desto größer die Chance, etwas wahrhaft Großartiges zu schaffen. Deshalb habe ich, zumindest bis vor Kurzem, immer mit billigen Materialien gearbeitet – Gips und Draht. Meine fertigen Skulpturen wären für andere Künstler erst der Beginn der Arbeit, nur ein Modell für das eigentliche Werk.«

»Also wenn ich richtig verstehe, handelt es sich um weiße Gipsstatuen?« Saras Mutter machte ihr Sudoku-Level-drei-Gesicht.

»Ja, eigentlich eher Figuren als Statuen und selten lebensgroß. Ich experimentiere viel mit der Oberflächenstruktur. Also, ich verwende gefundene Gegenstände – Glasscherben, Federn, sogar Ringe von Coladosen –, um alles ein bisschen schmutziger zu machen.«

»Sie mögen es gern schmutzig?«

Da im Hirn von Saras Mutter ein Kurzschluss zu drohen schien, konnte sich Sara nicht länger bremsen.

»Nicht alles muss immer *nett* sein, Mum«, blaffte sie. »Gavin versucht, dir zu erklären, dass das Material die Bedeutung des Kunstwerks widerspiegelt. Wenn es einen Menschen darstellt, der sich vor Qualen krümmt, passen dazu scharfe Kanten oder geschwürartige Knoten und Beulen, die dieses Gefühl vermitteln – und dem Betrachter eine emotionale Beziehung zum Kunstwerk ermöglichen. Und dass es sich schwerer abstauben lässt, bedeutet nicht, dass es künstlerisch minderwertig ist. Eher im Gegenteil.«

»Verstehe«, sagte Saras Mutter, und ihre Augen funkelten gekränkt. Sara blickte trotzig in die verlegenen Gesichter der anderen Erwachsenen.

»Nun, was für ein wunderbarer Abend«, sagte Lou mit versöhnlichem Lächeln. »Vielen Dank für Ihre Gastfreundschaft, Audrey. Kaum zu glauben, dass Sie diese herrliche Mahlzeit aus dem Nichts gezaubert haben. Aber wir sollten uns jetzt wohl besser auf den Weg machen. Die Kinder müssen ins Bett.«

# 22

Das Haus wirkte bei ihrer Rückkehr so vernachlässigt, als wären sie länger als nur ein Wochenende weg gewesen. Auf der Fußmatte unter dem Briefkastenschlitz stapelte sich die Werbung, in den Ecken hatte sich Staub angesammelt, und die Glühbirne im Flur war hinüber. Sara lief geschäftig umher und versuchte, dem Haus wieder Leben einzuhauchen, lud die schmutzige Wäsche im Wirtschaftsraum ab und packte die unverbrauchten Lebensmittel weg – ramponierte Kartons mit Frühstücksflocken und einen einsamen fleckigen Apfel. Dann ließ sie für die Jungen ein Bad ein und steckte ihnen Wärmflaschen in die Betten. Ungewöhnlich für die Jahreszeit, doch das Haus kam ihr kühl vor.

Später im Bett hallte Saras Flüstern von der hohen Decke wider.

»Ich hätte nie gedacht, dass mir Camping gefallen würde.«

»M-hm.«

»Wir sollten uns auch ein Zelt zulegen.« Sie griff unter der Decke nach Neils Hand.

»Vielleicht.«

Sie drehte sich zu ihm und legte den Kopf in seine Armbeuge. Eine Weile lagen sie schweigend da.

»Was du da mit mir getan hast …«, flüsterte sie.

»Hmm?«

»Das hat mir gefallen.«

Mit der herablassenden Verlegenheit eines Menschen, der Kleingeld für eine gute Sache spendete, umfasste Neil ihre Brüste. Sie forcierte ein leises Stöhnen, doch seine Hand blieb bewegungslos liegen. Als sie mit dem Zeh an seiner Wade entlangfuhr, drückte er ihre Brust, doch dann erschlaffte seine Hand, und sein Atem wurde tiefer. Als sie sicher war, dass er entweder schlief oder den Schlaf mit solcher Inbrunst vortäuschte, dass er jedes Recht auf Protest verwirkt hatte, schob sie sich eine Hand zwischen die Schenkel und brachte sich in stillem Ärger selbst zum Orgasmus.

Der Geruch seines Rasierwassers, streng und zitrusartig, weckte sie auf. Er trug es nur zur Arbeit.

»Ich frage mal Steve Driscoll, ob er sich den Riss ansieht. Es könnte sich um einen Schaden an der Bausubstanz handeln«, sagte er.

Warum erzählst du mir das? dachte sie. Das ist mir so was von egal.

»Okay«, murmelte sie und schloss wieder die Augen.

»Sara.«

Halt die Klappe, dachte sie.

»Sara?«

»Was denn?

»Du hast gesagt, ich soll dich wecken, bevor ich gehe. Erster Schultag.«

Saras Stimmung hob sich. Sie würde die Jungen zur Schule bringen und den Tag damit verbringen, E-Mails an Verlage zu schreiben.

Dann fiel es ihr wieder ein.

»Ja, ich habe alles im Griff«, sagte sie.

Nichts hatte sie im Griff, ganz und gar nicht. Wenn sie an die Aufgabe dachte, die vor ihr lag, fühlte sie sich mutlos und niedergeschlagen und hatte deshalb sofort ein schlechtes Gewissen. Doch dann empfand sie etwas wesentlich Angenehmeres und Vertrauteres, nämlich Groll gegen Neil, der diese Gefühle in ihr geweckt hatte.

*

»Was ist denn da drin?«, fragte Patrick und ließ seinen Blick über die Reihe bunter Stapelboxen unter dem Küchenfenster schweifen, die jeweils mit einem Etikett für ein anderes Fach versehen waren.

»Unterrichtsmaterial«, sagte Sara, »Bücher, Schreibzeug, Ratespiele …«

Patricks Gesicht hellte sich auf.

»Kann ich ein Ratespiel machen?«, fragte er.

»Möchtest du dich nicht lieber erst mal anziehen?«

»Nein.«

Es macht ja nichts, wenn er den Schlafanzug anbehält, dachte Sara. Darum geht's doch eigentlich beim Heimunterricht: die Grenzen zwischen Leben und Lernen abbauen, alles entspannt angehen.

»Da, bitte.« Sie legte ihm ein bedrucktes Blatt hin. Dann

suchte sie in ihrem Papierstapel nach einem Ratespiel zum selben Thema, das Calebs Alter entsprach. Caleb schaute es sich kurz an und faltete es sogleich mit fröhlichem Lächeln zu einem Flugzeug, das er durch die Küche segeln ließ. Eigentlich wäre das typisch Dash, dachte Sara, es ist eine bewusste Provokation. Doch sie würde sich nicht provozieren lassen. Gelassen lief sie zu der Stelle, wo es gelandet war, und begutachtete die Konstruktion.

»Nicht schlecht«, sagte sie.

Caleb grinste böse, doch bevor ihm eine Erwiderung einfiel, klingelte es an der Tür, und er stürmte aus der Küche, um zu öffnen.

»Gott!« Lou kam herein und umarmte Sara geistesabwesend. »Diese Frau!«

»Welche Frau?«

»Unsere Tagesmutter. Ich schwöre dir, ich hätte sie schon längst abgeschossen, wenn ich einen Ersatz hätte. Sie ist so schamlos.«

»Was meinst du damit?«

»Es ist so offensichtlich, dass sie auf Gavin steht«, sagte Lou. »Eigentlich keine große Sache. Sie ist nicht die Erste.«

Sara wandte sich ab und füllte den Wasserkocher.

»Aber sie versucht nicht einmal, es zu verbergen. Und sie macht auch keinen Hehl daraus, dass sie mich nicht leiden kann.«

Da Lou offensichtlich in Redelaune war, ergriffen die Jungen die Gelegenheit, sich langsam zu entfernen.

»Vielleicht sollten wir später darüber reden«, sagte Sara.

»Weißt du, was sie gesagt hat?« Lou setzte sich und holte eine Schachtel Zigaretten heraus. »'tschuldigung, nur die eine. Siehst du, was sie mit mir macht?« Sie schüttelte den Kopf. »Keine Sorge, ich mache das Fenster auf. Darf ja das Klassenzimmer nicht verpesten!« Sie zog das Fenster auf.

Sara schaute besorgt hinaus in den Garten, wo die Jungen einen Ball herumkickten. Patrick trug immer noch seinen Schlafanzug.

»Was hat sie denn gesagt?« Sara füllte die Espressokanne.

»Na ja, sie hält sich für eine Hellseherin – was zum Schreien ist, wenn man bedenkt, wie blind sie für ihre eigenen Unzulänglichkeiten ist! Sie besitzt die Frechheit, mir zu sagen, Zuleys Aura sei aus dem Gleichgewicht geraten.«

Sara tippte sich an die Schläfe und runzelte die Stirn.

»Doch, Auren gibt es schon«, informierte Lou sie. »Aber die Vorstellung, dass ausgerechnet Mandy sie sehen könnte … Sie ist wirklich die Letzte, bei der man sich ein drittes Auge vorstellen kann.«

»Okay«, sagte Sara. Das schien die sicherste Antwort.

»Angeblich war Zuleys Aura lila, als sie anfing, sich um sie zu kümmern.« Lou lachte abfällig und stieß eine Rauchwolke aus. »Und jetzt ist sie schmutzig grau.«

»Verdammt noch mal!«

Sara schaute durchs offene Fenster und sah, wie Dash

rücksichtlos auf Patrick losging, um ihm den Ball abzunehmen.

»Jungs!«, rief sie.

»Also fragt die feine Dame, ob bei uns zu Hause alles in Ordnung sei. Zum Beispiel: ›Macht Zuley ins Bett?‹ Äh, nein, tut sie nicht. Schon nicht mehr, seit sie neun Monate alt war.«

»Wow!«

»Wenn überhaupt, ist Arlo der Bettnässer.«

»Okay.«

»Jedenfalls werde ich mich umschauen.«

»Nach einer neuen Tagesmutter?«

»Ja. Sie glaubt, sie hat mich in der Hand. Aber Zuley kommt auch ohne sie zurecht. Schade ist es trotzdem, weil sie sich bei ihr wirklich wohlfühlt, und außerdem ist sie ganz verrückt nach Sky.«

»Sky?«

»Mandys kleine Tochter. Entschuldige, aber es hat gutgetan, mir das von der Seele zu reden.« Sie schnippte die kaum gerauchte Zigarette aus dem Fenster. »Was für ein wunderschöner Tag …«

Sara schaute hinaus. Es war wirklich schön. Die Kirschbäume blühten, und es war angenehm mild.

»Sollen wir mit ein paar Körper-Geist-Übungen im Garten beginnen?«

»Körper-Geist?«, fragte Sara.

»Ja, ein bisschen Yoga. Gut für die Konzentration. Eine geführte Meditation, und dann mal sehen, was draus wird.«

»Wie meinst du das …?«

»Kreativ, meine ich«, sagte Lou. »Mal sehen, wonach uns anschließend der Sinn steht: Malen, Schreiben, Musikmachen, was auch immer.«

»Okay. Das hört sich gut an.«

Sara hatte eigentlich eine Lehrstunde über Symmetrie geplant und dafür billige Handtaschenspiegel gekauft.

»Das Wochenende hat mir wirklich gut gefallen«, sagte Lou plötzlich.

»Ja, mir auch«, antwortete Sara mit gezwungenem Lächeln, während sie tief in ihrem Innern nach dem Rest Zuneigung für Lou kramte. »Tolle Atmosphäre. Wir müssen unbedingt nächstes Jahr wieder hinfahren.«

Lou nickte selig.

»Und deine Mutter!«, sagte sie. »Ein richtiges Original.«

»Ja.«

»Ich mag sie wirklich. Sie war großartig. Und Richard auch«, fügte Lou hinzu. »Du hast so ein Glück, Sara. Ich beneide dich.«

Sara starrte sie verdutzt an, doch bevor sie reagieren konnte, war Lou schon aufgestanden.

»Hört mal zu, Jungs«, rief sie aus dem Fenster. »Wir tun jetzt etwas, das euch sicher Spaß machen wird. Stellt euch so hin, dass ihr mit ausgestreckten Armen herumwirbeln könnt, ohne die anderen zu berühren, ja?«

Die Jungen schauten skeptisch, doch zu Saras Überraschung kickten sie den Ball gegen den Schuppen und taten wie geheißen.

»Ja, genau so«, dirigierte Lou, »aber weiter auseinander. Ihr sollt euch nicht berühren, habe ich gesagt.«

Wenn man bedachte, in welchem Zustand sich das Haus befand, als Neil nach Hause kam, war er ziemlich gut gelaunt. Er machte sich ein Bier auf, nahm einen Schluck und räumte Geschirr in die Spülmaschine. Sara saß zusammengesackt am Küchentisch, ein Glas Wein in der Hand. Sie hatte nicht einmal die Energie, ihm etwas vorzumachen.

»Anstrengender Tag?«

Sie warf ihm einen vielsagenden Blick zu.

»Du musst erst einmal eine Routine finden.«

»Danke.«

Er knallte den Geschirrspüler mit dem Knie zu und drückte den Startknopf.

»Sollte man diesen Haufen Knetmasse wegräumen, bevor er antrocknet?«, fragte Neil.

»Das ist kein Haufen Knetmasse, das ist Ulrik, der Todeswolf.«

»Okaaay …«

Neil schob die grobe Knetfigur vorsichtig zur Seite und wischte die Wachstuchdecke ab. Sara brachte gerade noch die Kraft auf, ihr Weinglas hochzuheben.

»So, bitte sehr«, sagte Neil fröhlich, warf den Putzlappen in die Spüle und setzte sich. Dann füllte er Saras Glas auf, lehnte sich vor und lockerte seine Krawatte.

»Dann erzähl mal«, sagte er. »Wie ist der Tag gelaufen?«

Er lässt den Manager raushängen, dachte sie. Er versucht, Probleme des Personals zu klären.

»Ach, ich weiß nicht«, sagte sie. »Es war einfach … Ich hatte nicht damit gerechnet, dass es so … dass *ich* so …«

Die Worte blieben ihr im Hals stecken.

»Okay, was machen wir als Nächstes?«, hatte Lou gefragt, als sie atemlos vom Sonnengruß mit rosigen Wangen in die Küche gingen.

»Wie wär's mit einem Gedicht?« Sara hatte eine Anthologie für Kinder aus ihrer Englisch-Box hervorgekramt. Die Jungen hatten sich um den Tisch gesetzt, hatten ruhig und zugänglich gewirkt, und Sara hatte in dem Buch nach einem witzigen Gedicht gesucht, das sie ansprach.

»Ah«, hatte sie gesagt, die Seite glatt gestrichen, einem nach dem anderen in die Augen geschaut und sich geräuspert.

»*Diese Dichtung*. Von Benjamin Zephaniah«, las sie vor.

*»Diese Dichtung ist ein Rhythmus, der hallt,*
*Diese Zunge feuert Rhythmus, der knallt …«*

Aus dem Augenwinkel beobachtete sie, wie Dash grinste und Caleb anstieß, der stöhnend die Stirn auf den Tisch legte.

*»Dichtung, die laut dargebracht,*
*Dancehallgleich, für Tiraden gedacht.«*

Dash kicherte, dann legte er beide Hände auf den Mund und senkte in gespielter Reue den Blick. Caleb hielt noch immer den Kopf gesenkt.

*»Sie wiegt dich niemals in den Schlaf,*
*Predigt nicht: Folg mir wie ein blindes Schaf.«*

Sara merkte selbst, dass sie nicht gut vorlas, und je unsicherer sie wurde, desto schlimmer hörte es sich an. Dash bemühte sich so sehr, ein Lachen zu unterdrücken, dass er rosa anlief. Patrick schaute sie stumm an, sein Blick ein Flehen, sie möge aufhören.

*»Diese Dichtung ist nicht parteipolitisch,*
*Nicht gemacht für die …* Okay, jetzt reicht's mir!«

Sie knallte das Buch zu und schleuderte es auf den Tisch. »Ihr könnt es verdammt noch mal selbst lesen.«

*

»Ich finde, du bist zu streng mit dir«, sagte Neil. »Nur weil der erste Tag nicht so gut lief, bedeutet es nicht, dass das ganze Projekt fehlgeschlagen ist. Es dauert sicher eine Weile, bis ihr euch alle daran gewöhnt habt. Das Wichtigste ist, dass du dich nicht hast unterkriegen lassen. Du hast den Tag überstanden. Alle leben noch. Ihr habt sogar mit Knetmasse modelliert …«

Er machte eine Geste in Richtung Knetfigur.

»Bitte behandle mich nicht so gönnerhaft«, sagte Sara. »Ich habe mir bei der Vorbereitung für heute den Hintern abgerackert.«

»Ich weiß. Das weiß ich doch.«

»Und Lou hat nichts getan … na ja, außer damit zu prahlen, was für tolle Künstler sie dazu bringen wird, Workshops mit uns abzuhalten, irgendwann, wenn die Sterne richtig stehen.«

»Nein, aber …«

»Deshalb war es ein bisschen deprimierend, sie und die Kinder zu sehen, als ich mich von meinem Ausraster erholt hatte. Sie hatte die Jungs dazu gebracht, einen Lyrikslam zu improvisieren.«

»Deprimierend? Ich hätte gedacht, dass es dich freut.«

»Oh ja, ich bin außer mir vor Freude«, sagte Sara bitter. »Sie ist einfach ein Naturtalent. Die Kinder lieben sie. Kein Augenverdrehen, kein Kichern – sie haben sich gegenseitig angestachelt und ein richtig cooles Gedicht kreiert, so à la Kate Tempest, total modern.«

»Ist das nicht …«, Neil zögerte, »… genau das, was du wolltest?«

»Oh ja, *genau* das, was ich wollte«, sagte Sara sarkastisch. »Ihre Kreativität fördern. Ihnen Lust auf mehr machen. Und rate mal, was morgen auf dem Plan steht.« Sie wackelte mit dem Kopf und imitierte Lous eifernde, heisere Stimme: »Wir könnten eine kleine Performance daraus machen.«

Neil spitzte die Lippen.

»Aber nur, wenn die Muse sich dazu herablässt vorbeizuschauen«, fügte sie hinzu, »und wenn unsere Chakren ausgeglichen sind.«

»Sara …«, begann er zögerlich.

Sie funkelte ihn an.

»Sicher ist es nicht einfach, sich mit Lou messen zu müssen. Schließlich steckt sie voller Ideen, hat eine starke Ausstrahlung …«

Sara nahm Dashs Knetfigur und wog sie in ihrer Hand.

»… aber es wäre doch schade, wenn du dich von Konkurrenzdenken leiten lässt.«

Sara zerdrückte die Figur mit solcher Kraft, dass ihre Hand anfing zu zittern.

»Es geht hier schließlich um unsere Kinder. Ich weiß, Lou hat ihre Fehler. Sie ist ein bisschen unzuverlässig. Und nicht annähernd so methodisch wie du.«

Sara öffnete die Hand und ließ die zerquetschte Figur auf den Tisch fallen. Dann hob sie die geballte Faust.

»Aber sie ist in gewisser Weise auch ein Genie … *Hey!*«

Der Schlag ließ die Gläser hüpfen.

»Okay«, sagte Sara ruhig und pulte die Knetmasse von ihrer Hand, »ich hab's kapiert. Danke.«

# 23

Lou ließ sie noch etwa zwei Wochen lang an ihrer Genialität teilhaben. Dann begann sie, den Unterricht zu schwänzen. Gerade noch betreute sie die Kinder bei der Arbeit mit Pappmaschee, und im nächsten Augenblick schaute Sara aus dem Fenster und sah, wie Lou, das Handy zwischen Ohr und Schulter geklemmt, im Garten hin und her lief. Es war schon erstaunlich, dass seit dem Beginn des Heimunterrichts alles andere in Lous Leben plötzlich viel komplizierter und zeitraubender geworden war. Sie musste sich um Gavs Papierkram kümmern und ihre eigene Arbeit organisieren, um die sie wie immer ein großes Geheimnis machte. Und dann war da natürlich noch »das Haus«. So, wie Lou über »das Haus« redete, hätte man denken können, dass niemand sonst auf der Welt eins besaß, geschweige denn ein ziemlich ähnliches, in dem sie just in diesem Moment saßen, während Lous Kinder die ohnehin schon heruntergekommene Ausstattung weiter ramponierten. Lou sprach über ihr Haus, als wäre es ein Widersacher – eine vielköpfige Hydra, die es zu bezwingen galt. Irgendetwas war immer: Probleme mit dem Kellerumbau; Rechnungen, die sie anfechten wollte; undurchsichtige Vereinbarungen mit der Versicherung, die mit der gewerblichen Nutzung zu tun hatten … Es nahm kein Ende. Lous Handy lauerte ständig am Rand des Küchentischs, und immer wenn es klingelte, hieß es: »Einen Moment bitte …«

Und immer wieder kam sie zu spät, machte früher Schluss oder legte eine verlängerte Mittagspause ein, weil die Schlange in der Post »wirklich krass« war. Dann wieder hatte sie ihre Tage, und ein andermal war sie sicher, sich einen Bazillus eingefangen zu haben, weshalb sie mal wieder frühzeitig den Unterricht beenden musste. Dafür fiel sie nachts um zwei lärmend und offensichtlich angetrunken aus dem Taxi. Und obwohl Lou dem Unterricht so häufig fernblieb, sah Sara sie viel öfter, als für ihre Freundschaft gesund war.

Doch Gavin sah sie bei Weitem nicht oft genug. Sie vermisste ihn. Vermisste ihr Geplänkel auf dem Schulweg. Vermisste ihre zwanglosen Gespräche bei einem Kaffee. Vermisste ihre koketten Streitgespräche, wenn sie angetrunken waren, die surrealen Witze. Das Gefühl, dass sie ein Bedürfnis bei ihm befriedigte. An dem Abend, als sie zum ersten Mal über Heimunterricht geredet hatten, wollte Gav unbedingt mitmachen. Er hatte versprochen, mit den Jungen einen Gokart zu bauen und in Sussex Strandgut zu sammeln. Vielleicht würde das alles noch geschehen, doch es sah immer weniger danach aus.

Laut Lou hatte Gavin den Kopf voll mit anderen Dingen. Das Kunstharz machte ihm Probleme. Es war für ihn eine ganz neue Arbeitsweise, sich mit Negativraum auseinanderzusetzen, sagte sie. Es war, als ob – nun, eine andere Analogie fiel ihr nicht ein – man nach einem Autounfall wieder laufen lernte. Sara fragte sich, was Gavin von dieser maßlosen Übertreibung gehalten hätte. Wahrscheinlich hätte er gelacht. Wenn Sara von ihrem Beobachtungsposten am Schlafzimmerfenster aus einen Blick auf ihn erhaschte, kam er ihr nicht besonders gepeinigt vor. Jedenfalls konnte sie keine Anzeichen eines existenziellen Kampfs erkennen. Im Gegenteil, sie hatte gesehen, wie er pfeifend riesige Kanister mit Kunstharz aus dem Kofferraum holte. Hatte beobachtet, wie er sich zu einer seiner mysteriösen Besorgungsfahrten aufmachte und dabei irgendwelche Schnulzen mitsang, die aus seinen Kopfhörern tönten. Und wenn sie einmal, durch einen glücklichen Zufall, gleichzeitig mit ihm den Müll rausbrachte, war er so fröhlich und zum Flirten aufgelegt wie eh und je.

Lou und Sara beaufsichtigten gerade die Kinder bei einer von Lous wundersamen Kunstlektionen, als es an der Tür klingelte. Erleichtert stand Sara auf. Es war erst Viertel vor zehn, aber sie hatte jetzt schon genug von Batik. Für das Yoruba-Frauenkollektiv, das sie auf YouTube gesehen hatten, mochte die komplizierte Färbetechnik mit heißem Wachs ja vielleicht die ideale künstlerische Ausdrucksform sein, aber nicht für vier übermütige Jungen.

Sie freute sich so sehr, Gavin vor ihrer Tür zu finden, dass sie einfach eine rüde Bemerkung machen musste.

»Was hast du denn mit deinem Gesicht gemacht?«

»Gefällt es dir nicht?« Er rieb sich unsicher über den sprießenden Bart.

»Nein, sieht toll aus. Ich dachte nur kurz, Calebs Meerschweinchen wäre wieder auferstanden und dir an den Hals gesprungen.«

»Sehr witzig, Sara, danke. Jetzt fühle ich mich gleich besser.«

»Ach, tut mir ja so leid«, sagte Sara lachend. »Nein, es sieht wirklich gut aus.« Sie streckte gerade ihre Hand aus, um ihn am Kinn zu streicheln, als Lou aus der Küche kam, ganz die besorgte Gattin.

»Gav? Ist alles in Ordnung?«, fragte sie und schob sich flink wie eine erstklassige Basketballspielerin zwischen sie.

»Ja, nichts Dramatisches. Ich wollte nur fragen, ob du mir mit dem Drucker helfen könntest. Das blöde Ding hat gestreikt, als ich gerade den White-Cube-Vertrag ausdrucken wollte.«

Sara starrte ihn fassungslos an. Wenn Neil gewagt hätte, sie wegen einer solchen Lappalie zu unterbrechen … Aber das würde er niemals wagen; doch Lou war schon unterwegs und schnalzte mit der Zunge, nicht wegen der peinlichen Unfähigkeit ihres Manns, sondern weil die Technik mal wieder einem kreativen Menschen das Leben schwer machte. Gav blickte Sara mit einem entschuldigenden Schulterzucken an und wollte schon Lou hinterherlaufen, als Sara eine Idee hatte.

»Wenn es dringend ist, könntest du unseren benutzen.«

»Wunderbar!«, sagte er und folgte ihr ins Haus.

»Sollten wir nicht ...?« Sara machte eine Geste in Lous Richtung, aber Gavin antwortete mit einer wegwerfenden Handbewegung.

»Der muss sowieso in Ordnung gebracht werden.«

Sara lief vor ihm die Treppe zum Arbeitszimmer hoch. Sie schob einen Stapel Papier zur Seite, zog den Bürostuhl unter dem Schreibtisch hervor, drückte einen Schalter, und der Drucker erwachte zum Leben.

»Es ist alles bereit«, sagte sie. »Öffne einfach dein Dokument und druck es aus.«

Sie war schon wieder halb die Treppe runter, als Gav sie zurückrief. Im selben Moment hörte sie laute Stimmen aus der Küche, ein kleiner Streit wie tausend andere. Sie zauderte kurz, dachte an die waschfeste Farbe, das heiße Wachs, die siebenjährigen Jungen ... Dann rief Gav noch einmal.

»Entschuldige, aber ist das deine Arbeit? Ich wollte die Datei nicht schließen, für den Fall, dass du sie nicht gespeichert hast.«

»Oh Gott, wie peinlich.« Sie beugte sich über ihn und hämmerte verzweifelt auf die Tastatur ein, um die verfängliche Passage vom Bildschirm zu verbannen. Sie konnte die Wärme seines Kopfes spüren, seinen erdigen Geruch wahrnehmen.

»Tut mir leid«, sagte er und blickte zu ihr hoch. Ihre Wangen berührten sich fast. »Ich wollte es nicht lesen. Ist es ein neuer Roman?«

»Es ist Mist«, antwortete sie. »Ich bin überhaupt nicht

zufrieden damit. Ich werde es löschen.« Sie dachte an ihre schwülstige Sprache, die Fülle von Adjektiven, die Sexszene … »So, bitte«, sagte sie brüsk und öffnete den Browser. »Ich sehe jetzt besser mal nach den Kindern.«

»Hey!« Er drehte sich auf dem Stuhl um und griff nach ihrer Hand. »Jetzt geh nicht gleich auf mich los. Wenn deine Bücher erst einmal veröffentlicht sind, musst du dich dran gewöhnen, dass andere sie lesen.«

»Ja, klar.« Sie versuchte, sich loszumachen. »Als wenn das jemals passieren würde.«

»Du musst nur an dich glauben«, sagte er. »Lou findet toll, was du schreibst.«

Er blickte sie ernsthaft an, und sie entdeckte einen kleinen braunen Fleck in seiner grauen Iris. Ihre Atmung wurde flacher. »Sie versucht nur, nett zu sein. Ich kann nicht schreiben. Das hast du doch selbst gesehen.«

Der Blickkontakt war zu viel für sie. Es war einfach lächerlich. Schau weg, sagte sie sich, schau weg.

»Du bist doch noch im Schreibprozess«, sagte er sanft. »Niemand bringt aus dem Stand ein perfektes Kunstwerk zustande. Sara, du musst dir selbst erlauben, Künstlerin zu sein. Du musst den Erfolg zulassen.«

Das war genau das, was sie hören wollte. Sie traute sich kaum zu antworten, aus Angst, dass ihr die Stimme versagte. Ihre Kehle war wie zugeschnürt, ihre Hand in seiner feucht. Verlegen wolle sie sie zurückziehen, doch er ließ sie nicht los. Die Luft war elektrisch geladen. Gav ließ den Daumen auf Saras Handfläche kreisen, und alle Selbstdisziplin und Entschlossenheit in ihr schmolzen augenblicklich dahin. Das, worüber sie seit Monaten fantasierte, wurde wahr. Er begegnete ihrem Blick und lächelte breit, während er sie auf seinen Schoß zog. Der Stuhl schwang ein wenig unter dem zusätzlichen Gewicht, und sie fühlte seine Erektion gegen ihren Schenkel drücken. Stöhnend vergrub sie ihr Gesicht an seinem Hals. Das Schreien unten war lauter geworden, doch es war ihr fast egal.

Der Kuss war wie eine Karambolage – unbeholfen, brutal und wahnsinnig aufregend. Sie lehnte ihren Oberkörper zurück, fingerte an ihrem Hosenschlitz und verfluchte sich dafür, dass sie Jeans trug. Er half ihr, und schon das Geräusch des Reißverschlusses ließ sie feucht werden. Sie hatte die Jeans bis zu den Schenkeln heruntergeschoben, als Schritte die Treppe hochpolterten, begleitet von kläglichen Schreien.

»Mum! *Mum!*«

Als die Tür aufflog, war sie bereits aufgesprungen, hatte den Pullover runtergezogen und stand einen Meter von Gavin entfernt.

»Du musst sofort kommen!« Der aschfarbene Patrick zerrte an ihrer Hand *»Komm!«*

Von Adrenalin angetrieben, raste sie die Treppe hinunter. Aus der Küche drang sonderbares Klagen. Angst und Schuldgefühle ergriffen sie. Sie riss die Tür auf.

»Arlo, *oh mein Gott*!«

Arlo kniete auf dem Boden und hielt sich die Hände vors Gesicht. Neben ihm hockte Caleb, der ihm zaghaft einen Arm um die Schulter gelegt hatte, während Dash mit verschlagener Miene in der Nähe stand. Sara zog

Arlos Hand vorsichtig von seinem Gesicht und sog scharf die Luft ein. Ein knallroter Striemen lief von der Wange zur Schläfe. Sein Augenlid war geschwollen und glänzte unter einer Schicht Wachs.

»Was ist passiert?«, fragte Sara mit angespannter Stimme.

Die beiden älteren Jungen begannen gleichzeitig zu reden, verstummten aber ängstlich, als Gav auftauchte. Er schob Sara zur Seite, kniete sich hin und nahm Arlos Gesicht in die Hände.

»Großer Gott«, murmelte er. »Arlo, Junge. Wie zum Teufel ist das denn passiert?« Er blickte sich in der Küche um, sah die zerknitterten Stoffquadrate, die umgekippte Schüssel Wachs, die verstreuten Metallwerkzeuge und schaute dann Sara an – mit grimmigem, verständnislosem Blick. Sie eilte zur Spüle und tränkte ein Geschirrtuch mit kaltem Wasser, um es als Kompresse zu benutzen. Patrick zog sie am Ellbogen.

»Es war Dash«, zischte er mit nervösem Blick über die Schulter. »Er hat Arlo absichtlich Wachs ins Gesicht geschleudert, weil der so lange mit dem Werkzeug gebraucht hat.«

In all dem Chaos – fließendes Wasser, jammerndes Kind, Panik, die alles beherrschte – nahm Sara seine Worte kaum wahr. Später aber würden sie ihr das Blut gefrieren lassen.

Es klingelte.

»Das wird Lou sein«, sagte Gavin, und einen Moment lang hielten alle den Atem an.

»Ich mache auf«, sagte Dash.

»Sag ihr, sie soll den Wagen holen«, brüllte Gavin. »Sag ihr, wir fahren zum Krankenhaus.«

Anschließend ging Sara im Kopf immer wieder aufgebracht all die Gründe durch, warum Lou genauso viel Schuld trug wie sie. War Batik nicht ihre Idee gewesen? War sie nicht abgerauscht, um Gavs Drucker zu reparieren, und hatte vier kleine Jungen unbeaufsichtigt gelassen? Doch während ihre Wut von der Scham ihrer eigenen Schuld gedämpft wurde, war Lou frei von jeglichem Selbstzweifel. Wie ein Racheengel war sie in die Küche gestürmt und hatte alle angeschrien: Sara, weil sie das zugelassen hatte; Gav, weil er keinen Krankenwagen gerufen hatte; Patrick und Caleb, weil sie im Weg standen. Sogar der arme Arlo bekam sein Fett weg, weil er so laut weinte, dass sie nicht nachdenken konnte. Nur Dash war offenbar völlig schuldlos. Die Ironie wäre Sara sicher aufgefallen, wenn sie Zeit gehabt hätte, darüber nachzudenken.

Als sie weg waren, räumte Sara die Küche auf. Caleb und Patrick packten entschlossen und schweigsam mit an. Nur Dashs Stimmung schien von den Umständen ungetrübt, und er plapperte fröhlich drauflos. Während er mit einem Küchenmesser das harte Wachs vom Tisch kratzte, erklärte er, Arlo habe gefährlich mit dem Batikwerkzeug herumgefuchtelt, um die anderen zu ärgern. Er selbst habe versucht, es ihm zu seinem eigenen Schutz wegzunehmen, doch dann habe Arlo es fallen lassen, wobei ihm das Wachs ins Gesicht gespritzt sei. Und das geschehe ihm doch irgendwie recht, wenn man darüber nachdachte. Sara lächelte kurz. Du bist ein Psychopath, dachte sie.

Neils Schlüssel drehte sich im Schloss.

»Hi Sara!«

Der Singsang in seiner Stimme deutete an, dass er nicht allein war. Schritte hallten im Flur, und sie erschienen in der Küchentür: zwei Eindringlinge aus der realen Welt.

»Das ist mein Kollege Steve«, sagte Neil. »Bausachverständiger der Spitzenklasse. Er will sich mal den Riss anschauen.«

»Hi Steve«, sagte Sara und versuchte zu lächeln. »Neil, hast du mal eine Sekunde …?«

»Du hast sie also zum Aufräumen gebracht?«, unterbrach Neil sie. »Ich habe doch gesagt, wenn du erst mal drin bist, dann läuft's. Ich gehe kurz mit Steve nach oben, damit er einen Blick draufwerfen kann. Er will sicher auch nach Hause.«

Sie blieben eine ganze Weile weg. Sara konnte nicht verstehen, was sie sagten, aber sie hörte Neil mit seiner Arbeitsstimme sprechen – bestimmt und Respekt einflößend. Sie fragte sich, ob dieser Tag jemals enden würde. Sie sehnte sich nach einem Glas Wein, doch bevor Lou und Gav nicht mit Arlo aus dem Krankenhaus zurück waren, schien ihr das unpassend. Um sich abzulenken, ging sie ins Wohnzimmer und stellte die Nachrichten an. Sie fühlte sich rastlos, und ihr war ein wenig übel. Sie konnte nicht aufhören, an Gavin zu denken, doch vermischten sich ihre Gedanken jetzt mit Scham und der Sorge um Arlo. Vielleicht war das ja immer so, wenn man eine Affäre begann. Wie schwer sie es sich doch gemacht hatte. Sie wohnte direkt neben ihm, seine Frau war ihre beste Freundin, sie hatte ihr ganzes Leben – sogar die Schulbildung ihrer Kinder – einem Ideal angepasst, das dieses verzauberte und bezaubernde Paar auf einzigartige Weise zu verkörpern schien, und doch liebäugelte sie mit einem Verrat, der dies alles zunichtemachen würde.

Neil steckte den Kopf durch die Wohnzimmertür.

»Kannst du bitte kurz den Ton abstellen?«, bat er.

Er und Steve kamen herein und setzten sich. Sie verbreiteten eine geschäftige Stimmung.

»Also, die Leute nebenan sind eure Freunde?«, fragte Steve.

»Ja«, sagte Sara, nicht ganz überzeugt.

»Gut, denn ich würde mir die Wand auch gern von ihrer Seite aus ansehen. Ihr wisst nicht vielleicht, ob der Riss ganz durchgeht, oder?«

Sara war schon so oft die Treppe im Nachbarhaus hoch- und runtergelaufen, doch darauf hatte sie nie geachtet. Sie schüttelte den Kopf.

»Macht nichts. Ich komme noch mal wieder, um mir den Riss in Ruhe anzuschauen. Bei Tageslicht sieht man sowieso mehr.«

»Aber wir sind doch gegen so was versichert, oder?«, fragte Sara, eher um Interesse zu zeigen als aus wirklicher Sorge.

»Wahrscheinlich«, sagte Steve, »kommt auf die Ursache an. Es könnte alles Mögliche sein: Austrocknen des Bodens, Baumwurzeln … im schlimmsten Fall eine Absenkung. Ihr habt gesagt, nebenan wurden Bauarbeiten durchgeführt?«

Gerade als Steve durch den Vorgarten lief, hielt nebenan der Humber. Sara sah zu, wie Gav Zuley vom Kindersitz losschnallte und sich auf eine Hüfte setzte, bevor er Arlo, dessen Gesicht halb von einem Verband verdeckt war, auf die andere hob. Er trug sie beide zum Haus, als wären sie federleicht. Sara beobachtete die Szene mit solch gebannter Bewunderung, dass sie gar nicht merkte, wie Lou näher kam.

»Für dich«, sagte ihre Freundin und überreichte ihr einen Blumenstrauß von der Tankstelle. »Tut mir leid.«

»Aber … was tut dir denn leid?«, fragte Sara.

»Es war nicht in Ordnung, dass ich dir die Schuld gegeben habe. Ich bin einfach ausgerastet.«

»Ach so, danke.« Sara lächelte unsicher. »Wie geht's Arlo? Was hat der Arzt gesagt?«

»Gott sei Dank nicht so schlimm, wie's aussieht. Nur eine Verbrennung ersten Grades. Es könnte eine Narbe zurückbleiben, aber sein Auge ist nicht beschädigt.«

»Puh«, sagte Sara, »das hätte ich mir nie verzeihen können.«

»M-m.« Lou hob mahnend den Zeigefinger. »Es ist nicht deine Schuld.«

Sara umarmte sie.

»Aber es sollte uns eine Warnung sein«, sagte Lou. »Ich habe schon länger den Eindruck, dass uns die Zusammenarbeit nicht guttut.«

»Ach ja? Heißt das, du willst den Hausunterricht aufgeben?«

Trotz aller frustrierenden Erlebnisse der letzten Wochen war Sara plötzlich enttäuscht.

»Oh nein, auf keinen Fall«, antwortete Lou. »Ich finde nur, dass wir uns zu sehr auf die Kinder konzentriert haben. Das war ja richtig, aber wir haben unsere eigenen Bedürfnisse aus den Augen verloren. Und das sollten wir ändern, ihretwegen und unseretwegen. Wir sollten einfach mehr an uns denken, Sara. Uns mehr Zeit für *uns* nehmen. Wann haben wir beide das letzte Mal was zusammen unternommen? Wir gehen nicht einmal mehr schwimmen.«

Wenn Sara Lou nicht gerade so gutgesinnt gewesen wäre, hätte sie erwähnt, dass sie nicht mehr schwimmen gingen, weil Lou nie Zeit hatte. Der Stress des herannahenden Abgabetermins für den Filmförderungsantrag hatte es nicht mehr zugelassen. Darüber schien sie allerdings vergessen zu haben, dass irgendein gutmütiger Tropf die Jungen zum Taekwondo fahren musste, gleichgültig, ob Lou ihren Körper stählen wollte oder nicht. Und in den letzten fünf Wochen war das an Sara hängen geblieben.

Es hatte ihr nicht einmal viel ausgemacht. Sie mochte das Sportzentrum. Ihr gefielen die neonbeleuchtete Melancholie und der wohlige Geruch von Chlor und Pommes frites. Die Cafeteria war ein guter Ort zum Schreiben. Sie fühlte sich dort anonym. Niemand sah sie abschätzig an, weder Hipster in knöchellangen Hosen noch intellektuell aussehende Frauen in bunten Strumpfhosen. Und es gab nur eine Sorte Kaffee – heiß, dünn und mit aufgeschäumter Milch.

Deshalb war sie auch bei ihrem letzten Besuch überrascht gewesen, als eine vertraute Stimme sie mitten im Satz unterbrochen hatte.

»Na, wen haben wir denn da?«

Carol trug ihre Thermoweste wie eine Rüstung. Das Haar lag ihr feucht und glatt am Kopf an. In dem wenig schmeichelhaften Licht der Cafeteria konnte man sehen, dass die zweiundvierzig Jahre, in denen sie stets getan hatte, was von ihr erwartet wurde, ihre Spuren hinterlassen hatten. Trotzdem war Sara verblüfft, wie sehr sie sich freute, Carol zu sehen.

»Ach, hallo!«, sagte sie, klappte ihren Laptop zu und schob ihn diskret in ihre Tasche. »Der Laden hier ist doch eigentlich gar nicht dein Stil?«

»Ich weiß.« Carol sprach leise und blickte zu Holly, die an der Theke anstand. »Den Fitnessclub kann ich mir nicht mehr leisten. Verdammte Schulgebühren!«

Darauf folgte ein peinliches Schweigen. Sara schob Carol einen Plastikstuhl zu, und sie setzte sich unsicher auf den Rand.

»Hat sie sich denn gut eingewöhnt?«, fragte Sara.

»Ach, weißt du«, Carol wackelte vieldeutig mit dem

Kopf, »es gab ein paar Anfangsschwierigkeiten, aber sie wird es sicher schaffen. Und wie läuft's bei dir mit dem …«

»Hausunterricht?«, ergänzte Sara. »Ach, der läuft gut. Wirklich supergut.«

Carol nickte.

»Das freut mich«, sagte sie. Beide schwiegen wieder.

»Sie hasst die neue Schule«, platzte Carol schließlich heraus. »Ich muss mich jeden Tag beherrschen, nicht hineinzustürmen und sie zu retten. Die meisten Schüler gehören festen Cliquen an, und es herrscht hartes Konkurrenzdenken. Außerdem ist sie in allen Fächern unter den Schlechtesten. Sie weint jede Nacht. Ich ertrage es einfach nicht mehr.«

»Oh nein!« Sara verspürte echtes Mitleid und griff nach Carols manikürter Hand.

»Überlegst du, sie wieder in die alte Schule zu schicken?«, fragte sie hoffnungsvoll.

»Nein, das ist ausgeschlossen«, antwortete Carol. »Schon gar nicht ohne Celia und dich. Ich habe mit Deborah Parry gesprochen. Sie behauptet, es geht zu wie auf einem Kriegsschauplatz. Wörtlich hat sie gesagt: ›Carol, ich übertreibe nicht, aber es ist wie Sarajevo.‹ Nein, je länger ich darüber nachdenke, desto mehr bin ich davon überzeugt, dass du dich richtig entschieden hast.«

»Ha!«, sagte Sara, »da wäre ich mir nicht so sicher. Heimunterricht ist kein Spaziergang, das kann ich dir sagen. Es ist so anstrengend, sie den ganzen Tag zu beschäftigen, und bei aller Liebe, Lou kann manchmal …«

Carols Augen leuchteten auf, und Sara merkte erst jetzt,

dass sie ihr eine Falle gestellt hatte. Noch hätte sie ausweichen können, doch entschied sich dagegen und sprudelte los.

»Um ehrlich zu sein, sie ist manchmal ein richtiger Albtraum. Sie hat zwar immer tolle Ideen, aber sie vergisst oft, wie klein Patrick und Arlo noch sind, und geht nicht auf sie ein, und dann fangen sie an, Unsinn zu machen. Und, mein Gott, sie kann ganz schön wütend werden.«

»Oh ja, das weiß ich«, sagte Carol. »Ich habe einmal den Fehler gemacht, mit ihrem Ältesten zu schimpfen, weil er seinen Fußball gegen unser Garagentor gedonnert hat. Also …«

»Und sie verschwindet andauernd und erwartet, dass ich die Stellung halte«, unterbrach Sara sie. »Abgesehen davon, dass sie unheimlich herablassend sein kann, wenn sie das, was ich tue, für nicht künstlerisch genug hält. Na ja, ihre Ideen sehen auf dem Papier immer genial aus, aber oft wird einfach nichts draus. Sie wollte uns Beth Hennessy besorgen – du weißt schon, die vom Puppentheater ›Kleine Wichte‹. Sie sollte mit den Kindern einen Workshop machen.«

»Ach, das wäre natürlich was.«

»Na ja, ich mache mir keine großen Hoffnungen. Ich habe gerade erst in der Zeitung gelesen, dass sie auf Tournee in Osteuropa sind. Lou redet so viel Mist, Carol. Und alles muss sich immer um sie drehen. Ich weiß nicht, wie Gavin es mit ihr aushält.«

»Ach ja, der allerliebste Gavin«, sagte Carol sarkastisch.

»Gav ist gar nicht so übel«, sagte Sara, die sich langsam bewusst wurde, wie schändlich sie über die Freundin hergezogen hatte.

»Aber er ist so falsch«, entgegnete Carol. »Wenn man ihm auf der Straße begegnet, macht er immer einen auf dicken Kumpel, aber er hört überhaupt nicht zu, wenn man etwas sagt.«

»Das sehe ich anders«, erwiderte Sara erregt. »Ich finde ihn ziemlich geradeheraus. Und er bildet sich nichts auf seine Kunst ein. Überhaupt nicht.«

»Dazu hat er ehrlich gesagt auch keinen Grund«, sagte Carol. »›Des Kaisers neue Kleider‹ kann ich dazu nur sagen. Ernsthaft, Sara, ich bin keine Banausin und mag moderne Kunst wirklich, aber als Simon und ich in Kopenhagen waren, haben wir ein paar von seinen Sachen in einer Galerie gesehen. Wir haben uns nur angeschaut und mit den Schultern gezuckt.«

»Ist das dein Ernst?« Sara begann, ärgerlich zu werden. Sie hatte vergessen, wie kleinkariert Carol war und dass sie alles, was sie nicht verstand, für Bauernfängerei hielt.

»Ich finde seine Sachen wirklich schön. Meiner Meinung nach hat er viel über das Menschsein zu sagen; aber weil er figurativ arbeitet, wirken seine Werke vielleicht einfacher, als sie sind.«

»Okay, du kennst seine Arbeiten natürlich besser«, räumte Carol eingeschnappt ein, »deshalb beuge ich mich deinem überlegenen Urteil.« Sie ging wieder auf Distanz. »Aber Sara, wenn ich dir einen Rat geben darf …«

Sara fand nie heraus, was für ein Rat das war, denn in

dem Moment stürmten die Jungen in die Cafeteria, erhitzt und voller Adrenalin von ihrer Kampfkunststunde, und bis Sara sie schließlich beruhigt und ihnen Kleingeld für den Automaten gegeben hatte, hatte Carol sich bereits verabschiedet.

Als sie jetzt mit Lous Blumen in der Hand vor dem Haus stand und ihrer Freundin Vorschläge machte, wie sie wieder zueinanderfinden könnten, dachte Sara an ihr Gespräch mit Carol zurück. Schlechtes Gewissen überkam sie.

»In Kent gibt es ein ganz tolles Yoga-Zentrum«, sagte Lou begeistert. »Ich kenne die Leiterin, Shani. Sie wird uns einen Freundschaftspreis machen.«

»Klingt perfekt.«

»Ich rufe sie an«, sagte Lou. »Aber wir müssen vielleicht ein oder zwei Wochen warten. Nächstes Wochenende ist Tag der offenen Ateliers und die Woche drauf mein Geburtstag …«

»Stimmt«, sagte Sara, »ein runder noch dazu: vier null!«

»Wobei mir einfällt«, sagte Lou. »Halt dir den Termin frei, ja? Wir wollen euch ins Restaurant einladen.«

# 24

»Unterschreib«, sagte Sara und legte Lous Glückwunschkarte vor Neil auf den Tisch. Er verschlang den letzten Happen Toast, leckte sich die krümeligen Finger und kritzelte rasch seine Unterschrift hin.

»War's das?«, fragte Sara. »Kein Kuss?«

Ihren eigenen Geburtstagsgruß hatte sie auf dem Papiertütchen, in dem die Karte verpackt gewesen war, entworfen, damit er auf der Karte selbst flüssig und spontan wirkte:

~~Liebe~~ Liebste Lou,
zu deinem vierzigsten Lebensjahr wünsche ich
dir alles, was du dir selbst wünschst. Deine
kostbare Freundschaft bedeutet ~~mir~~ uns alles.
Wir freuen uns darauf, mit dir zu feiern.
~~Alles Liebe und tausend Küsse~~ Fühl dich
gedrückt. Alles Liebe, Sara xxxxxxxx

Neil nahm die Karte wieder an sich und setzte zwei Küsse neben seinen Namen.

»Es ist ihr *ein*undvierzigstes Lebensjahr«, sagte er.

»Ich glaube, das wüsste ich. Sie ist vierzig, Neil.«

»Aber der vierzigste Geburtstag ist der Beginn des einundvierzigsten Lebensjahrs.«

»Ach, nerv nicht!« Sie entriss ihm die Karte.

*

All seine kleinen Ticks und Angewohnheiten machten sie momentan verrückt: dass er seine Jeans in der Taille zu hoch zog; dass er sämtliche Lebensmittel sorgfältig in luftdichte Behälter verpackte; und dann sein neuester Fimmel, nach dem Zähneputzen den Atem zu kontrollieren, indem er in die hohle Hand hauchte. Wenn man ihn mit Gavin verglich, schnitt er immer schlecht ab: Dessen Kleidung saß immer, er wirkte liebenswert verwahrlost und hatte dank seiner lässigen Einstellung zur Körperpflege diesen erdigen, herben Geruch an sich, der Sara verrückt machte.

Sie hatte Gav in letzter Zeit kaum gesehen, und es war auch kein Wunder, dass er ihr aus dem Weg ging. Schließlich konnten sie mit ihren Gefühlen füreinander nirgendwohin – jedenfalls nirgends außer dem offensichtlichen Ort. Es war so demütigend, sich einzugestehen, dass das bisschen Fummelei mit dem Mann ihrer besten Freundin das erotischste Erlebnis ihres bisherigen Lebens gewesen war, aber so war es nun mal. Nicht, dass sie noch nie guten Sex gehabt hatte. Gelegentlich sogar mit Neil. Doch sie war noch nie so sehr von Begierde überwältigt gewesen, dass sie nicht mehr wusste, wer und wo sie war. Sie hatten sich nicht einmal richtig geküsst. Es war nur ein flüchtiges, schmerzvolles Geplänkel gewesen, höchstens drei Sekunden lang. Sie waren mit den Zähnen zusammengestoßen. Anschließend hatte sie Blut an der Lippe und er Sabber im Bart. Und später hatte sie sich gesorgt, sie könnte sich zu fest gegen seinen Penis gedrückt haben. Vielleicht hatte er es gar nicht erotisch gefunden. Selbst für eine heimliche Fummelei war das Ganze plump und entwürdigend gewesen, und doch schmolz sie jedes Mal dahin, wenn sie daran zurückdachte. Einmal war sie sogar am helllichten Tag ins Badezimmer gegangen, um sich selbst zu befriedigen.

Sie war glücklich in ihrer Ehe mit Neil, hatte sich nie mit der Frage »Was wäre, wenn …« gequält, sich nie selbst geschadet, indem sie einer flüchtigen Versuchung erlegen war. Eigentlich hatte es auch nur eine einzige Versuchung gegeben: Tim Hughes, ihr direkter Chef in ihrem ersten Job, den sie etwa drei Wochen lang faszinierend und geheimnisvoll gefunden hatte, bis sie einmal nach der Arbeit ein Glas Wein mit ihm trinken gegangen war und ihr sein seltsam langer Hals aufgefallen war. Das hatte der Sache ein Ende bereitet. Sie liebte Neil. Liebte sein Lächeln, das frech und verlegen zugleich war, wie bei einem Schuljungen. Liebte seine unkomplizierte Männlichkeit, seine Kompetenz, die Art, wie er Raum einnahm. Sie liebte, dass er verspielt sein konnte, aber im Grunde ernst war. Liebte seine Hände und wie er ihr Leben und das ihrer Kinder darin hielt – sicher und standfest.

Doch hatte er ihr jemals die Sinne geraubt? Hatte er ihr jemals das Gefühl gegeben, so reif zu sein, jede Nervenendung so sensibel, dass sie bei seiner Berührung explodieren könnte wie eine Samenkapsel?

Die Sache mit Gavin machte sie wahnsinnig. Sie verstand, warum er ihr aus dem Weg ging, respektierte ihn sogar dafür, doch ihr fehlte die Disziplin, es ihm gleichzutun. Sie war sich selbst der schlimmste Feind. Lungerte schuldbewusst auf dem Treppenabsatz herum, um ihn zu beobachten, wie er draußen im Garten eine Zigarettenpause machte. Lief beim Ausladen ihrer Einkäufe öfter als nötig zwischen Auto und Haus hin und her, weil sie bei jedem Gang einen Blick darauf erhaschen konnte, wie er auf dem Sofa saß und fernsah. Sie wusste, es war Wahnsinn, doch sie konnte nicht anders. Und je länger sie auf seine Gesellschaft verzichten musste, desto leichtsinniger wurde sie.

Eines Morgens beim Abwasch sah sie, wie er mit Zuley im Kindersitz mit dem Fahrrad davonzockelte. Sie wusste, dass er auf dem Rückweg von der Tagesmutter immer am Zeitungsladen hielt, um sich den *Guardian* zu kaufen. Sie blickte auf die Uhr. Ihr blieben zwanzig Minuten, bis Lou mit den Jungen kommen würde. Sie lief nach oben, zog ein schickeres Oberteil an und rieb sich ein wenig Jo Malone hinter die Ohren.

»Ich gehe nur mal kurz zu Samir«, rief sie Caleb zu, doch ein lärmiger Zeichentrickfilm übertönte ihre Stimme.

Die Luft war kühl, als sie die Straße entlangging. Bald würde für die Kinder der anderen Leute die Schule anfangen. Sara lief so langsam, wie es ging, ohne ziellos zu wirken. Als sie in Sichtweite des Ladens kam, holte sie ihr Handy heraus und vertrieb sich die Zeit damit, ihren Posteingang zu checken, während sie gleichzeitig die Straßenecke im Auge behielt. Ihre zwanzig Minuten waren fast um, und er war immer noch nicht aufgetaucht.

Sie betrat das Geschäft und schlich sich wie eine Diebin durch die Gänge, während sie sich bewusst war, dass in der Ecke eine Überwachungskamera lauerte. Sie könnte Klebstoff kaufen, dachte sie, das wäre glaubwürdig. Also begutachtete sie die drei angebotenen Marken so sorgfältig, als wollte sie einen Testbericht für ein Verbrauchermagazin schreiben. Schließlich entschied sie sich für ein Produkt, hielt aber auf dem Weg zur Kasse an, um die Schlagzeilen der Zeitungen zu studieren. Sie stand länger als eine Minute dort und lauschte mit einem Ohr, ob das elektronische Doppelpiepen ertönte, das neue Kunden ankündigte. Jeden Moment würde Gavin ihren Namen rufen oder sie am Ellbogen packen. Bei dem Gedanken fühlte sie sich schlecht und beschwingt zugleich. Doch die Schlange gehetzter Pendler war verschwunden, und Sara war nun Samirs einzige Kundin. Gavin musste von seiner Routine abgewichen sein. Seufzend bezahlte sie und eilte nach Hause, ihr Gang so hastig, dass ihr Spiegelbild im Schaufenster einer Reinigung dem einer Verrückten glich. Als sie durch den Vorgarten lief und ihren Schlüssel rausholte, hörte sie das Surren der Räder und das typische *Ka-tank*, als sein Fahrrad auf den Bordstein fuhr.

»Hi Sara!«, rief er fröhlich. Als sie sich umdrehte, sah sie gerade noch seine Haare hinter der Ligusterhecke vorbeihuschen, und Sekunden später hörte sie, wie das Seitentor ratterte und zuschlug.

Lupercal, ein Souterrainlokal in einer kleinen Seitenstraße in Camberwell, passte zu Gavin und Lou. Das äußerst diskrete Schild war schuld daran, dass Sara und Neil noch später eintrafen, als sie vorgehabt hatten – was ja in gewissen Kreisen als schick galt –, doch nicht so spät wie ihre Gastgeber, die nirgendwo zu sehen waren. Der Oberkellner führte sie zu einer gemütlichen holzgetäfelten Nische, die ganz nostalgisch von einer Kerze in einer Weinflasche beleuchtet wurde, und versprach, sofort zurückzukommen, um ihre Getränkebestellung entgegenzunehmen.

»Ich habe doch gesagt, wir kommen zu früh«, zischte Sara vorwurfsvoll.

»Wir sind nicht zu früh da, sie sind zu spät.«

Neil zwängte sich in die Sitznische neben sie, wobei er unachtsam den Rock ihres ausgestellten Kleids zerdrückte. Seufzend zerrte sie ihn unter seinem Hintern weg.

Als der Kellner kam, bestellte Neil Dry Martini für beide, und Sara war überrascht über seine Entschlussfreudigkeit.

»Ein toller Laden.« Neil studierte die Speisekarte. »Aber ein bisschen teuer.«

»Na und?«, sagte Sara schulterzuckend. »Das geht doch auf ihre Rechnung.«

»Sollen wir sie wirklich bezahlen lassen? An ihrem *Geburtstag*?«

»Oh Gott, nein«, sagte Sara sarkastisch, »lass uns zusätzlich zu dem teuren Geschenk auch noch das Essen spendieren. Schließlich haben wir auch die Babysitterin besorgt.«

Das war unfair, und sie wusste es auch. Als Lou angerufen hatte, weil ihre Babysitterin abgesagt hatte, hatte sich Saras Mutter sofort angeboten.

»Bringen Sie sie doch einfach rüber, Louise«, hatte Audrey gesagt, hocherfreut, dass sie der reizenden Familie helfen konnte, die einen Pulitzer-Preis-Gewinner in ihr Esszimmer gezaubert hatte. »Je mehr Kinder, desto schöner wird's.«

Doch Audreys großzügiges Angebot anzunehmen war eine Sache, die Kinder eine Stunde früher zu bringen, um noch schnell auf dem Weg zum Restaurant bei einer Vernissage »vorbeizuschauen«, eine ganz andere.

»Großer Gott. Was ist dir denn über die Leber gelaufen?«, fragte Neil. »Deine Mutter wollte es doch unbedingt.«

»Ja, weil sie Dash nicht kennt.«

»Immer hackst du auf dem Jungen rum.«

Sara starrte ihn mit steinerner Miene an. Der Abend fing schon gut an.

Neil holte tief Luft.

»Schönes Kleid«, sagte er. »Ist es neu?«

»Ich habe es nicht speziell für heute gekauft, falls du das meinst.«

»Das wäre völlig in Ordnung.«
»Habe ich aber nicht.«

Das war gelogen. Als sie in der Stadt ein Geschenk für Lou besorgt hatte, war sie auf Abwege geraten. Es war ein schulterfreies Kleid wie aus der Serie *Mad Men*, in dem sie aussah, als hätte sie Brüste. Nichts, was sie normalerweise tragen würde, aber als sie es anprobiert hatte, konnte sie nur noch daran denken, wie Gav es ihr ausziehen würde. Also hatte sie es gekauft. Mit schlechtem Gewissen, was dazu führte, dass sie für Lous Geschenk doppelt so viel ausgab wie geplant.

Sara nahm einen Schluck von ihrem Martini. Er schmeckte wunderbar – sauber und kalt wie ein Schnitt mit einem Skalpell. Zu spät fiel ihr ein, mit Neil anzustoßen.

»Geschüttelt und nicht gerührt«, versuchte er, Sean Connery zu imitieren.

»Das war grässlich«, sagte sie.

Die Ankunft von Lou und Gav schien im Restaurant leichtes Aufsehen zu erregen. Ob die anderen Gäste sie erkannt hatten oder ob es an ihrem Auftritt lag – als erwarteten sie, erkannt zu werden –, wusste Sara nicht. Lou in Lederrock und engem Nirvana-T-Shirt schien es jedenfalls drauf anzulegen aufzufallen. Als Sara sie sah, kamen ihr wie immer Zweifel, was ihr eigenes Outfit anging, bis sie merkte, wie Gavs Blick begierig über ihr Dekolleté huschte, und sie sich umgehend besser fühlte.

Als sie die Umarmungen und Glückwünsche hinter

sich hatten, setzten sich alle, und Neil gab dem Kellner mit dem Kinn ein Zeichen, zwei weitere Martinis zu bringen.

»Übrigens, tut uns leid, dass wir zu spät kommen«, sagte Gav. »Aber wir mussten uns in Shoreditch sehen lassen. Ein Freund von mir hatte eine Vernissage.«

»War die Ausstellung gut?«, fragte Neil.

»Ach, nein.«

Sie alle lachten. Dann entstand eine Redepause, bis sie sich eingewöhnt hatten und die störende Neugier der anderen Gäste abgeklungen war.

»Hmm, der haut einen um!«, sagte Lou und schlürfte glücklich ihren Martini. Gav drehte sich nach dem Kellner um und bestellte eine neue Runde, indem er einfach einen Finger kreisen ließ.

Nach dem ersten Glas fühlte sich Sara bereits ein wenig schummrig, aber wegen Gavs Nähe nahm sie auch vom zweiten einen großen Schluck, um ihre Nerven zu beruhigen. Eigentlich war er immer gut gekleidet, aber heute hatte er seine unkonventionelle Ästhetik absolut perfektioniert. Er trug ein dunkles Jeanshemd unter einer Jacke, die zwar gestrickt war, aber trotzdem besser saß als Neils Baumwolljackett von Jaeger. Seine Augen schimmerten im Kerzenlicht jettschwarz, und seine Wangenknochen wirkten so scharf, als könnte man darauf Parmesan hobeln. Trotz alledem hatte er etwas Verletzliches an sich, auch wenn sie nicht genau sagen konnte, woran das lag. Aber dann ging es ihr auf: Er hatte sich den Bart abrasiert.

Sie erinnerte sich, wie sie sich darüber lustig gemacht hatte, und fühlte sich schuldbewusst und hocherfreut zugleich. Dieser Dummkopf, dieser hinreißende Narr. Es wäre doch gar nicht nötig gewesen, wollte sie ihm sagen. Sie liebte ihn so oder so.

Als Neil sie anstieß, riss sie sich zusammen und holte Lous Geschenk und die Karte aus ihrer Tasche.

»Für mich?« Lou blickte sie ungläubig an, als hätte sie niemals damit gerechnet, an ihrem Geburtstag ein Geschenk zu erhalten. Sie öffnete die Karte und verteilte dankbar Luftküsse. Dann riss sie das Papier auf. Sie hatte nie schöner und lädierter zugleich ausgesehen, dachte Sara. Obwohl sie die Haare zu einem unordentlichen Knoten zusammengedreht hatte und bis auf einen Lidstrich ungeschminkt war, schaffte sie es, dass sich Sara mit ihrem schimmernden Make-up und dem teuren Kleid spießig und gewöhnlich vorkam.

»Es ist nichts Besonderes«, log Sara. »Ich war mir nicht sicher, ob er dir gefällt, aber du kannst ihn umtauschen. Es gab noch andere schöne, aber ich dachte, dieser würde …«

Sie verstummte, als Lou eine Hand auf ihre legte. »Er gefällt mir sehr«, sagte sie. »Er ist wunderschön.«

Sie legte den Armreif und das Geschenkpapier zur Seite und wandte sich der Speisekarte zu. »Also, was soll ich essen? Das Entenconfit? Oder lieber Seeteufel mit schwarzem Reis? Ach Gott, ich kann mich gar nicht entscheiden.« Sie schlug die Speisekarte zu. »Neil, bestell du doch für uns, ja?«

Neil blickte erschrocken auf, als hätte die Lehrerin ihn aufgefordert, den Unterricht zu übernehmen, nahm sich aber der Aufgabe mit völlig unangebrachter Überheblichkeit an. Und wenig später schlemmten sie wie die alten Römer. Eine Speise nach der anderen wurde aufgetischt, und jede enthielt irgendein seltsames Stück vom Tier oder eine Salatsorte, von der Sara noch nie gehört hatte. Gav wollte sich nicht lumpen lassen und bestellte eine Flasche Wein für achtzig Pfund, die sie innerhalb einer halben Stunde leerten, und darauf noch eine.

Eigentlich war es schade, dass sie den raffinierten Saucen, subtilen Dressings und originellen Garnituren so wenig Beachtung schenkte. Wann würde sie jemals wieder so gut speisen? Doch sie hätte genauso gut Sägemehl essen können. Wie konnte sie sich auf die Gerichte konzentrieren, wenn sich ihre Augen an *ihm* weideten? Sie hatte Wochen durchstehen müssen, in denen sie ihn kaum zu Gesicht bekommen hatte, und nun saß er hier, nur wenige Zentimeter von ihr entfernt, zeigte sein schiefes Lächeln und fuchtelte mit der Gabel herum, um dem, was er erzählte, Nachdruck zu verleihen. Sara hatte Mühe, seine Worte aufzunehmen – es ging um jemanden, den er bei der Vernissage getroffen hatte, einen kleinen, muskulösen Kerl namens Matt mit eindrucksvollem Schnauzbart und einer Altstimme, die nicht richtig passen wollte.

»Ich wusste, dass ich ihn von irgendwoher kannte«, sagte Gav, »mir fiel nur nicht ein, woher. Und dann fiel der Groschen. Es war *Matilda*. Ein Mädchen von der

Kunsthochschule. Sie hatte das Geschlecht gewechselt. Es war ein Schock, aber auch irgendwie toll. Er war so ausgeglichen – viel mehr er selbst, als sie es jemals gewesen war.«

Sara verharrte mit ihrem Weinglas auf halbem Weg zum Mund und schüttelte lächelnd den Kopf.

»Und ich habe gesagt: ›Mann, schön dich zu sehen. Willkommen im Club. Aber kannst du dich mit deinem Sixpack nicht woanders hinstellen? Neben dir sehe ich aus wie ein Waschlappen!‹«

Alle lachten, doch dann begann Neil einen Vortrag über heteronormative Annahmen, was die Stimmung ein wenig verdarb. Gavin nickte und lächelte zwar brav, aber kramte nach seinem Tabak. Das war Saras Chance. Bevor Gav ankündigen konnte, dass er eine rauchen gehen wollte, sagte sie schnell, sie müsse pinkeln. Sie sprang auf und eilte an Gavin vorbei zur Damentoilette, wo sie im Spiegel ihr Aussehen begutachtete und dann um der Glaubwürdigkeit willen den Handtrockner betätigte. Dann schlich sie sich zum Hof, wo sie Gav vermutete.

»Ich will auch eine«, sagte sie.

Er saß auf der Treppe, halb verdeckt von einem in Form geschnittenen Lorbeerbaum.

»Bitte«, sagte er streng.

»Bitte, bitte.«

Er gab ihr seine frisch gedrehte Zigarette und drehte eine neue. Als sie fertig war, zündete er sein Feuerzeug, und beide beugten sich darüber. Beim Anblick seines Gesichts im Flammenschein, der Augen mit den Schlupflidern, der süffisant lächelnden, schmalen Lippen traf sie die Begierde wie ein Hammerschlag.

»Hmm«, machte sie, als sie inhalierte, um zu zeigen, dass sie die Zigarette genoss.

»Vorsicht«, sagte er, »sonst wird dir noch schlecht.«

»Ehrlich gesagt habe ich mich noch nie besser gefühlt.«

Sara hatte zwar genug getrunken, um ihre Hemmungen abzulegen, aber nicht so viel, dass sie nicht mehr wusste, was sie tat. Sie nahm sein frisch rasiertes Kinn in die Hand.

»Du musstest ihn nicht abrasieren, weißt du?«

»Ich weiß.«

»Aber ich fühle mich geschmeichelt, dass du es getan hast.«

Sie ließ die kaum gerauchte Zigarette fallen, nahm seine Hand und zog ihn hoch. Als er aufstand, konnte sie seine Wolljacke und sein herbes Eau de Cologne riechen und darunter seinen eigenen, leicht modrigen Duft, ein Geruch, den sie jedem anderen auf der Welt vorzog. Sie wusste, sie konnten keinen Sex haben, nicht hier, doch ein Kuss würde genügen. Ein Kuss, an Lous Geburtstag, wäre wunderbar. Sie zog seinen Kopf zu sich, hob ihr Gesicht seinem entgegen und schloss die Augen.

»Es tut mir leid«, murmelte er, sein Atem von Wein und Tabak bittersüß.

»Muss es nicht.« Sie suchte mit dem Mund seine Lippen, doch er packte sie am Kinn.

»Nein«, sagte er sanft. »Es tut mir leid.«

# 25

*Wie in Trance lief sie zum Wasser und spürte, wie ihre Füße mit jedem Schritt tiefer im Sand versanken, während sie dem Rauschen und Blubbern der Brandung näher kam. Sie hob einen Strang Blasentang auf und wog ihn in der Hand. Er war schleimig, und die mit Luft gefüllten Blasen wirkten beständiger als ihr Leben. Sie legte sich den Tang wie einen Schleier aufs Gesicht. Es fühlte sich richtig an, von einer wässrigen, fauligen Masse, von einer primitiven Pflanze verhüllt zu werden. Sie war aus dem Wasser gekommen und würde dorthin zurückkehren. Ihre Füße versanken immer tiefer im Sand, während die Wellen sie umspülten. Als sie am nächsten Morgen kamen, um nach ihr zu suchen …*

»Sara?«

»Großer Gott!« Sara schwang auf ihrem Stuhl herum. »Was machst du hier?«

Neils Augenlider waren schlafverhangen. Er trug nur eine Schlafanzughose, und Saras Blick wanderte unwillkürlich zu den krausen Haaren um seine Brustwarzen.

»Ich schreibe«, antwortete sie.

»Um zwei Uhr morgens?«

»Was störst du dich daran?«

»Ich kann nicht schlafen.«

»Ich halte dich nicht davon ab.«

»Komm doch ins Bett.«

»Und wann soll ich schreiben?«

»Am Wochenende.«

»Und du unternimmst was mit den Jungs?«

»Ach, ich würde ja, aber …«

Mit einem Schulterzucken wandte Sara sich wieder dem Bildschirm zu, verärgert, aber auch befriedigt, weil er schuldbewusst hinter ihr stehen blieb. Sie hörte, wie er schließlich seufzend die Tür schloss und zu dem hässlichen Ohrensessel hinüberging, den ihre Mutter ihnen überlassen hatte. Er setzte sich auf den unbequemen Rand und beobachtete sie. Sara stierte weiter demonstrativ auf ihren Bildschirm.

»Was machst du da? Schreibst du dein Buch um?«, fragte er schließlich. »Solltest du damit nicht warten, bis du professionelles Feedback bekommen hast?«

Sie warf ihm einen vernichtenden Blick zu.

»Ich habe bereits mehr als genug ›professionelles Feedback‹ bekommen, vielen Dank. Das hier ist was Neues.«

»Aber nur weil dein Manuskript ein paarmal abgelehnt wurde, musst du es doch nicht gleich aufgeben.«

»Bei allem Respekt«, sagte sie und drehte sich auf ihrem Stuhl zu ihm, »du hast keine Ahnung, wovon du redest.«

»Aber Lou hat Ahnung«, erwiderte er.

»Und?«, fragte sie barsch.

»Lou hat dein Buch gelesen und fand es toll. Ihre Meinung zählt doch sicher, oder?«

»Sie hat *gesagt*, es gefällt ihr.«

»Warum sollte sie es sagen, wenn sie es nicht meint?«

»Gott, du bist manchmal so naiv.«

»Was willst du damit sagen?«

»Damit will ich sagen: Sie haben sich bei uns eingeschmeichelt, damit wir ihr achttausend Pfund für ihren Film leihen. Ich fürchte, auf das Geld können wir lange warten. Was meinst du?«

Neil starrte sie ungläubig an, und kurz war sie daran erinnert, dass er ein von Grund auf guter Mensch war – die Eigenschaft, durch die sie sich anfangs zu ihm hingezogen gefühlt hatte. Sie hatte ihn dafür geliebt, dass er in anderen nur das Gute sah, dass er an Fortschritt glaubte und Sünde aus einem soziologischen statt moralischen Blickwinkel betrachtete. Hatte ihn dafür geliebt, obwohl seine Leichtgläubigkeit und sein unerschütterlich sonniges Gemüt, das offenbar nie von düsteren Gedanken getrübt wurde, sie zur Verzweiflung treiben konnten. Vielleicht hatten sich die Zeiten geändert, mit Sicherheit aber ihr Umgang – jedenfalls kam ihr Neils naiver Optimismus, was die Natur des Menschen anging, jetzt nur noch lächerlich vor. Lächerlich und extrem unsexy.

»Hältst du Lou für so berechnend?«, fragte er.

»Vielleicht ist es ihr nicht bewusst, aber ich glaube, das ist das Spiel, das sie spielt. Das sie beide spielen. Sie haben uns die ganze Zeit manipuliert.«

»Großer Gott! Seit wann bist du zynisch?«

»Wahrscheinlich seit Lou zum achten oder neunten Mal ihre Kinder bei mir abgeladen hat, während sie ihren

Agenten angerufen oder ein Formular für die Filmförderung ausgefüllt hat oder – hmm, mal überlegen – vielleicht, seit sie das vollständige Storyboard für einen Kurzfilm gezeichnet hat, während ich ihre Kinder daran hindern musste, sich gegenseitig umzubringen.«

»Du hast doch gesagt, sie ist eine inspirierende Lehrerin.«

»War sie auch, ungefähr zwei Minuten lang. Dann hat es sie gelangweilt.«

Neil sah sie niedergeschlagen an, und Sara wurde ein wenig versöhnlicher.

»Ehrlich, wenn ich vorher gewusst hätte, wie es ist, hätte ich die Kinder niemals aus der Schule genommen. Dass ich damit mein eigenes Leben ruiniert habe, ist mir im Grunde egal, aber ich darf gar nicht dran denken, was ich ihnen angetan habe. In der Cranmer Road waren sie wenigstens glücklich. Und nie wieder ziehe ich über Lehrer her. Mir war nicht klar, wie viel Energie das kostet und wie einfallsreich man sein muss. Man muss immer vorausdenken, muss Langweiliges interessant machen und sich völlig reinknien. Einfach verrückt, zu denken, dass ich das bewältigen und gleichzeitig schreiben könnte.«

»Du bist zu streng mit dir. So eine Sache hat natürlich ihre Höhen und Tiefen. Was du tust, ist sehr mutig – zu versuchen, ein kreatives Leben zu führen; den Kindern ein Vorbild zu sein und ihnen genug Freiraum für ihre eigene Kreativität zu lassen. Das ist eine gewaltige Aufgabe. Und falls es dir gelingt, ist es eine viel größere Leistung als alles, was ich je vollbracht habe. Aber es war von Anfang an klar, dass es nicht leicht sein würde. So etwas entwickelt sich nicht geradlinig.«

»Genau das ist das Problem«, sagte sie. »Selbst kreativ zu sein und den Kindern ein kreatives Umfeld zu bieten«, sie schüttelte den Kopf, »das lässt sich nicht vereinbaren. Man kann nicht auf zwei Hochzeiten tanzen. Ich verstehe jetzt endlich, was Ezra meinte. Kreativität ist egoistisch. Jedenfalls die, aus der Kunst wird. Wie kann ich mir die Zeit nehmen, die ich für mich brauche, und zugleich den Kindern helfen, ihr Potenzial auszuschöpfen? Es funktioniert einfach nicht.«

»Du bist zu pessimistisch. Vielleicht hängst du einfach dieser albernen romantischen Vorstellung von Kreativität nach: in der Dachstube darben, sich ein Ohr abschneiden … Diesem Mythos vom gequälten Genie.«

»Ach, was weißt du denn schon?«, sagte sie wütend. »Das Kreativste, was du je getan hast, war, den Schrifttyp für einen Jahresbericht auszuwählen.«

Neil wirkte gekränkt, doch anstatt sich zu entschuldigen, schlug sie mit immer heiserer werdenden Flüsterstimme weiter auf ihn ein.

»Du verstehst es vielleicht nicht, Neil, aber meine eigene Erfahrung sagt mir, dass Kunst ihren Preis hat. Schreiben ist nichts, womit man sich nebenher beschäftigen kann. Wenn man sich der Sache nicht ernsthaft widmet, wird es nichts. Warum, glaubst du, sitze ich hier noch mitten in der Nacht? Ganz bestimmt nicht, weil meine kreativen Säfte um diese Zeit besser fließen. Sondern weil ich sonst verdammt noch mal keine Zeit habe. Ist es da ein

Wunder, dass ich nur Mist schreibe? Ist es ein Wunder, dass ich lauter Absagen kriege? Ich bin eine Amateurin, Neil, und so schreibe ich auch. Wenn man ein richtiger Künstler sein will, muss man Opfer bringen. Man muss bereit sein, sich von seiner Arbeit auffressen zu lassen – und alle um einen herum auch.«

»Ach verdammt, sei doch nicht so melodramatisch. Was ist mit Lou und Gavin? Die sind beide Künstler, aber sie machen nicht so ein Theater darum …«

Fassungslos warf sich Sara auf ihrem Stuhl zurück.

»Du machst wohl Witze!«, sagte sie mit fiepsiger Stimme.

»Also ich habe den Eindruck, dass sie es ganz gut bewältigen«, sagte Neil defensiv. »Sie haben ihre Arbeit, ihre Familie …«

»Neil, *ich* habe ihre Familie! Du weißt schon, dass ich mich im Moment tagsüber um Zuley kümmere?«

Neil schaute sie verblüfft an. »Tatsächlich?«

»Ja, tatsächlich. Lou hat sich mit Mandy zerstritten. Sie glaubt, Mandy ist hinter Gavin her. Also bin ich jetzt eine gottverdammte Kindergartentante. Und als Nächstes steht ein Ausflug zur Tower Bridge auf dem Programm, um etwas über Hebelkraft zu lernen. Kannst du dir das vorstellen? Mit Zuley im Schlepptau?«

»Aber Lou kommt doch sicher mit«, sagte Neil.

»Oh, sie *sagt*, sie kommt mit. Sie glaubt es wahrscheinlich sogar selbst. Aber du kannst darauf wetten, dass Montag irgendeine Katastrophe passiert, die nur sie beheben kann. Entweder ist am Passamt die Hölle los oder sie muss ganz dringend Änderungen an einem Drehbuch vornehmen. Ich würde unser Haus darauf verwetten, dass sie einen Riesenbogen um die Tower Bridge machen wird. So bewältigen Lou und Gavin ihr Künstlerdasein.«

»Also das kommt gar nicht infrage«, sagte Neil, auch wenn Sara seine Empörung ein wenig zu verhalten fand. »Und das musst du ihr sagen.«

»*Ich* muss es ihr sagen?«

»Wir beide. Morgen Abend sprechen wir's an.«

Stark angetrunken und überwältigt von Neils Großzügigkeit, die Rechnung im Lupercal zu übernehmen, hatte Lou sie beide zu sich nach Hause zum Abendessen eingeladen. »Lous Geburtstag, zweite Runde«, hatte sie es bescheiden genannt.

An dem Abend hatte Sara nur angespannt gelächelt und sich geschworen, dass nichts sie dazu bewegen könnte, noch einmal einen gemeinsamen Abend in Lous und Gavins Haus zu verbringen. Doch jetzt wurde ihr klar, dass ein solches Treffen durchaus von Nutzen sein konnte.

# 26

Sara glitt in das brühend heiße Badewasser und sah zu, wie ihre Haut eine erschreckend grellrosa Farbe annahm. Nur ihre Knie, die aus dem Wasser ragten, blieben schmerzfrei und fleischfarben. In ihrem Haaransatz bildeten sich Schweißperlen und rannen ihr übers Gesicht, doch sie rührte sich nicht. Es war ein Test ihrer Willenskraft.

Später, als sie nackt auf dem Bettrand saß und ihre Beine mit Körperlotion einrieb, ging sie ihre Strategie für den Abend durch. Wenn sie recht überlegte, war es Wahnsinn, sich auf Neil zu verlassen. Nach ein paar Gläsern Wein würde er ihnen aus der Hand fressen. Sie schauderte, wenn sie daran dachte, wie er in letzter Zeit um sie herumscharwenzelte, über Gavs lahme Witze lachte und nachsichtig Lous selektives Gedächtnis ertrug. Er merkte anscheinend gar nicht, wie lächerlich er wirkte. Man konnte ihnen kaum vorwerfen, dass sie ihn in den Hintern traten, wenn er sich eine Zielscheibe draufpappte und einladend bückte. Doch *sie* würde sich nicht mehr treten lassen. Sie hatte genug.

Sara rieb so fest über ihre Schenkel, dass sich rote Striemen zeigten. Sie hörte auf, ein wenig erschrocken über sich selbst, und sah ihre Reflexion im Spiegel des Schminktischs. Das Haar, vom Handtuch befreit, aber noch nicht gekämmt, stand ihr wirr vom Kopf ab. Ihre Augen waren schwarz wie Kohle. Sie sah aus wie eine Furie der griechischen Mythologie – eine schlangenhaarige Rächerin, die das Unrecht bekämpfte. Warum sollte sie sich nicht entsprechend kleiden? Sie kramte ein hautenges Kleid hervor, das sie einmal aus einer Laune heraus mit Carol gekauft hatte. Der bandagenartige Look mit flach gedrückten Brüsten vermittelte genau die richtige Aura androgyner Erotik. Es würde Gav daran erinnern, was ihm entging – *was er ausgeschlagen hatte.*

»… und ich will nicht so lange bleiben«, murrte sie, als sie vor der Nachbartür standen und darauf warteten, dass sie aufging.

»Lass uns erst mal abwarten«, sagte Neil mit aufgesetzter Freundlichkeit. »Vielleicht wird es ja ganz nett.«

Hinter dem Buntglas tauchte ein Schemen auf, und sie vernahmen Lous Stimme, heiter, warm und selbstgefällig, wie sie irgendeine Bemerkung nach hinten rief. Als sie die Tür öffnete und der vertraute feuchte Geruch ihres Hauses in Saras Nase drang, wurde sie kurz wankelmütig. Sie erinnerte sich daran, wie oft sie schon hier gestanden und sich glücklich geschätzt hatte – glücklich, weil sie einen Abend mit ihnen verbringen durfte; glücklich, weil sie sie kannte. Ihre Kehle schnürte sich zu, und sie musste heftig schlucken.

Da stand ihre Gastgeberin in einem Glorienschein aus

Licht, in verschossenem T-Shirt ohne BH und einer seidenen Wickelhose. Sie hatte wieder irgendetwas Seltsames mit ihren Haaren angestellt und trug ungewöhnlich viel Make-up.

»Hall*ooo*!«, sagte sie, als hätten sie sich ewig nicht gesehen. »Hereinspaziert.«

Sie zog Sara an sich, ohne ihr in die Augen zu blicken, und legte in einer seltsam flehentlichen Geste den Kopf auf ihre Schulter.

»Hi«, sagte Sara steif. Sie befreite sich und beobachtete, wie Lou Neil vergleichsweise flüchtig begrüßte.

»Es riecht schon gut«, sagte sie fast weich werdend. Tatsächlich war sie völlig überrascht, dass das Essen schon in Vorbereitung war. Das war noch nie vorgekommen. Sara fragte sich, ob es sich um eine Taktik handelte. Hatten Lou und Gav erraten, dass sie zu weit gegangen waren? Hatten sie Kochbücher gewälzt und hofften, so alles wieder geradebiegen zu können? Dann hatten sie sich aber geschnitten.

Als Sara die Küche betrat, stolperte sie fast über Gavin, der auf der Fensterbank hockte, die Beine an den Knöcheln gekreuzt und eine Bierflasche in der Hand. Sie dachte, sie wäre auf diesen Moment vorbereitet gewesen, doch ihn zu sehen traf sie wie ein Schlag.

»Da ist sie ja«, sagte Gav. Es wirkte gespielt. »Da ist mein Mädchen.«

Mit einer komödiantischen Geste riss er sie an sich. Für einen Augenblick war sie in den Hof des Restaurants zurückversetzt, sein kräftiger Geruch in ihrer Nase, ihre Schenkel fest an seine gedrückt. Er spitzte die Lippen zu einem unschuldigen Kuss, doch sie wandte kalt ihr Gesicht ab. In dem Moment bemerkte sie die anderen Gäste.

»Sara, Neil … das sind Claudia und Chris«, sagte Gavin, nachdem er Neil kumpelhaft umarmt hatte.

Sara verzog ihren Mund zu einem Lächeln. Sie hätte es wissen müssen. Sie hätte wissen müssen, dass sie ihr den Boden unter den Füßen wegziehen, sie überraschen und in die Defensive drängen würden. Sonst waren nie andere Leute dabei gewesen, sie waren immer nur zu viert gewesen. Es war wie ein Schlag ins Gesicht. Vielleicht wäre es gerade noch zu ertragen gewesen, wenn sie Leute aus ihrem üblichen Kreis dynamischer Macher eingeladen hätten, doch diese Leute hatten einfach keine Klasse. Claudia war ein unscheinbares kleines Ding, das sich mit ihrer gerippten Strickjacke und den baumelnden Ohrringen kleidete wie eine alte Frau. Ein guter Friseur hätte mit ihrem mausgrauen Haar Wunder vollbringen können, doch es war in der Mitte gescheitelt und hing in schlaffen Strähnen herunter. Sie winkte ihnen zaghaft von der anderen Tischseite her zu. Chris hatte vielleicht sogar noch weniger Ausstrahlung. Das einzig Auffällige an ihm waren seine wild wuchernden beigen Augenbrauen, die unter seiner Stirnglatze hingen wie Grasbüschel an einem Steilhang. Er trug ein Sporthemd mit hochgeklapptem Kragen. Chris sprang auf, um ihnen die Hände zu schütteln, wobei er ihnen intensiv in die Augen schaute. Sogar Neil, der gewöhnlich jedem eine Chance gab, schien entgeistert über die neue Bekanntschaft. Es war, als hätte Lou gespürt, dass es Ärger geben könnte, und einfach irgendein Pärchen von der Straße aufgelesen, um Unannehmlichkeiten abzuwenden. Und doch wurden sie mit allen Ehren bewirtet: Es gab Kerzen und Blumen, und im Hintergrund lief leise Sufjan Stevens. Während Lou auf dem Herd einen Topf *frijoles refritos* erhitzte, plauderte Gavin mit Chris, als wäre er wirklich an dem interessiert, was er zu sagen hatte. Claudia stieß mit Sara an und warf ihr einen verschwörerischen Blick zu, als würde sie es für verrucht halten, Wein zu trinken.

»Woher kennt ihr denn Gavin und Lou«, fragte Claudia.

»Wir wohnen nebenan«, antwortete Sara in einem fast schroffen Ton.

»Sara und Neil haben sich um uns gekümmert, als wir aus Spanien zurückkamen«, sagte Lou über ihre Schulter zu Claudia. »Mein Gott, da waren wir vielleicht in einer Verfassung! Erinnerst du dich noch, Sara?«

Oh ja, sie erinnerte sich. Sehr gut sogar. Sie erinnerte sich an das Hochgefühl, das sie verspürt hatte, weil Lou unter all den Frauen in der Straße ausgerechnet sie als Freundin gewählt hatte. Sie erinnerte sich, wie sie beim Kaffee gebannt Lous spanischem Märchen gelauscht hatte. Erinnerte sich, wie sich Lou ihr anvertraut hatte und sie kaum gewagt hatte zu atmen, aus Furcht, Lou würde erschrecken und aufhören zu reden. Und während sie nun Claudia betrachtete, die jedes Wort von Lou mit vor Bewunderung offen stehendem Mund gierig aufsog, erinnerte Sara sich an ihr altes Ich – an die leichtgläubige, dankbare Gefolgsfrau, die sie damals war.

»Es war so komisch, wieder Menschen um sich zu haben«, erinnerte sich Lou lächelnd. »Wir waren ja praktisch völlig verwildert. Und die Sprache. Ich bin ständig ins Spanische zurückgefallen.«

Nein, bist du nicht, dachte Sara. Nun, da der Zauber gebrochen war, konnte Sara nur allzu deutlich sehen, wie kindisch Lous Versuche waren, Eindruck zu schinden.

Doch Lou schien heute Abend nicht ganz sie selbst zu sein. Irgendetwas war anders als sonst. Sie wirkte müde und nervös. Vielleicht spürte sie, wie Saras Zuneigung verebbte.

»Die Umstellung war sicher schwierig«, warf Claudia ein. »London ist so anonym.«

»Ich verstehe, was du meinst«, sagte Lou diplomatisch, »aber diese Nachbarschaft widersetzt sich dem Trend.«

»Ist es ein Trend?«, fragte Sara. »Oder eher ein Klischee? Ich habe noch nie das Gefühl gehabt, dass Londoner besonders unfreundlich sind.«

»Nun, vielleicht nicht direkt unfreundlich«, stotterte Claudia und wurde rot. »Aber ich finde es einfach schon ein wenig beängstigend.«

»Warum? Wo kommst du denn her?«, fragte Sara.

»Meine Familie ist ursprünglich aus Derbyshire, aber durch den Job meines Vaters sind wir in meiner Kindheit sehr viel rumgezogen. Durch ganz Europa.«

»Claudia ist Jerzys Tochter«, erklärte Lou. Sara kramte in ihrer Erinnerung. Wer war noch mal Jerzy? Ach ja, der biegsame Zirkusdirektor mit dem umwerfenden Charme und dem Alkoholproblem. Auch wenn diese beiden jungen Leute so viel Ausstrahlung hatten wie ein Sack Kartoffeln, gehörten sie einer Dynastie an. Durch ihre Familienbande zählten sie automatisch zu den Kreativen.

»Ach so«, sagte Sara. »Dann hast du bestimmt auch was mit den ›Kleinen Wichten‹ zu tun, oder?«

»Nein«, sagte Claudia entschuldigend. »Das ist Beths Ding. Sie ist meine Stiefmutter. Es ist toll, wie viel Erfolg sie damit hat, aber ich bin kein Theatermensch.«

Sara wollte gerade fragen, was für ein Mensch Claudia denn sei (obwohl sie bei Gott auch gut ohne diese Information leben konnte), als Lou eine Schüssel Bohnenpüree und einen Korb mit selbst gemachten Tortillas auf den Tisch stellte.

»Haut rein«, sagte sie und zog einen ramponierten Stuhl heran.

Sara klatschte einen Löffel von der schweren, mit Koriander durchsetzten Pampe auf eine Tortilla und rollte sie zusammen.

»Guacamole? Salsa?« Chris reichte verschiedene Schüsseln hin und her, als wäre er und nicht Gavin der Gastgeber. Claudia machte genüssliche Geräusche, und eine Weile sprach niemand.

»Ich dachte, du würdest die Jungs mitbringen, Sara«, merkte Lou schließlich vorsichtig an.

»Sie hatten keine Lust«, antwortete Sara und blickte

Lou kalt in die Augen. Ihre Kühnheit machte sie ganz schwindlig. Wie befreiend es doch war, Brücken hinter sich abzubrechen, sich keine Gedanken mehr darüber zu machen, ob sie Lous Gefühle verletzte – ja, sie sogar kränken zu *wollen*.

»Ach so«, sagte Lou.

»Sie wollten *Top Gear* nicht verpassen«, sagte Neil entschuldigend.

Aus der Nähe sah Lou tatsächlich ein bisschen spitz aus. Sie hatte geplatzte Äderchen auf den Wangen und einen Pickel am Nasenflügel. Nein, es war kein Pickel. Es war das Loch, wo sonst ihr Nasenring saß, und es war vereitert. Nicht besonders sexy. Es ärgerte Sara, dass sie trotzdem gut aussah – wie eine schwindsüchtige Kurtisane, die sich für ihre Liebe verzehrte.

Lou wandte sich an Claudia und sagte mit schriller Heiterkeit: »Es war ein Glücksfall, dass wir direkt neben Sara und Neil eingezogen sind. Ihre beiden Jungs sind fast im gleichen Alter wie Arlo und Dash, und sie verstehen sich prima. Wenn sie alle zusammen sind, kriegen wir sie kaum zu sehen. Sie laufen einfach los und …«

Doch Claudia und Chris fanden nie heraus, was die Jungen taten, wenn sie einfach losliefen, denn ein durchdringender Schrei unterbrach Lou mitten im Satz. Schritte klackerten die Treppe hinunter, und dann platzte Dash in die Küche.

»Ihr müsst kommen. Holt Zuley aus meinem Zimmer!«

»Liebling …«, Lou bewies so viel Anstand, sich ein wenig verlegen zu geben, »beruhig dich und erklär erst mal, was das Problem ist …«

»Das Problem ist«, kreischte er, »dass Zuley und Arlo in meinem Zimmer eine Höhle gebaut haben.«

»Schatz, aber es ist doch auch Arlos Zimmer.«

»Und sie haben meinen Bettbezug dafür benutzt und alle meine Warhammer-Figuren umgeschmissen. Also kommst du jetzt bitte mit hoch und sagst ihnen, sie sollen sich verpissen?«

»Dash!«, blaffte Gavin, doch ohne viel Nachdruck. Stirnrunzelnd blickte er Lou an, die ratlos zu sein schien.

»Wie wär's, wenn ich mitkomme und mal nach dem Rechten schaue?«, fragte Claudia und schob sich an Sara vorbei. Sie griff Dash sanft bei der Schulter und bugsierte ihn mit erstaunlicher Autorität hinaus. Sosehr Sara Dash auch verabscheute, innerlich feuerte sie ihn an und malte sich genüsslich seinen Gegenschlag aus – eine Kanonade von Schimpfwörtern und eine Claudia, die mit rotem Gesicht zurückkam. Doch es passierte nichts.

»Ist sie nicht toll?«, fragte Lou, als sie Saras Gesichtsausdruck sah. »Und dabei kennen sich die beiden erst seit Mittwoch.«

»Aber ich dachte, du kennst sie schon seit einer Ewigkeit.«

»Ihre Familie, ja, aber Claudia und ich haben uns früher nur selten gesehen. Trotzdem spüre ich da eine Nähe, wahrscheinlich weil Jerzy wie ein Vater zu mir war, als ich jung war.«

Ein Vater, mit dem du ficken wolltest, dachte Sara.

»Und als wir gehört haben, dass sie einen Unterschlupf suchen, haben wir gedacht, warum nicht?«

»Wie lange bleibt ihr denn?«, fragte Sara Chris.

»Nur ein paar Monate«, antwortete er mit dem Mund voller Guacamole, »bis wir eine eigene Bleibe gefunden haben.«

»Monate?«, fragte Sara. »Meine Güte.«

»Chris und Claudia wollen sich was in Deptford kaufen«, sagte Gavin und beugte sich zu Sara hinüber, um ihr Wein nachzuschenken.

Es war das erste Mal an diesem Abend, dass sie ihn richtig ansehen konnte. Sie war immer noch nicht über ihn hinweg, merkte sie. Ganz und gar nicht. Sein Anblick haute sie immer noch völlig um. Der Gedanke an seine Hände auf ihrer Haut, an seinen Mund, seine Zunge … Doch es war nun, als würde sie eine Glasscheibe trennen. Nichts konnte seine Gleichgültigkeit deutlicher ausdrücken als die unpersönliche Freundlichkeit, mit der er sie schon den ganzen Abend behandelte. Sie verstand nun, dass es von seiner Seite nur ein halbherziger Verführungsversuch gewesen war. Von sich aus hätte er wahrscheinlich nie etwas unternommen. Das Flirten lag ihm einfach im Blut: Korinna, die fleischgewordene Kunst; Rohmy, die Raubkatze von der After-Party; Mandy, die Tagesmutter … Sie alle rechneten sich Chancen bei Gav aus und begriffen nicht, dass sie nur Nebendarstellerinnen in einem großen Drama waren, dem Katz- und Maus-Spiel zwischen Gavin und Lou. Doch

Sara hatte geglaubt, bei ihr sei es anders, sie würde über ihnen stehen. Hatte geglaubt, Gavin sei ihr besonders zugetan. Sie hatte gewusst, dass er Lou niemals verlassen würde. So dumm war sie auch nicht. Doch sie war überzeugt gewesen, sie würde bei ihm ein Bedürfnis befriedigen, dem Lou nicht gerecht wurde. Genauso, wie sie überzeugt gewesen war, dass sie irgendwann Liebe machen würden. Dass die Gelegenheit kommen und alles verändern würde. Doch es war nicht passiert, und nun würde es niemals geschehen, und sie musste hier sitzen und zusehen, wie er sein Charisma an diese Replikanten verschwendete, diese Nichtmenschen. Sie lachten und plauderten und waren offenbar willkommen in diesem magischen Kreis, aus dem sie selbst nun ausgeschlossen war. Ihre Zeit war abgelaufen.

»… weil die Preise allein im letzten halben Jahr um acht Prozent gestiegen sind«, sagte Chris. »Also heißt es: jetzt oder nie.«

Gott, war der Typ langweilig.

»Nun, ihr seid als Erstkäufer sicher in einer guten Position«, sagte Neil.

»Hoffentlich.« Chris warf Gavin einen skeptischen Blick zu. »Wir hoffen nur, dass es keine Schwierigkeiten mit dem Kredit gibt, denn ich bin selbstständig, und Claudia hat noch keine feste Stelle.«

»Was machst du denn beruflich, Chris?«, fragte Neil freundlich.

»Ich bin Buchhalter«, antwortete Chris.

Sara unterdrückte ein Gähnen.

»Dann sollte es eigentlich keine Probleme geben«, sagte Neil.

»Davon gehe ich auch aus«, stimmte Chris ihm zu. »Aber die Bank wird sicher alles genauestens prüfen.«

»Lass sie ruhig«, sagte Gavin mit einem Schulterzucken, schwenkte spielerisch den Wein in seinem Glas und kippte ihn runter. »Lass sie nur alles prüfen. Wir haben keine Eile. Wir freuen uns darauf, euch eine Weile hier zu haben. Dann kommen wir wenigstens mal aus unserem Trott raus.«

Als Claudia zurückkam, wirkte sie ausgesprochen selbstzufrieden.

»Alles ruhig an der Front«, sagte sie. »Ich habe Arlo eine Geschichte vorgelesen, und Zuley ist schon fast eingeschlafen.«

»Ach, du bist ein Engel!«, sagte Lou. »Aber ich geh besser noch mal hoch und schau nach ihr. Sie würde mir nie verzeihen, wenn ich unser Zauberkuscheln vergesse.«

Zauberkuscheln? Sara verschluckte sich fast an ihrem Wein. Kannte diese Frau überhaupt keine Scham? War ihr entfallen, dass Sara genau wusste, wie es in diesem Haus zuging? Aber vielleicht war Lou mehr daran gelegen, neue Mitglieder für ihren Fanclub zu rekrutieren, als sich vor einer Freundin halbwegs natürlich zu geben, deren Meinung für sie anscheinend von Tag zu Tag weniger zählte.

»Sie ist wahnsinnig aufgeweckt, nicht wahr?«, sagte Claudia und machte sich mit Genuss über ihre kalte Tortilla her.

»Wer? Zuley?« Gavin grinste eitel. »Ja, sie ist nicht ganz dumm.«

»Nicht ganz dumm?« Claudia tat empört. »Wenn du es genau wissen willst, sie hat mindestens Lesekompetenzstufe eins.«

Gav blickte sie verständnislos an. »Ist das gut?«

»Mit vier Jahren? Das ist phänomenal«, sagte Claudia. »Ich habe Siebenjährige unterrichtet, die nicht so gut lesen konnten.«

»Ach, dann bist du Lehrerin?«, fragte Sara.

»Habe gerade Examen gemacht.« Claudia wurde rot und zog an ihrem Ohrring. »Wahrscheinlich muss ich mich eine Weile mit Vertretungen rumschlagen, bis ich richtig Fuß gefasst habe.«

»Wie funktioniert das?«

»Sie rufen mich an, wenn jemand krank wird oder so.«

»Und den Rest der Zeit?«

»Nun, ich werde hier sein, nehme ich an«, sagte Claudia glücklich. »Und helfen, wo ich kann.«

So sah es also aus. Der Hausunterricht wurde ausgelagert. Kein Wunder, dass Gavin und Lou für diese Leute den roten Teppich ausrollten. Sie waren Gold wert. Während Claudia bei der Arbeit mit den Kindern ihre pädagogischen Fähigkeiten perfektionierte, würde Chris sich wahrscheinlich um Gavins Steuern kümmern. Angesichts dieses perfekten Arrangements hätte Sara am liebsten gelacht. Hieß es nicht, Haie mussten immer in Bewegung bleiben, weil sie sonst erstickten?

»Sie haben übrigens uns gefragt.« Claudia beugte sich zu ihr hinüber und sprach in einem Halbflüstern.

»Wie bitte?«, fragte Sara. Das arme Ding überschlug sich geradezu vor Demut und Dankbarkeit.

»Sie haben *uns* gebeten, bei ihnen zu wohnen«, sagte Claudia. »Wir haben sie gar nicht gefragt. Ich habe nur angerufen, um mich über das Viertel zu erkundigen, und habe nicht im Traum daran gedacht, dass sie uns aufnehmen würden.«

»Wahrscheinlich können sie die Mieteinnahmen gut gebrauchen.«

»Aber wir zahlen gar keine Miete«, sagte Claudia. »Sie wollten nichts davon hören. Das sagt doch einiges über sie aus, wenn man bedenkt, dass es ein sehr geräumiges Zimmer ist und wir bleiben dürfen, solange wir wollen, findest du nicht?«

Gavin kam pfeifend mit einer Flasche Burgunder zurück.

»Ein altes Schätzchen«, sagte er. »Den bewahre ich schon ewig auf, aber jetzt haben wir ja etwas zu feiern. Habe ich irgendwas verpasst?«

»Nein«, sagte Neil mit aufgesetzter Heiterkeit, »wir haben nur eure Gastfreundschaft gepriesen. Was feiern wir denn Schönes?«

»Hat Lou es euch nicht erzählt?« Gav verdrehte die Augen. »Typisch. Wir haben gerade erfahren, dass das British Film Institute *Cuckoo* in einer neuen DVD-Reihe zu Ehren zeitgenössischer Filmemacherinnen herausbringt.«

»Fantastisch!«, sagte Neil.

Claudia und Chris taten ganz begeistert.

Sara war verwirrt. War dies nun ein Erfolg oder eine Schlappe? Wenn ein Film direkt auf DVD veröffentlicht wurde, betrachtete man ihn doch normalerweise als Flop.

»Heißt das, der Film kommt nicht ins Kino?«, fragte sie ein bisschen zu hastig. Doch ihre Schadenfreude war natürlich völlig fehl am Platz. Denn wenn der verdammte Streifen nichts einbrachte, waren Neil und sie ihr Geld los.

»Ach, wahrscheinlich doch, irgendwann«, sagte Gavin vage. »Aber diese DVD-Edition bringt natürlich viel Prestige und bedeutet einen gewaltigen Karriereschub.«

Als Lou zurückkam, wurde sie mit kriecherischem Applaus begrüßt.

»Womit habe ich das verdient«, sagte sie mit gespielter Überraschung. »Ach, der Film? Du meine Güte.«

Gavin schenkte mit großer Geste den Wein ein und stand auf, um einen Trinkspruch auszubringen. Die anderen hoben ihre Gläser, und Sara tat es ihnen widerwillig nach.

»Auf meine wunderschöne, begehrenswerte und überaus talentierte Frau. Danke dafür, dass du niemals langweilig bist.«

»Auf Lou«, sagte Neil und zog sich ein wenig zu schnell in respektvolles Schweigen zurück.

»Lou«, gurrten die anderen im Einklang. Sara formte den Namen nur mit den Lippen.

Lou wedelte abwehrend mit der Hand vor ihrem Gesicht. Mit Tränen in den Augen strich sie sich über das Brustbein, wie schon nach der Filmvorführung, als die Gefühle sie übermannt hatten. Dann setzte sie sich, doch stand sofort wieder auf.

»Tut mir leid, Gav«, sagte sie mit einem Räuspern, »aber du kommst mir auch nicht ungeschoren davon.« Wieder flossen Tränen.

»Dieser Mann …«, sagte sie halb lachend und schüttelte den Kopf. »Dieser Mann. Wenn man mich überhaupt als talentiert bezeichnen kann, was ich bestreiten möchte …« Die Kriecher schnalzten und murmelten empört. »… dann müssen wir für ihn – für dich – ein neues Wort erfinden.« Sie schaute ihrem Mann in die Augen und schloss einen Moment lang alle anderen aus. »Ich muss ganz ehrlich sagen, ohne dein Vorbild wäre ich ein Nichts und ein Niemand. Deine Kunst ist das Herzstück unseres Lebens. Sie ist schön, inspirierend und bedeutend, und ich danke Gott dafür und für dich, jeden Tag.«

Darauf folgte respektvolles Schweigen und dann wieder unterwürfiger Applaus, der Lou daran zu erinnern schien, wo sie war.

»Ach, und habe ich schon erwähnt, dass er auch eine Kanone im Bett ist?«, fügte sie mit einem anzüglichen Augenzwinkern hinzu.

Dem nervösen Lachen der anderen nach zu urteilen war Sara nicht die Einzige, der diese Offenbarung zu weit ging. Lou begann, das Geschirr abzuräumen. Claudia sprang auf, um ihr zu helfen, schabte die Reste von den

Tellern und stapelte sie aufeinander wie eine eifrige Schülerin beim Küchendienst in der Mädchenschule.

»Das war wirklich vorzüglich, Lou«, sagte sie. »Du musst mir unbedingt das Rezept geben.«

Gavin legte andere Musik auf und füllte ihre Gläser nach. Als Lou mit dem Aufräumen fertig war, stellte sie eine Platte mit Käse auf den Tisch und erklärte ihnen, wie jeder einzelne hieß.

»… und das ist Grazalema«, sagte sie, legte ein großzügiges Stück auf einen Cracker und reichte ihn Claudia. »Aus Andalusien, wo wir gewohnt haben. Ich kaufe ihn nicht oft, weil ich davon Heimweh bekomme, aber da dies ein besonderer Anlass ist …«

»Der schmeckt ja göttlich«, sagte Claudia und hielt sich diskret die Finger vor den vollen Mund. Dann schluckte sie und seufzte. »England kommt einem ziemlich klein vor, wenn man mal im Ausland gelebt hat, oder?«

Darauf folgte wehmütiges Schweigen.

»Ach, da fällt mir gerade was ein«, sagte Sara in trügerisch freundlichem Ton. »Könnt ihr euch noch an Steve erinnern?«

Neil warf ihr einen warnenden Blick zu.

»Steve?« Gav kniff nachdenklich die Augen zusammen.

»Ihr wisst schon, Neils Kollege. Der Baugutachter?«

»Muss das unbedingt jetzt sein?«, murmelte Neil.

»Unbedingt«, zischte sie ihn an.

»Steve …« Gavin kniff wieder die Augen zusammen.

»Steve, Steve, Steve … Ach, der Typ in der Signalweste. Lou, erinnerst du dich? Der mit den ganzen Geräten?«

Lou kräuselte amüsiert die Nase.

»Ach ja, der so aussah wie ein Legomännchen. Der mit dem Bauhelm und der Tasche voller Krimskrams.«

»Genau der«, sagte Sara heiter. »Dieser Typ mit der Signalweste hat signalisiert, dass wir ein kleines Problem haben.«

»Über das wir vielleicht nicht unbedingt *jetzt* reden müssen«, beharrte Neil und blickte sie mit großen Augen an. »Hey, Mann, lass sie doch sagen, was sie auf dem Herzen hat«, warf Gavin ein, wandte sich Sara zu und legte einen Arm auf ihre Rückenlehne. »Was ist denn das Problem, Sara?«

»Danke«, sagte Sara. »Entschuldigt bitte, Claudia und …«

»Chris«, half Chris ihr nach.

»Ja. Wenn ihr mal selbst Eigentum habt, werdet ihr verstehen, dass aus einem Haus schnell mehr wird als eine reine Immobilie. Es wächst einem ans Herz. Uns jedenfalls. Wir wohnen nun schon neuneinhalb Jahre hier. Patrick, mein Jüngster, ist hier geboren. Es ist, als wäre dieses Haus für uns bestimmt gewesen.«

»Mein Gott, Sara!«, sagte Neil.

»Du hättest es ja ansprechen können, wie du versprochen hattest.«

»Es geht um Absenkung!«, blaffte Neil. Er sagte es wie ein Schimpfwort und warf Sara anschließend einen wütenden Blick zu.

»Na, das habe ich mir gedacht«, sagte Gav und wirkte fast genauso selbstgefällig wie vorher. »Aber bei alten Häusern ist doch mit ein bisschen Bewegung zu rechnen, oder?«

»Es handelt sich um mehr als nur ein bisschen Bewegung, Mann«, murmelte Neil grimmig.

»Eure Bauarbeiten haben das Fundament des Hauses unterhöhlt«, sagte Sara, die jetzt richtig in Fahrt kam. »Ich weiß nicht, wer euer Bauleiter war, aber derjenige hat Scheiße gebaut. Dein Atelier, in dem du all deine schöne, inspirierende, bedeutende Kunst produzierst, hat massive Schäden an unserem stinknormalen, uninspirierten Haus verursacht. Das hat das Legomännchen mit seiner Tasche voller *Krimskrams* herausgefunden.«

Mit einem Mal schienen sich alle zu verkrampfen und angespannt zu lächeln. Lou sprang abrupt auf und lief zum Kühlschrank. Sie öffnete die Tür, aber schien vergessen zu haben, was sie wollte. Dann schloss sie sie wieder, stellte sich hinter Gav und rieb ihm manisch die Schultern, als wäre er ein Talisman.

»Das kann nicht sein«, sagte sie und lächelte gequält. »Das kann doch nicht stimmen, oder, Gav? Denn Jerome, ein guter Freund von uns, hat die Arbeiten geleitet.« Da sie begriff, dass Sara sich nicht mehr durch Namedropping beeindrucken ließ, wandte sie sich stattdessen an Claudia. »Er hat die Pebble Gallery in Bury St. Edmunds gebaut. Deshalb kann man wohl davon ausgehen, dass er sein Handwerk versteht.«

»Hat der Bau nicht einen Preis gewonnen?«, kam ihr Claudia zu Hilfe.

»Immer mit der Ruhe«, sagte Neil und machte eine beschwichtigende Geste. »Wir sind doch Freunde, oder?«

Sie alle machten eine Miene, als wäre es tatsächlich so.

»Steves erste Untersuchungen lassen vermuten, dass eure Bauarbeiten zu der Absenkung beigetragen haben *könnten* …«

»Mit neunundneunzigprozentiger Wahrscheinlichkeit«, murmelte Sara.

»Dass eure Bauarbeiten wahrscheinlich dazu beigetragen haben, äh …«

»Ja! Okay, okay«, sagte Gavin und schlug sich auf die Schenkel. »Wir haben verstanden. Natürlich liegt uns genauso viel daran, der Sache auf den Grund zu gehen, damit wir diese Möglichkeit ausschließen können.«

»Na, viel Glück dabei«, sagte Sara, was ihr einen hasserfüllten Blick von Gavin einbrachte. Das tat weh, auch wenn sie ihn dazu gereizt hatte.

»Also bitte, sagt einfach, was wir machen können«, sagte er abschließend.

»Gern!«, sagte Neil. »Vielen Dank. Es ist gar nicht kompliziert. Steve will nur eure Originalbaupläne sehen und eine Kopie der Baugenehmigung. Außerdem möchte er wissen, welche Methode für den Unterbau angewendet wurde.«

»Unterbau?«, fragte Gavin.

Sara lag im Dunkeln neben Neil. Seine Augen waren geschlossen und sein Gesicht gerade zur Decke gerichtet, wie bei einer Steinfigur auf einem mittelalterlichen Grab.

Sie wusste, dass er nicht schlief, denn er war vor Wut am ganzen Körper angespannt, auch wenn er versuchte, es sich nicht anmerken zu lassen. Er hasste Konflikte schon seit jeher, aber sie konnte doch nichts dafür. Wieso bekam sie den Ärger, wenn es doch Gav und Lou waren, die mit ihrer unglaublichen Nachlässigkeit die Probleme verursacht hatten. Es kam ihr vor, als wäre er auf der Seite der Nachbarn anstatt auf ihrer.

Sara suchte im Dunkeln seine Hand. Aber er zuckte zurück, als hätte sie Lepra.

»Ich musste was sagen, Neil«, flüsterte sie. »Für so was gibt's keinen richtigen Zeitpunkt.«

Schweigen. Nun, dann würde sie ihn auf andere Weise um Vergebung bitten. Sie strich sanft über seinen Oberschenkel. Bei der Berührung verspannte er sich noch mehr, doch er wehrte sich nicht. Langsam drehte sie sich zu ihm. Sein Schwanz wurde steif, und sie wollte ihn berühren, doch er schubste ihre Hand weg. Ohne Vorspiel, ohne Zärtlichkeit wälzte er sich auf sie, stützte sich mit einer Hand ab, während er mit der anderen ihr Nachthemd hochzerrte. Seine Augen waren wie dunkle Höhlen. Er ging sehr grob mit ihr um. Dies war nicht der Neil, den sie kannte. Und zu Saras Entsetzen ließ sein unerwartetes und ungewöhnliches Verhalten sie feucht werden. Er leckte an seinem Daumen und rieb damit leidenschaftslos über seine Eichel. Er küsste sie nicht, vergrub auch nicht sein Gesicht an ihrem Hals oder nagte an ihrem Ohrläppchen wie sonst. Brustlecken stand demnach auch nicht auf dem Programm. Er brachte seinen Schwanz in Position, hielt einen Moment inne, um seine Muskeln anzuspannen, und stieß lautlos zu. Erschrocken sog sie die Luft ein. Ihr übliches Hin und Her fiel aus. Das forschende Drücken und Kreisen, das ihnen beiden Lust bringen sollte, es aber im Grunde seit Jahren schon nicht mehr tat, war einem gierigen, egoistischen Stoßen gewichen. Und. Es. Fühlte. Sich. Gut. An. Ihr Hintern scheuerte am Laken, sie hatte Rauschen in den Ohren, ihr Haar glitt über das Kissen, und es ging auf und ab, auf und ab, schneller und schneller. Und dann ließ ein heftiger Schmerz sie überrascht aufheulen. Irgendetwas – es fühlte sich an wie ein Angelhaken – hatte sich in das weiche Fleisch ihrer Hinterbacke gebohrt und drang mit jedem Stoß tiefer ein.

»Autsch! Großer Gott. *Hör auf*, verdammt!«, jaulte sie. Doch Neil hörte sie nicht. Ein, zwei, drei weitere Stöße, und er war fertig.

»Geh runter«, flüsterte Sara. »Geh bitte runter. Ich habe … Irgendwas hat sich in meinen Hintern gebohrt.« Er wälzte sich herunter, und sie suchte nach dem Gegenstand, der sie peinigte. Dann zog sie ihn aus ihrem Fleisch, nahm ihn zwischen Daumen und Zeigefinger und hielt ihn im Dunkeln hoch. Kaum zu glauben, dass etwas so Kleines so heftige Schmerzen verursachen konnte.

»Meine Güte!«, sagte Neil ärgerlich und beugte sich über sie, um die Nachttischlampe anzuknipsen.

Sie blinzelten sich in der plötzlichen Helligkeit an, und Sara hielt den Gegenstand unter die Lampe, um ihn zu inspizieren. Es war ein etwa linsengroßer Silberring mit Scharnierverschluss. Verdutzt runzelte sie die Stirn und schaute Neil an. Erkennen huschte über sein Gesicht, doch er versuchte augenblicklich, es zu verbergen.

Neil schüttelte den Kopf, zuerst langsam, dann heftiger, nachdrücklicher.

»Es ist nicht so, wie du glaubst.«

»Nicht so, wie ich glaube? Ich finde Lous Nasenring in meinem Bett, und es soll nicht so sein, wie ich glaube? Wie zum Henker kommt er dann hierhin? Nein! Nein!« Sie drückte ihm beide Hände auf den Mund. »Mach es nicht noch schlimmer. Oh, ich ertrage es nicht. Ich ertrage es einfach nicht.«

Sie ließ sich zurück aufs Bett fallen. Der Schmerz traf sie tief und unerwartet. Sie hörte ein kehliges Stöhnen und war sich nur vage bewusst, dass es aus ihrem eigenen Mund kam.

»Hör doch, Sara. Es war nichts. Es war bedeutungslos!«

Er quasselte eine Zeit lang weiter: *»... ist einfach passiert ... ohne Bedeutung ... einsam ... schäme mich so.«*

Als er endlich verstummte, hob sie langsam den Kopf, als würde sie aus einem Sumpf aufsteigen, und blickte ihn an, diesen Mann, der sie betrogen hatte, diesen Mann, der ihr plötzlich fremd war.

»Wann?«, fragte sie. »Wann warst du überhaupt mit ihr allein? Oh Gott. Ich weiß. Taekwondo. Ich war im Sportzentrum und habe auf ihre Kinder aufgepasst. Ach, das ist ja wunderbar. Einfach perfekt.«

Neil schüttelte weiter den Kopf, die Augen geschlossen, wie ein kleiner Junge, der abstreitet, die Keksdose geplündert zu haben.

Sara betrachtete wieder den kleinen Silberring, den sie in den Fingern hielt. Es war fast ein Nichts. Und doch war es alles. Er stand für das, was war, und das, was nicht war. Eine kleine Null, ein Loch, durch das ihre Ehe verschwand.

»Perfekt, perfekt, perfekt«, wiederholte sie immer wieder und schaukelte vor und zurück, bis die Worte in ein fortwährendes Jammern übergingen.

# 27

*Achtzehn Monate später*

Es war so ein Wintermorgen, an dem das Meer sich in Nebel hüllte und mit gedämpftem Platschen auf den Kieselstrand schwappte. Alles umher wirkte sauber und wie betäubt von der Kälte. Sogar der Unrat, den der Wind in die Ecke eines Unterstands auf der Promenade geweht hatte, sah aus wie Pop-Art. Der Hund lief hin und her, zerrte Sara mal hier- und mal dorthin, hob das Bein an rostigen Geländerpfosten und kläffte den Möwen hinterher. Sie hatte gar keinen Hund gewollt, schon gar nicht diese elende kleine Töle. Aber er hatte auch sein Gutes. Er entschädigte die Jungen ein wenig für den Umzug und brachte willkommene Unruhe und Chaos in ihr Zuhause, das so ungewohnt ruhig geworden war. Die Notwendigkeit, mit ihm Gassi zu gehen, so lästig sie auch war, zwang Sara morgens aus dem Bett, was sicher besser war, als dazuliegen und auf das Morgengrauen zu warten, um sich langsam wieder mit ihrem noch fremden Schlafzimmer vertraut zu machen. Sie träumte immer noch von ihrem alten Haus. Stand vor der Tür und drehte vergebens den Schlüssel im Schloss oder lief die Treppe hinunter, nur um sich am Rand eines Abgrunds wiederzufinden. Einmal hatte sie geträumt, dass sie den Wäscheschrank geöffnet hatte und dahinter einen versteckten Flügel mit einem Ballsaal und einer Wurlitzerorgel vorgefunden hatte. Sie war glücklich aufgewacht, bis ihr einfiel, dass es den Ballsaal gar nicht gab und auch das Haus nicht mehr. Jedenfalls nicht für sie.

Sie waren auf der Promenade weiter gelaufen als gewöhnlich, hatten die Bingohalle längst hinter sich gelassen, als der Hund sich endlich dazu herabließ, sein Geschäft zu verrichten. Sara bückte sich, um den noch dampfenden Haufen in eine Plastiktüte zu bugsieren, die sie zu diesem Zweck mitgebracht hatte. Doch selbst dieser erniedrigende Akt konnte dem Tag seinen Glanz von blauer Weite und Optimismus nicht nehmen. Sie war nicht glücklich, nein, aber sie hatte sich mit ihrem Schicksal versöhnt. Und hatte festgestellt, dass es das Einzige war, auf das sie hoffen konnte. Selbst das war ihr bis vor Kurzem unmöglich erschienen. Man durfte nicht zurückblicken. Es war, als hätte ein neues Regime die Sitten und Gebräuche des alten Landes hinweggefegt. Man musste zulassen, dass man vergaß, dass alles entschwand. Wenn man sein altes Leben hinter sich gelassen hatte und an alle Rituale zurückdachte, wurde man vor Wut und Trauer wahnsinnig.

Caleb behauptete, dass er nicht gern in seine neue Schule ging, aber wenigstens schikanierten ihn die anderen Kinder nicht. Das war Saras größte Angst gewesen. Im Gegenteil, soweit sie nach dem Hacken seines Facebook-Profils beurteilen konnte, hatten seine rebellische Art und sein weltverdrossener Cockney-Gang ihm sogar eine Fangemeinde eingebracht. Doch am Wochenende verkroch er sich Trübsal blasend in seinem Zimmer, das er nur verließ, um eine riesige Schüssel mit Cornflakes zu füllen und jeden, der sich gerade in der Küche aufhielt, runterzumachen. Besonders Neil ließ er seine Verachtung spüren, obwohl der nur am Wochenende kam und seine Bemühungen, sich während seiner kurzen Aufenthalte beliebt zu machen, einem das Herz brechen konnten. Er war immer ein guter Vater gewesen, besser, als sie als Mutter war. Er hatte stets guten Instinkt bewiesen und seine Kinder geliebt. Sie hatten seine Autorität, die auf seiner Integrität beruhte, immer respektiert. Doch nun war diese Integrität zerstört und seine Autorität dahin. Auch seinen Instinkt hatte er eingebüßt. Er traf eine schlechte Entscheidung nach der anderen. Was blieb, war seine Liebe, doch die reichte Caleb offenbar nicht.

Es schmerzte sie, dass Neil in den Augen ihres Ältesten so tief gesunken war, doch sie konnte nicht umhin, sich auch ein wenig überlegen zu fühlen. Schließlich war er selbst schuld. Das hatte er bei der Eheberatung auch zugegeben. Er hatte Sara in die Augen geschaut und sie um Verzeihung gebeten, und dann hatte er leise geweint. Sie hatte ihm vergeben wollen, hatte die Hand ausgestreckt, doch tief im Innern war sie noch nicht dafür bereit gewesen. Die Eheberaterin hatte sich die ganze schäbige Geschichte angehört, bis auf die eine wichtige Kleinigkeit, die Sara unterschlagen hatte und die sie in einem weit weniger günstigen Licht gezeigt hätte. Über mehrere Wochen hinweg hatte Sara sich bemüht, ihre Wut auf Gavin und Lou und die auf ihren Mann auseinanderzudividieren. Sie hatten an ihrer Beziehung gearbeitet.

Acht Monate Tür an Tür mit ihren Todfeinden hatten ihr gereicht. Acht Monate, in denen sie sich hinter der Hecke versteckt und gewartet hatte, bis der Humber wegfuhr, bevor sie sich selbst auf die Straße traute. Acht Monate, während der sie dem Briefträger sagen musste, sie könne keine Amazon-Lieferung für Nummer 9 annehmen. Acht Monate, in denen sie sich immer wieder in Erinnerung rufen musste, dass Kinder nur Kinder waren und sie Arlo auch jetzt noch für ein besonders gelungenes Skateboard-Manöver loben sollte, selbst wenn sie dafür nur einen feindseligen Blick erntete.

*

Wut, Paranoia und Scham hatten sie zu einer Außenseiterin gemacht. Sie wechselte lieber die Straßenseite, als sich den peinlichen Fragen wohlmeinender Bekannter auszusetzen, auch wenn sie an ihren Blicken merkte, dass sie Bescheid wussten. Gavin und Lou zeigten indes überhaupt keine Scham. Sara wusste nicht mit Sicherheit, ob sie Verbündete rekrutierten, doch innerhalb weniger Monate hatten sie sich von rätselhaften Zuzüglern zu Säulen der Gemeinschaft entwickelt. Nun waren *sie* es, die Pakete entgegennahmen, Katzen fütterten und Pflanzen gossen, Petitionen unterschrieben und am zweiten Weihnachtstag zum Umtrunk einluden.

Es war nicht einfach gewesen, inmitten der Überreste des Weihnachtsfests im Wohnzimmer zu sitzen, während im Fernsehen *Der Schneemann* auf voller Lautstärke lief, um die Partygeräusche zu übertönen. Immer wenn nebenan das Gartentor quietschte, hatte Sara unwillkürlich aufgeblickt. All die üblichen Verdächtigen waren an dem Tag ein und aus gegangen – Hoxton-Typen in perfekt geschnittenen Anzügen, angegraute Intellektuelle. Schmerzlicher aber war das Auftauchen all der Nachbarn gewesen, Bronte und Mac, Marlene, Sandra von gegenüber mit ihrem neuen Baby … Keinem von ihnen schien es etwas auszumachen, für ein Glas Whisky und einen Mince Pie ins Lager der zugezogenen Kunstfuzzis überzulaufen, die sich bis vor Kurzem kaum ihre Namen merken konnten.

Nachdem das Haus sechs Monate auf dem Markt gewesen war, hatte ein Bauträger mit einem guten Riecher für verzweifelte Situationen ihnen ein schäbiges Angebot gemacht. Sie hatten sofort zugeschlagen. Das war es ihnen wert gewesen, endlich dort rauszukommen. Allerdings bedeutete das, dass sie sich Brighton nicht leisten konnten, jedenfalls kein Haus mit fünf Zimmern, und da die ungünstige Zugverbindung aus Hastings tägliches Pendeln unmöglich machte, konnte Neil nur an den Wochenenden bei ihnen sein. Das schien Sara damals eine gerechte Strafe. Denn auch wenn die Absenkung des Hauses nicht seine Schuld war, hatte sein Verhalten doch zu der vergifteten Atmosphäre beigetragen, die die Nähe zu Gavin und Lou unerträglich machte. Und diese hatte schließlich zu ihrem übereilten und finanziell nachteiligen Umzug geführt. So gesehen war es geradezu großzügig, ihn dreimal die Woche auf einem Futon in der Abstellkammer übernachten zu lassen.

Der Hund zerrte wieder an der Leine und versuchte, das Hinterteil eines Labradors zu erreichen, dessen Besitzer zu sehr damit beschäftigt war, auf sein Handy zu starren, um ihnen aus dem Weg zu gehen. Als er aufschaute, huschte ein Anflug von Interesse über sein Gesicht. Offenbar war Sara trotz ihrer frühmorgendlichen Zerzaustheit immer noch als Angehörige des weiblichen Geschlechts zu erkennen. Sie beachtete den Mann nicht weiter, rief nur den Hund zurück und ruckte sanft an der Leine, bis er unwillig hinter ihr hertrippelte, doch die unterschwellige Botschaft der Begegnung trug dazu bei, dass ihr der Tag langsam besser gefiel.

Nicht, dass sie an Männern interessiert gewesen wäre, ganz und gar nicht. Wenn sie etwas aus der ganzen elenden Geschichte gelernt hatte, dann, dass es besser war, mit gesenktem Blick durch die Gegend zu laufen und niemals aufzuschauen. Zwischen ihr und Neil lief es eigentlich ganz gut. Sogar mehr als gut. Beim Auspacken nach dem Umzug war sie auf eine Mappe mit Urlaubsfotos gestoßen. Auf einem waren sie und Caleb zu sehen, wie sie in der Dordogne auf dem Trittbrett eines Wohnwagens saßen und sich ein Salamibaguette teilten. Da sie zu der Zeit hochschwanger war, hatte Neil ihr von Rohmilchkäse abgeraten.

Als sie das Foto betrachtete und sich an das heiße, geriffelte Aluminium unter ihren Füßen erinnerte, an die wonnige Last in ihrem Bauch und das leicht unangenehme Blinzeln in die grelle Sonne, während Neil versuchte, sie gut ins Bild zu bekommen, sehnte sie sich nach der Frau von damals zurück. Auch wenn sie in dem Augenblick ein wenig genervt gewesen war, war sie doch ganz und gar mit sich und ihrem Leben zufrieden gewesen. Das schiefe Lächeln, das Neil zur Eile mahnen sollte, die demonstrative Geduld, mit der sie in ihrer Pose verharrte, waren von Liebe erfüllt. Das ganze Foto war von Liebe erfüllt. Sie schien durch den Stoff des Sonnenschirms, wurde von den Plastikstühlen reflektiert und drang durch das Objektiv des Fotografen. Dieses Gefühl war nun verloren, was aber nicht hieß, dass ihre Beziehung zum Scheitern verurteilt war. Selbst als sie schluchzend im Bett gelegen hatte, hatte irgendwo in einer kühlen, sachlichen Windung ihres Gehirns die Gewissheit geruht, dass es zwischen ihr und Neil noch nicht zu Ende war.

Doch sie hatte nicht geahnt, wie schwierig es würde. Der leichte, elegante Tanz ihrer Ehe, dessen Schritte Sara nicht einmal hatte lernen müssen, war zu einem schwerfälligen, ungelenken Trott geworden. Lange nachdem Sara wieder zu Neil zurückgezogen war – nach zwei von Diazepam betäubten Wochen bei ihrer Mutter –, lange nachdem die Eheberatung ihre Beziehung angeblich wieder auf die richtige Bahn gelenkt hatte, versuchten sie immer noch, ihren Groll aufeinander zu verbergen, indem sie eine Persiflage auf harmonisches Miteinander zum Besten gaben.

Ein typischer Dialog lief etwa so: »Um neun kommt was, das mich interessiert. Aber wenn du lieber weiter Fußball sehen möchtest, ist das auch okay.«

»Nein, schalt ruhig um.«

»Nicht wenn du wirklich zuschaust. Es steht zwar null zu null, und keine von den beiden Mannschaften interessiert dich, aber wenn du's trotzdem sehen willst …«

»Ich habe gesagt, du kannst umschalten. Es ist mir egal.«

»Nein, vergiss es. Jetzt habe ich den Anfang sowieso verpasst.«

Nach einem solchen Gespräch stand Neil dann meistens auf und verließ das Zimmer, während Sara störrisch und schlecht gelaunt sitzen blieb und weiter das Fußballspiel laufen ließ. So lief es an einem *guten* Tag.

Dass sie erleichtert war, London zu verlassen, war noch untertrieben, auch wenn es einen sozialen Abstieg bedeutete. Alles an dem Haus in Hastings war ein Kompromiss. Erst einmal Hastings selbst, weil es eben nicht Brighton war. Dann die Lage des Hauses, zwar in der Altstadt, jedoch in keiner der begehrteren Straßen. Zudem hatte es keinen Meerblick, außer man stellte sich auf einen Stuhl und spähte durchs Dachfenster. Doch das Schlimmste war das Haus selbst. Da sie fünf Zimmer brauchten, waren sie gezwungen gewesen, sich für »Sea Crest« zu entscheiden, ein ehemaliges Bed and Breakfast in einer nichtssagenden viktorianischen Häuserreihe. Die Kieselrauputzfassade, der himmelblaue Hochglanzanstrich und die Gartenmauer aus Betongittersteinen ließen den Grund für den Untergang der Pension ahnen. Innen wie außen war es ein Tempel aus Kitsch, der Carol so sehr entsetzt hätte, wie er Gavin und Lou begeistert hätte. Die unkonventionelle Ästhetik ihrer alten Widersacher hatte immer noch einen solchen Einfluss auf sie, dass sie tatsächlich kurz mit dem Gedanken gespielt hatte, den verspiegelten Achtzigerjahre-Barschrank im Wohnzimmer zu behalten. Trotz allem fand sie das Haus nicht deprimierend. Wahrscheinlich würden sie irgendwann dazu kommen, alles Überflüssige zu entfernen und ein paar Innenwände einzureißen, um freizulegen, was sich hinter Gipskartonwänden und Einbauschränken verbergen mochte; doch das hatte keine Eile. Mit den Entscheidungen anderer Leute zu leben hatte etwas ungeheuer Entspannendes. Sara hatte sich oft genug in ihrem Leben selbst falsch entschieden, wenn auch selten in Einrichtungsfragen.

Als sie die in Plastik gehüllte Hundekacke in einen Abfalleimer warf und über die Straße zu ihrem Gartentor lief, hatte sie zum ersten Mal das Gefühl, nach Hause zu kommen. Die Post war bereits da, und nachdem Sara die Tür des Windfangs geschlossen und den Hund von der

Leine gelassen hatte, zog sie einen dicken A4-Umschlag aus dem überquellenden Briefkasten, worauf eine Reihe kleinerer Postsendungen auf die Fußmatte fielen. Der große Umschlag enthielt Neils Fachzeitschrift *Inside Housing*, die er sich nun offenbar nach Hastings schicken ließ, obwohl er noch lange nicht als ständiger Mitbewohner akzeptiert war. Und zu ihrer Überraschung ärgerte es sie gar nicht mal so sehr. Sie ging den Rest der Post durch – Zahlungserinnerungen der Autoversicherung, Werbung, mehrere unwichtig aussehende Schreiben für die Vorbesitzer – und wollte gerade alles ins Altpapier werfen, als sie einen elfenbeinfarbenen Umschlag entdeckte, der an sie und Neil adressiert war.

# 28

»Ich meine ja nur, sie hätten auch an uns denken können«, sagte Sara, und genervt, weil sie auf der einspurigen Straße schon seit zwanzig Kilometern hinter einem Honda festsaß, fuhr sie in waghalsigem Tempo durch die Überholbucht. »Sie hätten ein Lokal mieten können. Geld genug haben sie.«

»Ich finde, sie haben das Recht, eine Party in ihrem eigenen Haus abzuhalten«, sagte Neil sanft, und insgeheim musste Sara ihm zustimmen. Trotzdem würde es nicht leicht sein, in Carols Wohnzimmer zu stehen und durchs Fenster das Haus von Lou und Gavin zu sehen. Hoffentlich war es kein Fehler gewesen, die Einladung anzunehmen. Aber es war ihr richtig vorgekommen. Und an der Zeit. Entweder sie brachen völlig mit ihrer Vergangenheit, verschickten keine Weihnachtskarten mehr, stellten die gelegentlichen Anrufe ein und hielten die Jungen davon ab, hin und wieder in Erinnerungen zu schwelgen, oder sie stellten sich der Herausforderung. Sara hoffte, dieser strategische Besuch würde zur Heilung der Wunden beitragen. Natürlich hatte sie sich zuvor vergewissert, dass Lou und Gavin nicht eingeladen waren, denn eine Begegnung mit ihnen würde nur zu Wundbrand führen.

Während das Auto schließlich seinen Weg durch die vertrauten Straßen fast von selbst fand, merkte Sara, wie ihr die Tränen kamen und leichte Übelkeit in ihr aufkam.

»Der Anbau der Glovers ist endlich fertig«, sagte Neil und spähte neugierig aus dem Beifahrerfenster. »Sieht gar nicht schlecht aus. Und die Nachbarn von Marlene haben endlich Ordnung geschaffen«, fuhr er fort. »Wahrscheinlich hat sie sich bei der Bezirksverwaltung beschwert.« Er kommentierte weiter die augenscheinlichen Veränderungen, die die Straße seit ihrem Umzug durchgemacht hatte, offenbar ohne Saras brütendes Schweigen überhaupt zu bemerken, und hörte erst auf, als sie den Wagen anhielt.

»Okay.« Neil schlug sich ein wenig zu kräftig auf die Schenkel. »Packen wir's an.« Er machte Anstalten, seine Tür zu öffnen.

»Kommst du?«, fragte er, doch Sara umklammerte das Lenkrad wie einen Rettungsring. Objektiv betrachtet sah die viktorianische Vorortstraße aus wie hundert andere, aber *diese* Pflastersteine, *diese* Hecken und *diese* Ziegel waren ihr so vertraut, dass der Geruch von Heimat und Zugehörigkeit wie Ozon durch die Lüftungsschlitze zu strömen schien. Dort war Carols moosgrün gestrichene Haustür, dort die Delle im Laternenmast, die Neil verursacht hatte, als er auf dem Sprung zur Entbindungsstation zu hastig zurückgesetzt hatte. Die einbrechende Dämmerung, der düstere Liguster, der Regenglanz auf den Mülltonnen, all das erzeugte eine unerträgliche Wehmut in ihr.

Neil sprang die Stufen zur Haustür hoch und klopfte ein paarmal schnell hintereinander an.

Während Sara hinter ihrem Sitz nach Simons Geschenk kramte, warf sie einen verstohlenen Blick auf ihr altes Haus. Es war zur Hälfte von einem Gerüst verdeckt, wahrscheinlich um es in drei »großzügige Apartments« umzubauen. Lous und Gavins Haus aber sah aus wie immer, bis auf den rostigen Metallklumpen im Vorgarten, der wohl eine Skulptur darstellen sollte. Doch sie sah nicht so aus wie eine von Gavin.

»Sara! Das wurde aber auch Zeit.«

Carols gedehnter Mittelschichtakzent ließ sie gleichermaßen vor Freude und Verlegenheit zusammenschrecken. Als sie ausstieg, wurde sie von *Must de Cartier* und Kaschmir eingehüllt.

»Hallo«, sagte sie mit leicht brüchiger Stimme.

»Mach das bloß nie wieder!« Carol packte sie so fest bei den Schultern, dass es wehtat. »Unglaublich, dass du dich so lange nicht hast blicken lassen.«

Sie tranken an Carols gebürstetem Eichentisch in der Küche Tee, und Simon bekam Schelte, weil er kein Teesieb benutzt hatte. Sara hatte ganz vergessen, wie vergnüglich Small Talk sein konnte, hatte vergessen, wie vertraut man sich nach zehn Jahren Freundschaft war. Und dann war da diese gleiche Einstellung bei Themen wie lohnenswerte Urlaubsziele oder Bücher und was sie sich für ihre Kinder erhofften. Im Grunde war es ein Spiel, ein Bindungsritual – als wären sie Dingos oder Orang-Utans. Zurückblickend fragte sie sich, wie sie sich so in die Sache hatte hineinsteigern können, warum sie so plötzlich das dringende Bedürfnis verspürt hatte, sich abzugrenzen. Natürlich war Carol immer noch versessen darauf, in allem besser zu sein als andere, und Simon konnte einen nach wie vor mit seinen Vorträgen über ethische Investitionen zu Tode langweilen, doch sie waren witziger, selbstkritischer und weiser, als sie sie in Erinnerung hatte. Simons Bruder traf mit seiner Frau ein, und sie tranken noch eine Kanne Tee und unterhielten sich darüber, dass die Südküste im Kommen war und kluge Leute in Margate investierten, und auch wenn einige sarkastische Bemerkungen über die Künstlerin Tracy Emin fielen, bei denen sich früher Saras Nackenhaare gesträubt hätten, fand sie ihre Zusammenkunft viel angenehmer als erwartet.

Nach und nach trudelten die anderen Gäste ein, die Teetassen wurden abgeräumt, und jemand reichte Sara ein Glas Champagner. Sie zogen ins Wohnzimmer um, wo *Reggatta de Blanc* aus den iPod-Lautsprechern erklang. Carol ließ eine Diashow über Simons Leben laufen, die sich erstaunlich gut dazu eignete, das Eis zwischen den Gästen zu brechen. Sara stand neben einem Kollegen von Simon. Sie stießen an und grinsten, während vor ihren Augen die Lebensgeschichte des Gastgebers ablief: Simon mit Windel und einem schüchternen Lächeln; Simon als kleiner Pfadfinder, dem zwei Vorderzähne fehlten; Simon mit einer fürchterlichen Baskenmütze auf dem Kopf, der eine Eintrittskarte für die Blow Monkeys in die Kamera hielt; Simon, der Carol durch Konfettiregen führte und dreinschaute, als hätte er das große Los gezogen; Simon mit roten Hosenträgern und einer Neunzigerjahre-Brille, die völlig daneben war. Und das Karussell drehte sich weiter, jedes Bild eine Station in einem vom Glück gesegneten, wenn auch nicht gerade bemerkenswerten Leben. Im Grunde war es Saras Leben nicht unähnlich, doch während er sein privilegiertes Dasein dankbar akzeptiert hatte, hatte Sara sich gegen ihres aufgelehnt. Während Simon frohen Muts seine Ehe- und Familienpflichten auf sich genommen hatte, als wären sie kreative Herausforderung genug, hatte Sara sich davon eingeschränkt gefühlt. Und während Simon niemals so sehr an seiner Individualität gezweifelt hatte, dass er sie bestätigt haben musste, hätte sie um ein Haar ihr ganzes Leben weggeworfen, um ihre unter Beweis zu stellen.

Seit dem Umzug waren Saras Texte besser geworden. Das Schreiben war bis auf die Spaziergänge mit dem Hund das Einzige, was sie davor bewahrt hatte, wahnsinnig zu werden. Ihren Roman hatte sie aufgegeben und war im Nachhinein ganz froh, dass Ezra nie dazu gekommen war, ihn zu lesen. Stattdessen hatte sie sich an Kurzgeschichten geübt. Eine war sogar in die engere Auswahl für einen Sammelband gekommen. Zwar war sie letztlich nicht ausgewählt worden, trotzdem hatte es ihr Hoffnung gemacht.

Die Diashow lief nun schon zum zweiten Mal, und Sara waren die Gesprächsthemen ausgegangen. Deshalb wackelte sie entschuldigend mit ihrem leeren Glas und schlenderte davon.

Von Carols gut eingerichtetem Wohnzimmer aus betrachtet umgab das Haus von Lou und Gav zwar immer noch eine Aura des Andersartigen, doch eigentlich wirkte es vor allem heruntergekommen. Nach fast drei Jahren hatten sie immer noch nicht die Fensterrahmen gestrichen. Der Lavendel in dem Beet, das sie selbst vor Jahren als Begrenzung zwischen den Grundstücken angelegt hatte, war staksig und verkümmert. Er sah aus wie Stacheldraht. Schön wär's, dachte sie. Wenn sie sich doch nur gegen die Eindringlinge zur Wehr gesetzt hätte, anstatt sie einzulassen, um alles zu zerstören.

Sie war so naiv gewesen, hatte sich so leicht beeindrucken lassen und war nur allzu bereit gewesen, die Schwächen der neuen Nachbarn als Stärken zu betrachten. Sie hatte die Verwahrlosung ihres Hauses als Ausdruck einer gewissen Ästhetik missverstanden und befürchtet, ihr eigenes Haus würde im Vergleich nur oberflächlichen Glanz ausstrahlen. Selbst als Lou ihr Einrichtungstalent gepriesen hatte, hatte es in ihren Ohren herablassend geklungen. Erst jetzt begriff sie, dass das Kompliment ernst gemeint war und dass das Wort »Heim« für Lou ebenso abstrakt war wie für Sara der Begriff »Atelier«. Sie verstand nun, dass Lou und Gavin nicht mit Absicht nachlässig waren und andere ausnutzten. Sie hatten sich einfach übernommen. Ihre Kunst hatte Vorrang – vor ihrem Haus, den Kindern, ihren Freunden, vielleicht sogar vor ihrer Ehe.

Möglicherweise wohnte dieser Einstellung tatsächlich eine gewisse Größe inne.

Als Sara ihre Aufmerksamkeit wieder der Party zuwandte, bemerkte sie, wie Neil sie gedankenverloren von der anderen Seite des Raums aus betrachtete. Er begegnete ihrem Blick mit einem leicht betrübt wirkenden Lächeln. Gerade nahm er sein Glas und machte Anstalten herüberzukommen, als Carol eine Schar neuer Gäste ins Wohnzimmer führte.

»Hi Sara, wie geht's dir?« Toby Warricker kannte sie von der Cranmer-Road-Schule. Carol und Simon waren eng mit ihm und seiner Frau Alyson befreundet, die sich auf Neil stürzte, der sich offensichtlich ein wenig bedrängt fühlte.

»Hi Toby«, antwortete sie, »wie läuft's denn bei dir so?«

»Gut. Verdammt gut sogar. Wahrscheinlich hast du schon gehört, dass ich meine eigene Produktionsfirma gegründet habe? Anders geht es gar nicht, wenn man nicht sein Leben damit zubringen will, Spießer zu filmen, die ein Haus auf dem Land suchen.« Er hob die Hand. »Damit meinte ich natürlich nicht dich.«

»Schon gut«, antwortete Sara zweifelnd.

»Wie ist es denn so?«

»In Hastings?«, fragte sie. »Ganz nett eigentlich. Es gefällt uns. Neil wollte schon immer am Meer wohnen.«

»Seit ihr weg seid, ist Al auch schon ganz unruhig«, sagte Toby.

»Ehrlich?« Sara war überrascht. Sie hatte nie viel mit Alyson zu tun gehabt, sich nur einmal bei der Schulweihnachtsfeier mit ihr zusammen um die Tombola gekümmert.

»Du weißt ja, wie das ist …« Toby schüttelte den Kopf. »Ein Kind wird an der Bushaltestelle überfallen, und eh man sichs versieht, ziehen alle weg. Zuerst waren es Matt und Jude, dann ihr. Ich mache mir deswegen keine Sorgen, aber Al schon.«

Toby schwafelte weiter, und Saras Blick wanderte zum Fenster. Draußen war es dunkel, und ihr eigenes Spiegelbild überlagerte wie ein Hologramm das Haus auf der anderen Straßenseite. Die Vorhänge dort waren halb zugezogen, doch sie konnte so gerade das blaue Flackern des Fernsehers ausmachen. Sie stellte sich vor, wie Gavin es sich mit einem Glas Rotwein auf dem Eames-Sessel gemütlich gemacht hatte und Lou sich barfuß auf dem Sofa fläzte. Vielleicht schauten sie sich gerade zusammen einen Kunstfilm an – oder glotzten einfach irgendwelchen Trash im Samstagabendprogramm. Es war nur zu einfach, sich alles vorzustellen: den mottenzerfressenen Kaminvorleger, den Duft des Pinot noir, der sich mit dem des Holzfeuers mischte. Selbst nach allem, was geschehen war, hatte die Szene etwas Reizvolles an sich.

Für Lou und Gavin musste Carols Haus wirken wie ein Goldfischglas: die Jalousien geöffnet, alles hell erleuchtet, ein Zimmer voller Leute und weitere, die eintrafen. Sara hoffte, dass sie es bemerkt hatten. Hoffte, es würde sie kränken, ausgeschlossen zu sein, doch sie bezweifelte es. Sie konzentrierte ihren Blick wieder auf ihr eigenes Spiegelbild, ein geisterhafter Schemen auf der schimmernden Fensterscheibe.

»… aber die Leute müssen begreifen, dass es sich nur um einen Einzelfall handelt.« Toby lächelte sie mit kaum verborgener Ungeduld an, und verlegen merkte sie, dass sie kein Wort von dem, was er gesagt hatte, mitbekommen hatte.

»Hallo!« Er beugte sich vor und tat so, als wollte er ihr auf die Stirn klopfen.

»Jemand zu Hause?«

# Danksagung

Ich danke den Mitgliedern der Clifton Hill Writers' Group, Melbourne, für ihre konstruktive Kritik der ersten Entwürfe, insbesondere Trish Bolton. Außerdem bedanke ich mich bei Polly Jameson für die Ermutigung und ihr Lektorat, bei Sallyanne Sweeney von MB Creative für ihre fortwährende Unterstützung und bei Kate Mills von HQ HarperCollins dafür, dass sie an das Buch geglaubt hat. Mein besonderer Dank gilt meinem Erstleser, gnadenlosen Kritiker und zuverlässigen Freund Adam Goulcher.